漫時光 008

長公主 四

墨書白　著

高寶書版集團

◆目錄◆

第九十章　討論

蘇容卿出口之後，李明澈底放下心來，點頭道：「既然蘇侍郎也如此說，那就讓裴侍郎審辦此案吧。擬旨。」李明說完，便讓人擬旨宣裴禮明去查辦這個案子。

查辦人選定下來，謝蘭清面色極差，李明揮了揮手道：「帶下去吧。」

這時候謝蘭清終於反應過來了，他撲到李明腳下，急道：「陛下，老臣冤枉，陛下，這中間必有人作梗，把清水拿過來，再驗一次！再驗一次！」

「拖出去。」李明揮了揮手，左右侍衛就衝了進來，將謝蘭清拖了出去。

謝蘭清一路哀號踢拽，根本不見方才重傷的樣子。

等謝蘭清被拖出去後，藺飛白還愣愣站在原地，看著那碗混著血珠的清水，等侍衛上前拉他，他終於回神，一甩手臂，扭頭就大步走了出去：「我自己走。」

等藺飛白走了出去，李明似乎有些累了，他揮了揮手道：「朕有些乏了，你們都下去吧。裴文宣留下，我有幾句話交代。」

所有人得了話，都恭敬行禮，紛紛離開。

李蓉跟著人群退出去，她抹了眼淚，紅著眼，退到御書房外長廊上，便停了腳步。

上官雅走到李蓉身邊去，詢問道：「殿下要等駙馬？」

「嗯。」李蓉吸了吸鼻子，似乎是剛剛緩過來情緒的樣子。

上官雅嘆了口氣，「殿下這麼多委屈都在心上不說，讓屬下看著著實心疼，日後殿下還要與屬下多交心，不要這麼自己一個人扛著所有了。」

「妳說得是。」李蓉笑了笑，「妳先回吧。」

上官雅矜雅點頭，看了一眼周邊還在說話的人，想著人多口雜，終於還是行禮退開。

等周邊人群說完話，差不多散去，李蓉感覺冷風拂面而來，她慢慢收斂了神情，站在長廊上，靜靜看著庭院。

沒了片刻，便有人站在她邊上來，李蓉沒說話，對方也沒出聲。

許久後，蘇容卿的聲音緩慢響起來：「殿下今日舉動，大大出乎微臣的意料。」

「蘇大人今日舉動，也出乎本宮的意料。」

「殿下覺得我不會做什麼？」

蘇容卿和她的距離不遠，但也不近，將將一節小臂的距離，似乎就是當年他慣來與她保持的距離。

李蓉留意到這個距離，有幾分恍惚，她收了心神，淡道：「我以為，謝蘭清的案子，蘇大人不會讓。」

「他刺殺殿下，」蘇容卿平和道，「微臣不會包庇。」

李蓉輕輕應了一聲，過了許久後，蘇容卿又道：「殿下，為什麼妳要建督查司？」

「為國、為民、為天理公道。」李蓉回的平淡，因為速度太快，顯出了幾分漫不經心。

旁邊院子裡的枯枝在風裡似乎凝結出了冰霜，蘇容卿靜靜注視著枝頭的冰雪，他低聲道：「殿下，與世家為敵，已經是妳心中天理公道了嗎？」

李蓉被這話問得頓了頓動作。

蘇容卿垂下眼眸，聲音平穩：「世家之中縱有蛀蟲，可也是大夏的根基，水至清則無魚，為了幾個蛀蟲，動大夏根本，到時候若是戰火再起，風雨飄搖，殿下心中的國民社稷、天理公道，焉又何存？」

李蓉看著庭院並不言語，蘇容卿轉頭看向李蓉：「殿下，妳嫁給裴大人之後，過得好嗎？」

「自然是過得好的。」李蓉笑起來：「駙馬是個很好的人。」

「那就好。」蘇容卿注視著李蓉，溫和道：「殿下成婚時，我有一個小小的願望。我希望殿下的感情，不涉及權勢，能乾乾淨淨，讓殿下不留遺憾。」

李蓉聽這話，詫異回過頭來，這時門口傳來裴文宣與侍從告辭的聲音。

「多謝福公公相送，我這就回去了。」

「駙馬慢走。」

裴文宣說完，腳步聲漸近，李蓉愣愣看著蘇容卿，蘇容卿轉過頭去，只道：「聽聞殿下過得好，微臣便放心了。蘇林明日就會上書告老還鄉。殿下日後行事，還望多加思慮。」說完，不等裴文宣走到，蘇容卿便恭敬行禮，轉身退了下去。

裴文宣見李蓉目送蘇容卿而去，他腳步頓了片刻，隨後才提步走到李蓉身後，雙手攏在袖間，湊過頭去，笑著道：「喲，看得很出神嘛。」

「父皇同你說完了？」李蓉轉頭看他，收回目光來，笑道：「說了些什麼？」

「那方才殿下和蘇大人說了什麼？」裴文宣走到李蓉身邊，慢悠悠道：「我見殿下好像很是動情，被什麼感動了？」

「你說得不錯。」李蓉點頭，小扇輕敲著手心，嘆了口氣，頗為感慨道，「他的確和我說了一件很重要的事，讓我心中非常動容，忍不住對他這個人，就多了幾分想法。」

「妳對他想法還不夠多？」裴文宣冷笑：「還要怎麼多？把人放心尖兒算了，就是辛苦了蘇大人。」

「放我心尖上，怎麼就辛苦了他？」李蓉挑眉。

裴文宣搖頭嘆氣，似是同情：「妳心尖那點位置這麼小，要站上去怕是得金雞獨立，左腿撐累了換右腿，右腿撐累了換左腿，妳說蘇大人能不累嗎？」

李蓉聽這話，差點笑出聲來，但她還是憋著笑容，慢悠悠道：「那可的確太累了，這麼累的活兒，看來裴大人是幹不了的，還是交給其他人吧。」

「此言差矣。」裴文宣立刻道，「殿下不瞭解我，金雞獨立乃我獨門絕技，殿下願意，我能單腿在殿下心尖兒站一輩子。」

李蓉聽到這話，實在沒忍住，笑出聲來，裴文宣也無心同她打鬧，只道：「蘇容卿同妳說什麼了？」

「他說蘇林明日會自請告老還鄉。」

「他這是什麼意思？」裴文宣皺起眉頭。

李蓉扇子敲著手心，緩慢道，「大約是在同我示好，讓我相信他們自己的處理方式。他同我說，世家是大夏的根基，不可妄動，穩定比起追求絕對的公正，更加重要。」

裴文宣不說話，李蓉轉頭看他：「父皇怎麼說？」

「他問了我一下刺殺之事具體的情況，還有我那位堂叔到底能力如何。」

李蓉點了點頭：「裴侍郎接手了謝蘭清的案子，等案子結束之後，他應當也會順理成章接手刑部，到時候我們辦事，便會方便許多。」

裴文宣應聲，與李蓉走在長廊上，裴文宣見她久不言語，不由得道：「殿下還在想什麼？」

「我在想……」李蓉抬眼，「你覺不覺得，蘇容卿，有點太奇怪了？」

「殿下覺得他哪裡奇怪？」

「這一世一開始，他就和我說要私下投靠太子，可蘇家一直中立，他想藉由我投靠太子一事，有些莽撞。」

「或許是他還年輕，」裴文宣淡道，「他認為蘇容華被指為肅王老師，這件事影響了蘇家中立的位置，所以他決定以此平衡蘇家的立場呢？」

「可他上一世沒這麼做過。」

「又或許是他做了，妳不知道呢？」裴文宣緩聲道，「畢竟，太子殿下被廢之後，蘇家首先是倒戈太子，不是嗎？」

李蓉小扇輕輕敲打著手心，接著道：「那他如今……」

「他輔佐太子，最大的原因是太子乃中宮嫡子，而如今督查司犯了多個家族的利益，他自然不會支持。」

李蓉不說話，裴文宣繼續道：「而他會在北燕塔向妳討論婚事，也不過是因為他發現婚事對於妳的影響，妳嫁給了一個寒族，就建立督查司，督查司在妳手裡，妳不肯放手，那對於世家而言，要麼把妳驅逐出京，要麼，就得留下妳這個後患。」

「把妳驅逐出京，太子難免怨恨，蘇家的立場，大機率是不想破壞如今的局面，希望太子和世家齊心協力，不讓柔妃有可乘之機。可留下妳，妳手握督查司，對世家鉗制太大，那唯一的辦法，趁妳危急之際娶了妳。」

「殿下是公主，可殿下，畢竟是女子。」裴文宣抬眼看向李蓉：「對外，殿下是君，可若有了丈夫，若丈夫不庇佑，所謂陰陽夫妻之綱，便能壓垮殿下。」

李蓉沉默著，好久之後，她苦笑起來：「你這麼說，蘇容卿這心思倒真的令人有些噁心了。」

「這是蘇家的想法，所以蘇家願意冒被猜忌的風險允許他迎娶殿下。」裴文宣聲音平淡，「而他不是。」

李蓉轉頭看裴文宣，裴文宣神色看不出喜怒，李蓉不由得道：「他是如何想呢？」

「他是如何想，」裴文宣轉頭看向李蓉，「殿下不知道嗎？」

李蓉得了這話，輕笑起來：「我不知道。」

「我這個人，可能是心裡太高估自己。」李蓉轉過頭去，走在前面，緩慢道，「我經常在某一瞬間，覺得那個人喜歡我。然後我會忐忑，會心動，甚至於有時候連怎麼拒絕都想好了，有時候沒想拒絕，見對方遲遲不動，主動了一、兩次，最後發現的確是我想多了。所以很多時候，我也就不知道，我所以為的，是真是假了。」

裴文宣看著李蓉走在前方的背影，他平靜看著，好久後，慢慢道：「殿下所感覺的，都是真的。」

李蓉頓住步子，她回頭看向裴文宣，裴文宣微笑起來：「只是回應殿下那個人，說了假話。有些假話是因為他自己不知道自己的內心，而有些假話，是他不能回應殿下的心意。」

李蓉靜靜注視著裴文宣，好久之後，她笑起來：「你不是很討厭他嗎？怎麼老為他說話。」

「我是討厭他不錯，可我也不能因此詆毀他。」裴文宣說著，忍不住嘆了口氣：「其實有時我都可惜，只有妳我二人回來了。」

「不然呢？」李蓉挑眉，有些好奇：「你要怎樣？」

「若是他當真回來了，」裴文宣眼裡閃過一絲冷意，「有仇報仇，有怨報怨，就要看各自手段了。可惜如今對著的是個年輕的小崽子，」裴文宣有些遺憾，「計較還落了身分。」

「可惜。」

第九十一章　守約

李蓉聽著裴文宣說可惜，笑得不停，她抿唇低頭，抬手道：「不同你說這些了，我還有事要忙呢。」

「殿下還要去做什麼？」

「當然是去見見藺飛白。」李蓉說著，轉頭看向裴文宣：「如今謝蘭清沒了，你那堂叔在刑部，說得上話了吧？」

裴文宣抬手行禮：「聽殿下吩咐。」

兩人一起出了宮門，裴文宣先讓人去找了裴禮明，等他們到刑部時，裴禮明已經在門口站著了。

李蓉和裴文宣一起下了馬車，裴文宣高興上前，恭敬道：「叔父。」

裴禮明先朝著李蓉行禮：「殿下。」接著又轉過頭來，朝著裴文宣點了點頭：「來得挺快呀？」

「殿下來得急。」裴文宣壓低了聲，「如今人到了嗎？」

「已經在刑部候著了，而且上官小姐也來了。」

「上官雅也來了？」裴文宣頗為詫異。

裴禮明點點頭：「我放進去了。」說著，裴禮明抬手看向李蓉，恭敬彎腰道：「殿下請。」

李蓉點了點頭：「裴侍郎客氣。」

「應當的。」裴禮明說著，便引著李蓉和裴文宣往裡走去。

兩人到門口時，便看見上官雅正在監獄門口坐著，她手裡抓了把花生米，翹著二郎腿，悠哉悠哉看著裡面的藺飛白。

藺飛白背對著上官雅，坐在牢房的床上，李蓉一進來，上官雅就站了起來：「殿下。」

藺飛白聽到這話，耳朵動了動。

李蓉走進去後，裴禮明識趣道：「殿下，卑職就引路到這裡，您在這裡可以待半個時辰，但是還是越快問完越好，以免人多嘴雜。」

「明白，」李蓉朝著裴禮明欠了欠身，「多謝裴侍郎。」

「我送叔父。」

裴文宣說著，便送著裴禮明出去，牢獄中就剩下了李蓉、上官雅、藺飛白三人。

上官雅趕緊給李蓉搬了凳子：「殿下坐。」

「妳怎麼在這裡？」

李蓉有些好奇，上官雅笑起來：「猜到殿下如今會來審藺飛白，便提前過來了。我心裡已經是好奇得很了，就等著殿下解惑。」

「解什麼惑？」李蓉從上官雅手中接過茶，看向藺飛白，「什麼迷惑，藺公子不是都可以告訴妳嗎？」

「我問過了。」上官雅嘆了口氣，「他嘴硬，到現在都沒說過一句話。」

李蓉笑了笑，她將茶放到一邊，斜靠在凳子上，溫和道：「藺公子，你沒什麼想問我的？」

藺飛白背對著李蓉，他不出聲。

李蓉耐心等著，好久後，藺飛白終於道：「我母親從未同我說過他。」

藺飛白聲音有些啞：「她只說我父親死了，說我父親辜負了她，把她扔在了秦曲山，我從小同她一起恨我的父親，我總在想，他不是個好男人，他拋棄了我的母親。」

「你有什麼不明白的呢？」李蓉用扇子輕輕敲打著手心。

「她死在兩年前。」

「七星堂主兩年前就死了？」上官雅有些詫異。

藺飛白沒有理會她，只低聲繼續道，「兩年前，她在最後一刻，還抓著這條項鍊，她說她要見這條項鍊的主人，她已經讓人通知那個人了，她要等他。」

「她讓我去山門等，從山門上可以看到山道上的人，我可以第一時間看到那個人過來，那人會穿一身黑衣，如果他來了，讓我告訴她。」

「我就站在山門那裡等，那天下了大雪，我等了好久。」

「我等到大雪落滿我全身，等到第二天晨光融冰雪，我都沒等到人來。等我回去時候，她已經睡過去了。」

「她到死，都握著這條項鍊。」藺飛白抬起手來，握住項鍊：「我以為這是她最重要的東西，所以我留下了它。她死之前給我留了很多要求，其中一條就是，她欠謝蘭清三件事，最後一件事她完成不了，讓我幫她。」

「所以謝蘭清上秦曲山請七星堂幫忙，我明知捲入這種事情會給七星堂帶來滅頂之災，我還是來了。可是我不明白，」藺飛白捏緊了拳頭：「這個男人，他欺辱了她，辜負了她，一生都沒有給她一個名分，她明明那麼恨他，為什麼還要讓我幫他？」

「口是心非呀。」上官雅直接開口。

藺飛白沒有搭理上官雅，他轉過頭去，盯著李蓉：「妳知道為什麼，對不對？」

「我不知道。」李蓉答得平靜，「我只知道的是，她希望你好好活著。而我今日來，也不是為了回答你的問題，而是給你一個機會。」

「什麼機會？」

「活命的機會，」李蓉直起身子，緩聲開口，「也是復仇的機會。」

李蓉和藺飛白說著話時，裴文宣送著裴禮明到了門口，周邊侍衛都被他們遣散開去，裴禮明嘆了口氣道：「你做事太莽撞了，這事你早該來說一聲的。」

「我也不知道今日會出這檔子事，」裴文宣苦笑，「殿下沒同我說，來得太匆忙了。陛下臨時問人，我只能將叔父拉出來幫忙了。」

說是裴禮明幫忙，可是裴文宣和裴禮明心裡都清楚，謝蘭清如今必然是要從刑部尚書的位置上滾下來，刑部誰接手謝蘭清的案子，就暗示著誰去接尚書這個位置。

裴禮明在右侍郎的位置上已經待了近十年，終於熬出頭來，而給這個出頭機會的人，不是裴家眾人捧著的門下省納言裴禮賢，而是裴文宣。

裴禮明面上沒說，心中卻逐漸有了計較。

裴禮賢雖然官位不低，但這麼多年，給家中實際好處卻不多。而裴文宣如今雖然年輕，但他手段非常，背後還站著的是李蓉，加上出手大方，如今直接就把升任尚書的機會交到他手裡，裴禮明如何能不喜？

他按捺住心思，擺了擺手，只道：「都是族人，何必這麼見外？」

「叔父說得是，」裴文宣溫和有禮，「都是族人，日後還要叔父多多照顧。」

裴禮明笑起來。如今接了裴文宣的好處，裴文宣不僅隻字不提，還處處給了臺階，以免掃了他的面子。不過幾句話之間，裴禮明對裴文宣已是極為喜歡，後悔當初沒有多關照注意這個侄兒一下。

兩人寒暄過後，裴文宣便告退回去。回到牢獄裡，就聽李蓉同藺飛白道：「你只需要把實話說出來，不要隱瞞，謝蘭清該有什麼懲罰，就受什麼懲罰，這就足夠了。雖然你刺殺我，但我還是會向父皇稟報，說你將功抵過，讓他撤了你的懲罰。」

裴文宣聽著李蓉的聲音，站到李蓉身後，藺飛白神色不變，只道：「殿下不會又利用我吧？」

「這你放心。」李蓉笑起來，「我之前利用你，是因為你想利用我。如今你不利用我了，我自然也就不會主動利用你。」

「你們這些華京人的話，我一句都不信。」藺飛白冰冷開口。

上官雅冷笑出聲來：「那你信誰的話？」

「但是指認謝蘭清，我願意。」

得到這個回應，李蓉也放下心來。這一次，她算是真的拿到謝尚書的證據，可以把他從高處踢落。

李蓉站起身來，點頭道：「你願意就好，那我先走了，預祝藺公子早日出獄。」

李蓉說著，往外走了出去，裴文宣跟在她身後，上官雅也跟著李蓉往外走。

走到半路，上官雅才想起什麼，她轉過頭來，從袖子裡拿出一副葉子牌，放到了牢裡，揚了揚下巴，安撫道：「你也別太難過，打打牌，日子很快就過了。這世上高興的事多得很，犯不著為了幾個不相干的人氣壞了自個兒。」

藺飛白沒理她，上官雅「嘖」了一聲：「不識好人心。」說完，上官雅便轉過身，跟上了李蓉。

「唉，殿下，妳等等我啊，別走這麼快啊。」

上官雅的聲音走遠，藺飛白猶豫了片刻，才到了牢獄邊上，他伸出手去，握住了那幾張葉子牌。

葉子牌是上官雅自己畫的，她畫技承襲名師，畫幾張葉子牌，不僅技藝精湛，還做了不少創新。

例如給畫面上的武士頭頂戴個花冠，又或者在文人手上加個鳥籠，藺飛白靜靜看了片刻，不屑嗤笑了一聲，然後將葉子牌收起來，揣到了懷裡。

上官雅追著李蓉和裴文宣跑出來，李蓉轉頭瞧她：「妳給他留了什麼東西？」

「一副葉子牌，」上官雅擺了擺手，「免得他無聊。」

「妳倒是體貼。」李蓉笑起來。

上官雅有些不好意思，「他也怪可憐的。」

「行吧，妳現在去哪兒？」

「我回家，殿下呢？」

「我回公主府，送妳一程吧。」李蓉說著，便領著裴文宣和上官雅上了馬車。

等上馬車後，裴文宣給兩個姑娘倒了茶。

上官雅坐在一邊，想了想，終於道：「殿下，妳猜藺飛白的娘為什麼這麼矛盾啊？又教著藺飛白恨謝蘭清恨一輩子，又在最後讓藺飛白幫著謝蘭清，這是圖什麼？」

李蓉笑了笑，抬眼看上官雅：「妳死過嗎？」

「我怎麼可能死過？」上官雅驚訝出聲，「殿下，這世上沒誰死過。」

李蓉和裴文宣相視一笑，李蓉緩聲道：「我猜想，藺飛白的母親，恨了謝蘭清一輩子是真的，可是也是因為愛，才會恨。所以臨死之前，一直等著他。等來等去，等到最後一刻的時候，其實來與不來，都無所謂了。」

「人死的時候，其實最多的不是恨，而是這人生裡最後的美好。」李蓉緩慢笑起來：「妳看，藺飛白的母親，說她欠謝蘭清三個要求。其實這個故事我聽過，當年謝蘭清和江湖俠女藺霞偶遇，兩人一見鍾情，當時謝蘭清救了藺霞，藺霞許諾謝蘭清，可以滿足他三個要求，而謝蘭清第一個要求，是希望藺霞留在他身邊。」

上官雅有些詫異：「那當年謝尚書，倒還挺浪漫的。」

「謝蘭清第二個要求，是希望藺霞離開他身邊。其實藺霞後來並沒有依附謝蘭清，她是和自己師妹一起在秦曲山建立了七星堂。謝蘭清知道，但一生沒去見過她。」

「可能是聽說她有孩子了吧。」上官雅想了想，「以為她有新的人生了？」

「這三個要求，是他們的開始，我想，藺霞死之前，想到的應該也是謝蘭清的好。她不恨了，她希望這份感情，能以最美好的姿態結束。而她不恨之後，就會清楚意識到，藺飛白始終是謝蘭清的兒子，她希望藺飛白和謝蘭清能夠有個良好的關係。」

「這樣說來，我大概也能理解一二。」上官雅點著頭，「藺飛白這人吧，還真有些可憐。」

「窮人都可憐。」裴文宣適時開口，「他已經算不錯了。」

上官雅點頭：「的確，這世上最大的悲哀，便是貧窮。生老病死是上天給的，而貧窮，卻總要懷疑自己。像是在蛛網之中，明明被黏著，卻總想，是不是自己不夠努力，所以掙脫不開。」

幾人說話間，馬車便到了上官府，上官雅朝著兩人行禮，笑道：「明日見。」說著，上官雅從馬車跳了下去。

等馬車裡只有兩人後，裴文宣轉頭，看向李蓉：「其實我很好奇，妳死之前，看到的是什麼？」

「那你呢？」李蓉挑眉。

裴文宣回想了一下，緩聲道：「是那年新春，我和妳一起過年，放煙花的時候，我們倆一起站在長廊上，妳叫我名字讓我回頭。」裴文宣說著，就笑起來：「我一回頭，妳就踮著腳尖，捧著我的臉親了上來。然後妳問我，能不能每一年都和妳一起看煙花。」

「我答應了。」裴文宣低頭，端了一杯苦茶，「可惜妳毀約了。」

「今年再看一次吧。」李蓉突然開口，裴文宣抬起頭來，有幾分詫異。

李蓉轉過頭去，笑著看他：「今年我陪你一起看煙花。裴文宣，你答應我一件事。」

李蓉說著，湊上前去，裴文宣垂眸看她：「什麼？」

「這輩子，我們許給對方的諾言，要麼不開口，要麼就守約到底，好不好？」

「好。」裴文宣笑起來，啞著聲道，「誰都不要毀約。」

「拉鉤？」李蓉抬起小指頭來，裴文宣看李蓉的模樣，覺得她幼稚，可這份幼稚，因為是李蓉，也變得可愛起來。

他抬起手，勾起李蓉的小指。

「一百年，不許變。」

第九十二章　錯誤

謝蘭清先告李蓉，被李蓉反告，這件事是在朝臣眼皮下發生，所有人都在等一個結果。

裴文宣早已給裴禮明打過招呼，於是裴禮明也沒有任何包庇的心，一心一意辦案，加上藺飛白配合，不過三天，謝蘭清指使陳廣刺殺李蓉和裴文宣一事便確定定案。

眼見新春將至，李蓉便將秦氏案、軍餉案以及謝蘭清的案子一起辦理，邀了御史臺、刑部和督查司一起三司會審，門下省旁聽，在公堂之上一一定了案。

謝蘭清始終是侍奉兩朝的老臣，功過相抵，最後判了流放，而另外兩個案子裡的七十個人處死三人，其他人按不同程度，流放貶官，各有處置。

宣判的時候，謝蘭清顯得異常平靜。

他似乎已經從之前的種種情緒裡走出來，呈現出一種生死置之度外的超然姿態。等宣判之後，他恭敬行禮，而後便由人攙扶起來，轉身離開。

等所有案子審判完，已經是夜裡，李蓉走出門外時，便感覺有冰渣落在了臉上。

李蓉抬起頭來，看向黑夜，雪粒路過燈籠周邊的微光，才能看到它的模樣。

李蓉仰頭看了片刻，便感覺有人走到她身後來，抬手一搭，就用寬大的袖子遮在她背上，將她整個人攏在了懷裡：「回家了。」

裴文宣開口出聲，李蓉回頭，她笑了笑：「不和上官御史回御史臺？」

裴文宣是跟著上官敏之過來聽審的，按理該跟著上官敏之一起回去。

裴文宣攬著李蓉走出官衙，往馬車走去，笑著道：「明個兒就放假了，馬上就是新春，他自己還巴不得趕緊回家，還管我們？早讓我們這些下屬自己回家了。」

「聽說敏之表叔雖然看上去冰冰冷冷的，但十分顧家。」

李蓉點了點頭，同裴文宣一起走出去，裴文宣嘆了口氣：「朝堂上這麼冰冷，怎能不貪戀夫人的溫柔鄉？」

「那可真是可惜了，」李蓉知道他的暗示，似笑非笑道，「裴大人可沒有個能給溫柔鄉的夫人。」

「溫柔鄉給不了，」裴文宣笑起來，「可我夫人臂賽山熊，人似猛虎，能給小人依靠，很有安全感，我覺得也是很不錯的。」

李蓉知道裴文宣在暗罵她凶狠威武，她嗤笑了一聲：「以前還只說我是成年牡丹，如今都敢直接說我是畜生了，裴文宣，你日日喝的是熊膽汁嗎？嘴又苦又毒，膽子又肥又大。」

「殿下何必問呢？」裴文宣和李蓉一起走到門前，兩人一起跨過門檻，裴文宣附在李蓉耳邊，「您嘗嘗不就知道了？」

李蓉聽他這話，轉過頭去，眉眼一挑，抬手就去捏他下巴。

裴文宣知她膽大，沒想到膽子這麼大，嚇得趕緊後退，李蓉見他神色克制中帶了幾分驚慌，急急躲過她的手的模樣，她不由得「噗哧」笑出聲來。

裴文宣僵住動作，李蓉用扇子在他下巴輕輕一刮：「就這點東西，同我耍什麼腔調？」說著，李蓉便轉過身去，提步下了臺階。

裴文宣耳根微紅，覺得自己失了面子，但還是得強作無事，追著過去，小聲道：「這是外面，別這麼放肆。」

李蓉贏了一場，見好就收，也沒多說，笑著到了馬車邊上。剛到馬車邊上，李蓉就聽旁邊傳來一聲平靜的喚：「殿下。」

李蓉和裴文宣一起抬頭，就見蘇容卿站在一邊。

他朝著李蓉行禮，李蓉有些詫異：「蘇侍郎？」

「殿下，」蘇容卿笑起來，神色溫和道，「不知殿下可有時間？」

「蘇大人有事？」裴文宣上前一步，擋在李蓉前方半側，笑道，「如今案子已經審完了，明日就是舉朝休沐以迎新春之期，蘇大人有什麼事，不妨等春節之後再說？」

「倒也不是我的事，」蘇容卿說得平淡，他目光看向李蓉，慢慢道：「是謝大人，想見見公主。」

「謝蘭清？」

裴文宣有些意外，蘇容卿點頭：「謝大人有許多疑問，想問問公主。」

李蓉想了想，點頭道：「蘇侍郎已經安排好了？」

「謝大人現在在刑部，我領殿下過去即可。」

「那現下就過去吧。」李蓉定下來，邀了蘇容卿：「蘇侍郎一路？」

蘇容卿行禮答謝，算是應下來。

三人一起上了馬車，上馬車後，李蓉才察覺這個氣氛似曾相識，好在這次她不需要考慮照顧兩個人的先後順序。蘇容卿一落座在馬車側邊，裴文宣就坐到李蓉身邊，和李蓉隔著中間一個茶桌，自己和蘇容卿坐在一邊，把蘇容卿和李蓉生生隔開。

蘇容卿淡淡瞟了裴文宣一眼，李蓉裝作完全不知道發生了什麼，正要低頭倒茶，就看裴文宣主動提過茶壺，給李蓉倒了杯茶：「殿下喝茶。」

「呃，謝謝。」

李蓉接了茶，隨後怕裴文宣藉機報復蘇容卿搞得場面難堪，趕緊道：「給蘇侍郎也倒一杯吧。」

「那是自然。」裴文宣說著，給蘇容卿也倒了茶，一副主人姿態將茶水交給蘇容卿：「蘇侍郎，喝茶。」

蘇容卿點點頭：「多謝。」

而後裴文宣就放下了茶壺，李蓉有些奇怪：「你怎麼不給自己倒？」

「我喝殿下的杯子就好。」裴文宣溫和道，「杯子不夠了。」

李蓉得了這話，轉頭看了一眼桌上還放著的杯子，裴文宣注意她的目光，笑著解釋：「這杯子有豁口。」

她桌子上怎麼可能放有豁口的杯子？

可她不敢問，她怕她問完，裴文宣能給她馬上砸出一個豁口來。

蘇容卿捧著杯子，他低頭看著水紋，裴文宣見兩個人都不說話，便同蘇容卿介紹起這茶葉來。

他開口說話，氣氛終於沒這麼尷尬，蘇容卿也是個知趣的，兩人便就著茶葉開始閒聊，李蓉低頭裝著看書，什麼話都不說。

好不容易終於到了刑部，裴文宣扶著李蓉走下來，由蘇容卿一起領著進了牢獄。

謝蘭清坐在獄中，旁邊人給李蓉安排了凳子。

李蓉坐下來，看向坐在床上的謝蘭清：「聽聞謝大人有事找我？」

謝蘭清看著李蓉，他沒有行禮；李蓉轉著扇子，也沒有計較他的無禮。

兩個人靜靜對視許久，終於道：「妳見過她嗎？」

李蓉不說話，謝蘭清啞著聲，繼續問：「藺霞，妳見過她，對不對？」

「我沒有。」李蓉平靜開口，「我一直在華京，她死在兩年前，還讓人到華京來找過你，你知道，但你沒回去，我不可能見過她。」

謝蘭清聽著她的話，睜大了眼：「她死在兩年前？」

「你不知道嗎？」李蓉笑起來，隨後她點頭，似是明瞭，「也是，二十年，你也沒去看過她。不過謝大人，」李蓉撐住下巴，「我雖然沒去見過她，但謝大人想知道的事情，我未必不知道呢？」

畢竟當年蘇容卿幾乎把藺霞身邊所有人都查過一遍，完整拼湊了這個女人漂泊的半生。出生江湖高門，年少誤入華京，英雄救美，意外邂逅當年華京中的貴族公子。

百年名門給予男人的風雅和少年的一派純真，哪怕是自幼習武所磨練的剛毅之心，也忍不住軟成流水長綾。

「飛白，」謝蘭清盯著李蓉，「真的是我的孩子嗎？」

「你到現在都以為我在騙你？」李蓉有些無奈，「謝大人，我不會拿這種事誣陷你。當年與藺霞相愛，你迫於家中壓力，於是與藺霞決裂。當年與藺霞在一起時，她許了你三個願望，你第二個願望，就是讓她離開。那時候，她就已經懷上藺飛白。」

「可她沒有告訴過我！」謝蘭清嘶吼出聲。

李蓉有些不解，「為什麼要告訴你呢？你不可能娶她，而她也不打算再嫁他人。這個孩子是她唯一的寄託，她不會害他。而生下來，如果進入謝家，這就是個生母低賤的私生子，為什麼要告訴你？」

謝蘭清愣愣看著李蓉，李蓉平靜道：「她帶著孩子離開，又不被家族宗門所容，於是和她小師妹東躲西藏，不得已才寫了信，和你要了錢。」

「她要錢的時候你應當覺得鬆了口氣吧，總算不愧疚這個女人了。於是你大筆一揮，將秦曲山給了她。」

「後來她建立了七星堂，身邊左右護法，江湖傳聞她和她的右護法，也就是她師兄曖昧不清，你便以為藺飛白是藺飛的孩子，畢竟藺飛白為你所知，足足晚了一年。」

「藺飛白的真實年齡，不是二十歲，他今年只有十九歲。」

「藺霞在秦曲山上過了一輩子，到死之前還想著你，讓人來找你，可你，不願意去。」

「她死之後，怕江湖人尋仇，欺負藺飛白年紀小，便要求對外不發喪，一直偽裝成她還在世的樣子。」

「所以我那時候去七星堂見的……」

「不是她。」李蓉肯定開口。

謝蘭清坐在原地，他神色有些恍惚。

李蓉注視著他，好久後，她輕輕敲打著扇子，緩聲道：「謝大人還有什麼要問？不想問的話，本宮就走了。」

「她恨我嗎？」謝蘭清突然開口。

李蓉想了想，「這我就不知道了。不過我也很好奇，」李蓉身子微微往前，「你愛她嗎？」

謝蘭清沉默著，好久後，他笑起來：「不敢言愛。」

「我想也是如此。」李蓉站起身來，淡道，「情愛於你們而言，本也薄涼。可惜了藺霞，漂泊孤苦一輩子，栽在你這種人身上。」

謝蘭清不說話，在李蓉走出去時，他低啞開口：「我是希望她一輩子過得好。」

李蓉頓住腳步，他回過頭去，看見謝蘭清仰頭從窗戶裡看著外面的天：「年少不知天高地厚，以為自己豁出命去，就能護得兩人安穩。我求她留下，與她私下成婚，同她在華京，我以為我不要命，不要榮華富貴，我就可以和她相愛了。」

「可後來我發現，家族之下，何有資格談愛？世家姓氏的高貴，是血統的高貴，是姻親的高貴，我身為謝家弟子，若隨便娶一個江湖女子，那是讓我門楣蒙羞，我百年清貴，便要成為他人笑談，我宗室男女，姻親都要因此受影響。謝家容不下我和她，我可以死，可她呢？」

「本是天上人，何以落凡間？」謝蘭清閉上眼睛：「我讓她走，是想要她好好活著，我不去見她，是我知既無結果，何惹傷心。」

「我並非不愛她，只是沒有資格，也不敢言說。」

「我有時也會一遍一遍問自己為什麼，我做錯什麼了？我喜歡一個人，她喜歡我，為什麼就要有這麼多人受懲罰，有這麼多人過得不開心。這是我的錯，還是他們的錯？」

「可我父母沒錯，我族人沒錯，而我呢？喜歡了姻親姓氏之外的人是罪，可為什麼會是罪呢？」

謝蘭清似是覺得可笑，他閉上眼睛：「我想了一輩子，後來我明白了，因為我生於鐘鼎之家，享受了這樣的富貴，所以我必須維護這種富貴。痛苦算不了什麼，情愛算不了什麼，維護家族才是大義，百年如此，千年如此。我要維護謝家，維護著這個高貴的姓氏，高貴的血統。妳李氏本為天潢貴胄，」謝蘭清轉過頭去，看向李蓉，「妳卻嫁給一個寒族。寒族也就罷了，妳竟然聽信這個寒族擺布，割裂太子與世家。」

「殿下，過往我不能說，可如今我卻想問一句，殿下今日所作所為，所求為何？為了讓柔妃那個卑賤之人的子嗣登上高位嗎？」

李蓉不說話，她靜靜看著這個澈底矛盾、澈底割裂的人。

她覺得謝蘭清可悲，可她不知道他可悲在何處。可悲於被規矩所束縛，如上一世的她，還是可悲於在規矩中又生了不規矩的心，如上一世的李川。

她說不出話，她靜靜看著謝蘭清，陷入了某種難以言說的茫然和凌厲的苦痛。也就是在沉默的片刻，她感覺有人伸出手，靜靜握著他。

「殿下今日做的一切，就是為了讓謝大人這樣的人，日後不要再問這一句為什麼。」

謝蘭清愣住，李蓉轉過頭去，緩緩抬頭。

裴文宣站在她邊上，似如高樹山川，遮風擋雨。

他看著謝蘭清，平靜道：「喜歡一個人，與喜愛之人成婚，所代表的，不僅僅是情愛，是生而為人最基本的權力。謝大人說情愛不算什麼，的確，可是謝大人沒有發現嗎？這樣的規矩之下，為了家族，豈止情愛不算什麼，人、道義、公理，都不算什麼了。」

「殿下想要的世間，非家族為最最重，而是每個人過的幸福，生有希望。或許今日不能有，甚至需要百年、千年的時間，可殿下依舊希望，有一天，不會再有一個謝大人，問自己做錯了什麼，也不會再有一個謝大人，指責殿下天潢貴胄，下嫁寒族。」

「李蓉嫁給的是裴文宣，殿下嫁給的，是一個愛她，且為她所愛的人，」裴文宣神色平靜，語調穩如山嶽，「他能讓她快活一輩子，能愛她一輩子，護她一輩子，能不辜負，不背叛，不離棄。」

「縱使是寒門，亦不是錯。」

第九十三章　新年

李蓉靜靜注視著裴文宣，她看著這一刻裴文宣的側顏，他很清瘦，似如松竹白雪，往堂前一站，便是這大夏所有人心中最典型的文臣模樣。

他手裡拿的是筆，目光看的是山河。

李蓉這一刻從他的身上，看到的不僅僅是他俊雅的五官，還有一種，少女夢中懷春時，最仰慕的情郎模樣。

一個男人最有魅力，從不是多愛一個女子，全身心付諸一個女子，而是他本身目及四海，肩扛山河，卻願意為妳低下頭來，輕輕拂去髮間一片桃花。

裴文宣注意到李蓉的目光，他轉過頭來，有些疑惑道：「殿下？」

李蓉收回神來，強行挪開目光，看向牢獄裡的謝蘭清，笑道：「謝大人，你想知道的，我告訴你了。謝大人這一路，應當可以走得安心了。」

謝蘭清有些晃神，李蓉微微頷首，轉頭同蘇容卿道：「蘇侍郎，若無其他事，本宮便先回府了。」

蘇容卿恭敬行禮，李蓉和裴文宣朝著謝蘭清告別，謝蘭清坐在牢獄裡，他沒有回話，愣愣看著一個方向，似乎是望見了什麼人、什麼事。

蘇容卿和謝蘭清行禮告別，便跟著李蓉走了出去。

走到門外時，三人才發現下了冬雨。

冬雨細細密密，隨雪而下，裴文宣讓人喚侍從去叫馬車，而後三人便一併站在長廊下，沉寂不言。

蘇容卿看著外面雨雪交加，好久後，他緩慢道：「裴大人方才說的話，蘇某以為不對。天道運行，自有規則，一味為了維護自己的欲望打破規則，害了他人，這算不得對。謝大人最大的錯，便是當年不該接觸藺霞。尊卑有別，雲泥之分，註定沒有結果，一開始便該收斂，哪怕情起不能自已，也不該放縱。」

「就像蘇侍郎一樣嗎？」裴文宣看著雨雪，平靜道，「在蘇侍郎的世界裡，為了家族，是否妻子都殺得？」

裴文宣說著，轉過頭去，看著蘇容卿。

李蓉心上一緊，冷淡道：「駙馬無端端的，說這些晦氣話做什麼？」

「我就是隨口一問，」裴文宣笑起來，抬手行禮道，「蘇侍郎莫要介意。」

「我介意。」蘇容卿開口，聲音有些啞，「還望裴大人，不要拿我的妻子開玩笑。」

「蘇侍郎還沒成婚吧？」裴文宣挑眉，「如今就這樣護著這個身分，是有心上人了？」

「有或沒有，」蘇容卿盯著裴文宣，寸步不讓，「都不是裴大人該玩笑的。」

裴文宣笑了笑，轉過頭去，笑著提醒：「蘇侍郎似乎到如今為止，還從未叫過我一聲駙馬？」

蘇容卿身形一僵。

馬車被人牽著過來，裴文宣看著人來，他自然而然伸手握住李蓉的手，提醒蘇容卿：「如今駙馬的品級還是要比我這個監察御史品級要高，殿下口上習慣也就罷了，蘇侍郎出身名門，再守規矩不過，這樣的口誤，還是不要再犯了。」裴文宣便從旁人手裡取了傘，抬手搭在李蓉肩頭，溫和道：「殿下，我們走吧。」

李蓉被他攬著往前，旁人看不到的暗處，李蓉悄悄用手肘捅他腰，低聲道：「你吃火藥了？」

裴文宣笑而不語，只攬著李蓉往前。

兩人走了兩步，蘇容卿突然開口，他聲音顫抖著，帶著啞意：「殿下……」

李蓉和裴文宣一起回頭，蘇容卿看著李蓉，目光全在她身上，他似乎想說什麼，有無數悲喜藏在眼裡，李蓉靜靜注視著他，見他久不言語，不由得道：「蘇侍郎？」

蘇容卿被李蓉聲音喚回神智，李蓉看他目光一點一點冷靜下去，他深吸一口氣，笑起來：「新春將至，下官提前恭祝殿下，新年快樂，萬事如意。」

蘇容卿明顯是很少說這樣樸素的祝福之詞，李蓉聽他說出口來，倒有些詫異，隨後她笑起來：「那我也祝蘇侍郎，新年快樂，前程似錦。」

「謝殿下。」蘇容卿笑起來。

李蓉回過身，同裴文宣一起進了馬車。

兩人進馬車後，各自往一邊坐下，馬車動起來，李蓉不經意抬眼，便看見車簾掀起來那一刻，窗戶裡漏出來的人影。

一襲白衣執傘行於風雨，天高地廣，孑然一身。

李蓉愣了愣，裴文宣給自己倒了茶，捧著茶杯，靠著馬車車壁，酸溜溜道：「別看了，人都走了。」

「他好像沒坐馬車？」李蓉有些奇怪，以蘇家的家底，怎麼會讓蘇容卿走回去？

裴文宣用茶碗蓋撥弄著茶葉，緩聲道：「走回去鍛鍊身體，多健康？」

「你說的是。」李蓉點點頭，轉頭看向裴文宣，「不知道裴大人今天這一碗醋，喝的是哪兒產的？」

裴文宣沒說話，吹著茶葉。

李蓉淡淡瞟一眼，忍不住道：「別吹了，這茶葉都飛起來了。」

「可惜了。」裴文宣抬頭，「怎麼沒飛殿下臉上，給殿下洗洗眼睛呢？」

「有美人洗眼，」李蓉笑起來，「就不需要裴大人的茶葉了。」

「李蓉。」裴文宣將茶杯往桌子上一放，手搭在桌子上，湊上前去，笑道，「可真會戳心窩子。」

「本宮沒有慣著人的習慣。」李蓉也將手往桌子上一放，迎到裴文宣面前，「這麼多年了，裴大人這駙馬，還是沒學好啊。」

「殿下教教？」裴文宣挑眉。

「你自己悟悟。」李蓉揚了揚下巴。

「殿下指條明路？」

李蓉點頭，壓低了聲，好像在說極其機密的要事：「看在你誠心求教，我就把你唯一的優點告訴你，你要好好參悟。」

「殿下請說。」裴文宣配合著她，也放低了聲，側耳傾聽。

李蓉從裴文宣茶杯裡用手指蘸了水，在桌上寫了一個字，一面寫一面道：「此乃機密，駙馬切不可外傳，駙馬請看。」

說著，字就寫完了，裴文宣轉頭一看，就看見端端正正寫著一個「臉」字。

裴文宣默不作聲，李蓉抬手拍了拍裴文宣肩膀：「駙馬有此長處，必須好好發揮。」

「怎麼發揮？」裴文宣抬頭，冷笑道，「給您跳段十三摸？」

李蓉沒想到裴文宣還能說出這種話，她認真思考了片刻，湊上前去，小聲道：「什麼時候？什麼地點？我一定來。」

「去妳的。」裴文宣推了李蓉一把，「姑娘家家，沒半點矜持。」

李蓉笑起來，往裴文宣方向一倒，抬手搭在裴文宣肩上，放柔了聲：「裴文宣，你是不是忘了，我都五十歲了。」

「妳別這麼說話，」裴文宣端坐著，把李蓉拉開，一本正經道，「像精怪，滲人。」

「你這麼一說，我就發現了。」李蓉思索著，「你現在可真像個小道士，」李蓉說著，拋了個媚眼，「招人喜歡。」

裴文宣面色不動，似在想什麼。

李蓉坐直了身子，從桌邊給自己倒了茶，低聲道：「不過說真的，你同蘇容卿說前世的事做什麼？他反正也不記得，你說了又有什麼用？」

「隨口一說罷了。」裴文宣笑了笑，「殿下不必太上心。」

「說起來，」裴文宣突然想起來，「新春殿下打算怎麼過？殿下打算入宮嗎？」

「都嫁出來了，回去做什麼？」李蓉搖搖頭：「就在公主府過吧，你安排。」

裴文宣點點頭，便開始想起春節來。

兩人一起回家去，從第二日開始，便按照朝中規定開始休沐，李蓉每天睡到自然醒，裴文宣倒和平日一樣，起床之後，他便領著人去打掃庭院，指揮著人掛燈籠、貼春聯，安排屋中物件的擺放，親自挑選熏香。

從大的布到一個花瓶的擺放，他都要親力親為，等到新春那天，李蓉醒過來時，便發現公主府和上一世似乎也就差不多了。

李蓉走在庭院裡，裴文宣同她一起去用膳，李蓉看著庭院裡的假山，不由得道：「以前你愛這個調調，如今還愛。」

「倒也不是愛這個調調，」裴文宣笑起來，「只是我總覺得，當年就那樣分開，有些遺憾，總想當一切都沒發生過。」

「然後呢？」李蓉轉頭：「沒發生過，你要做什麼？」

「然後我就和殿下一直當一對新婚小夫妻，一起做家務，過年。」

李蓉挑眉：「做家務？你敢讓我做家務？」

「我做。」裴文宣趕緊道，「您看著。」

李蓉聽著，就笑起來：「那我就看著。」

裴文宣說到做到，他領著李蓉到了飯廳，李蓉坐下來，一看桃花羹，便笑了。

這桃花羹品相到還不錯，細節卻不夠精緻，一看就不是她的廚子做的。她假作什麼事都不知道，坐下來吃了桃花羹，裴文宣假作無意道：「殿下覺得桃花羹怎麼樣？」

「嗯。」李蓉淡道，「和以前的手藝比差了些。」

裴文宣面色不太好看了，李蓉接著道：「不過，我還是挺喜歡的。」李蓉說著，抬眼看向裴文宣，意有所指道，「我能都吃完。」

裴文宣得了這話，似乎是高興起來，他提了筷子，同李蓉道：「等一會兒我同殿下一起去貼春聯和福字，然後我去打掃衛生。」

「你這是沒事找事。」李蓉嫌他無聊，但等吃完飯後，她還是同他一起去貼了福字和春聯。

起初是裴文宣在貼，她在後面指揮，指揮半天裴文宣都貼不對，李蓉有些惱了，罵了句：「怎麼這麼笨！」說著，她便走了上去，從裴文宣手裡取了橫聯來，要往門上貼，吩咐道：「要貼在這裡。」

裴文宣笑著不說話，只看李蓉墊著腳往上，裴文宣見她努力往上搆得可愛，便從她身後取了橫幅，直接往上壓在牆上鋪開，低頭看向懷裡的李蓉：「殿下，是這裡嗎？」

他在她身後抬起手的時候，李蓉感覺自己整個人彷彿都被他環住了，他的氣息鋪天蓋地而來，李蓉也不知道怎麼的，突然就有幾分耳熱，小聲道：「嗯。」

裴文宣抿唇輕笑，他讓人將漿糊拿來，將橫聯貼好，周邊人看著橫聯，表情各異，似乎想說又不敢說，等兩個人貼好了，李蓉和裴文宣退開一看，果然是歪的。

兩人靜靜看了片刻，李蓉皺起眉頭：「我好像貼歪了。」

「不，」裴文宣立刻道，「殿下貼的橫聯，不會歪的。」

「可我覺得……」

「不會歪。」裴文宣側了側頭，「歪的是人的眼睛，不是殿下的橫聯。妳看，我這麼看，就正了。」

「裴文宣，你可真會埋汰我。」

李蓉瞪他，裴文宣笑起來，攬住她的肩，推著她道：「貼都貼好了，幹下一件事吧，走了。」說著，裴文宣就推著李蓉進屋去，李蓉跟著他，結果他竟然就把她帶到了廚房。

廚房似乎已經準備好了一切工具，規規矩矩，大家都站在旁邊，李蓉挑眉回頭：「你這是做什麼？」

「包餃子呀。」裴文宣笑起來，「我帶殿下包餃子。」

「你還會包餃子？」李蓉有些新奇，「君子遠庖廚，裴家以前這麼窮過嗎？」

「倒也不是。」裴文宣說著，笑著到了桌邊。

李蓉看他從旁邊取了圍裙繫上，然後熟練在桌上撒上麵粉，開始和麵。他一面和麵，一面道：「這是我爹娘的愛好，我爹覺得要自己包餃子，才算過年。殿下坐著吧。」裴文宣笑著抬頭：「殿下看著我就是了。」

椅子早已經準備好了，李蓉倒也覺得新奇，往椅子上一坐，便撐著下巴開始看裴文宣表演。

裴文宣做餃子，和麵、擀麵、剁肉餡……動作行雲流水、一氣呵成，他本身生得好看，又姿態風雅，哪怕是包個餃子，都似如一場精心準備的獨舞一般漂亮。

李蓉撐著下巴欣賞著，看了一會兒後，也覺得無趣，便直起身來，從下人要了圍裙，到了裴文宣邊上：「我來幫幫你？」

裴文宣抬眼，笑起來：「殿下也想包餃子？」

「閒著也是閒著。」

裴文宣見李蓉來了興趣，便拿了餃子皮，教著李蓉怎麼包。

李蓉平日看著聰明，手上卻是極為笨拙，包了幾個，都遠不如裴文宣漂亮，奇形怪狀，看上去好笑得很。

李蓉看了看裴文宣的餃子，飽滿漂亮，看看自己的餃子，一群四不像。

李蓉覺得面子掛不住，一時怒了，裴文宣斜眼看了李蓉一眼，耐心教她一遍又一遍，李蓉還是包不好。

裴文宣還要說話，李蓉發了火：「別說話！本宮要你教嗎！」

裴文宣不說話了，好在周邊都沒有人，只有他們兩個，李蓉還有些臺階。

李蓉自己包不好，也不讓裴文宣包，就一個人在那裡糟蹋麵粉，裴文宣只能認命給她和麵、拌肉餡給她折騰。

眼見著折騰到了入夜，樣子還沒出來，李蓉氣鼓鼓的盯著餃子，裴文宣也忍不住了。他走到李蓉身後去，抬手握住李蓉的手，低聲道：「殿下，這樣，把手捏住這裡。」

裴文宣的氣息噴塗在她耳邊，他的聲音溫柔和善，沒有半點不耐，李蓉本覺得煩，但看到自己手裡的餃子突然變得漂亮起來那一剎，她突然又覺得高興了。

裴文宣握著她的手，一遍又一遍同她說包餃子的過程、要訣。

重複了幾十遍，李蓉終於上道，裴文宣放開手，站在她旁邊，同她一起包餃子。

李蓉包得太入迷，沒注意抬手抹了一把臉，臉上便沾染了白灰，裴文宣回頭看見，覺得好笑，又不敢說，怕打擾她包餃子。

等包了上百個，李蓉的餃子終於好看了，李蓉高興起來，轉頭同裴文宣道：「裴文宣，你看，這餃子是不是好好看！我第一次包餃子，是不是特別成功？」

裴文宣看著她臉上沾染著粉，手裡獻寶一樣拿著一個餃子，忍不住笑起來。

「好看。」他聲音溫和，「殿下更好看。」

李蓉愣了愣，也就是那一瞬間，外面煙花乍起，驟然響徹華京，李蓉和裴文宣都不由得抬起頭，看向盛開的煙花。

李蓉握著手裡的餃子，不經意回頭看了一眼身邊仰頭看著天上煙花的青年。

「裴文宣。」她突然輕喚了一聲。

裴文宣聞聲回頭，也就是那片刻，他就看見姑娘踮起腳尖，抬手捧住他的臉，輕輕吻了上來。

煙花不停歇綻放在夜空，時明時暗，風不經意吹滅了廚房的燭火，裴文宣微微彎腰，看著夜色裡緊閉著眼的姑娘。

「裴文宣，新年快樂。」

第九十四章　餃子

李蓉的手有些涼，它觸碰在他皮膚上，讓他神智勉強能保持幾分清醒。

可是無論是天空上綻放著的煙花，還是眼前踮著腳尖、閉著眼睛的姑娘，都讓他在一瞬間忍不住有幾分恍惚，覺得過往種種不過噩夢一場，它們從沒有發生過，他只是二十歲的裴文宣，而面前的人也只是十八歲的李蓉。

「蓉蓉……」他也不知道怎麼的，聲音就含了幾分哽咽，他抬起手，一手輕柔攬住她的腰，怕她滑下去，另一隻手放在她的後腦勺上，讓她承受著他所施加的力道。

隨著他溫柔又纏綿的打鬧、挑撥、交纏，李蓉加重了呼吸，手也沒了力道，從他臉上滑落下來，環在他的脖子上，整個人依靠著他腰間那隻手，忍不住往後退了一步。

裴文宣追著她的動作向前，逼著她抵在了桌上。

他沒有過多的動作，他希望這個吻給的是情，而不是欲。於是他用著所有的理智，逼著自己不要去做更多的事，他只想親一親她，然後讓她從親吻裡感受極致的喜悅與這世間所有能給予的溫柔。

李蓉記憶裡那一年的煙花放得很漫長，此起彼伏。

那個吻和以往不同。

她放縱了自己很多年，後來那些年，無論是在偶爾回憶起年少時與裴文宣的親吻，還是與蘇容卿的觸碰，更多都是欲望多愛情。她想不起來，或者說從不知道，在這種事情上多了情愛，是一種怎樣的感覺。

然而此刻她卻驟然明瞭了，那種像春雨一樣細細密密落在心頭的溫柔，軟化了所有堅硬的土壤，於是欲望中就多了克制，若即若離裡帶著怦然心動和壓不住的歡喜。

無論多少次、多少年，年紀幾何，經歷多少風霜，都在那個吻裡，突然變成了一個小姑娘。她羞澀又心動，逞強追逐著對方時，又被對方那近乎照顧的態度感染，多了幾分忐忑和羞赧。

等兩人停下來時，煙花不知道已經停了多久，李蓉坐在桌上，低頭瞧著裴文宣，裴文宣的唇上帶著水色，臉上是被她的手抹上的白麵粉。清俊的眼仰頭瞧著她，克制中帶了歡喜，亮晶晶的模樣，像足了在心上人面前的少年。

李蓉低頭瞧他，兩人什麼話都沒說。

對視許久後，李蓉抬起手，用袖子去給他擦臉，笑著道：「灰都沾臉上了。」

裴文宣笑起來：「這想必就是殿下的報復了。」

李蓉挑眉，裴文宣抬手抹去李蓉臉上的白灰道：「自己一個人當小花貓不算，還要拖著我。」

李蓉動作僵住了，似乎是才意識到自己臉上也有了灰，便就是這時，靜梅的聲音從外面響了起來：「殿下，您這餃子做好了嗎？」

她沒有貿然進來，這點規矩還是懂的。

李蓉聽到聲音，趕緊從桌子上跳了下來，裴文宣抬手便為她拍著灰，李蓉輕咳了一聲，怕外面聽出聲音裡的異樣，揚聲道：「怎的了？」

「殿下，」靜梅聲音裡帶著笑，「靜蘭姐姐包了餃子，問問殿下需不需要伺候。」

「不用了。」裴文宣說著，轉過頭去洗手，「你們先吃著，一會兒我喚人，你們過來端餃子一起吃吧。」說著，裴文宣便將餃子一盤一盤放進了水裡。

靜梅得了話，應了下來，也沒進來，轉頭去了院子外面。

外面一干丫鬟、小廝指了指廚房，朝著靜梅擠眉弄眼。

靜梅搖了搖頭，小聲吩咐：「殿下餃子做好啦，別怕。」

他們就怕這兩個人養尊處優，做一下午的餃子餓著自己發了火。

餃子掉進鍋裡，李蓉好奇觀望著，她撐著下巴，看著餃子道：「裴文宣，你們家都這麼過年？」

「嗯。」裴文宣笑著抬頭：「殿下呢？」

李蓉想了想，以前在宮裡，過年也沒什麼氣氛，無非就是宮裡擺個家宴，皇帝、皇后帶著皇子和未出嫁的公主吃吃喝喝。

菜都是大魚大肉，一道一道端上來，年年都要出新花樣，但年年也感覺這些新花樣沒什麼意思。

山珍海味，喜歡吃平日都能吃到，那些新的玩意兒經常就是有點好彩頭，什麼豆腐搭出來的福字，什麼瓜皮刻出來的鳳凰，好看是好看的很，也沒什麼好吃。

「就和平日你見的宮宴一樣，」李蓉嘆了口氣，「無聊得很。」

「殿下會有壓歲錢嗎？」裴文宣有些好奇。

李蓉漫不經心：「有啊，就各種賞賜，全都送進庫房了，我都不記得是什麼。哦，母后有一年送我一對朱雀步搖，我倒挺喜歡的。」

裴文宣聽著，想了想，正要說話，李蓉抬手指著鍋裡的餃子道：「這些餃子是不是煮壞了？」

裴文宣回頭，就看餃子熟了，都已經飄了上來，李蓉盯著餃子，頗為擔憂：「本宮看有些餃子已經腸穿肚爛，那也就罷了，怎麼這麼多都翻了白肚皮飄在水上？是不是不能吃了？」

「殿下，」裴文宣哭笑不得，「那是熟了。」

「熟了？」李蓉有些詫異，「原來這就是熟了。我說呢，你們煮餃子怎麼知道熟不熟，原來是這樣。」

裴文宣早知李蓉是個五穀不分的，他也不奇怪，笑著招呼了外面人進來，一盤一盤餃子撈出去，送到了飯廳。

公主府的其他人在小廚房裡做菜，早已經將菜備好了，李蓉和裴文宣的餃子是最後端上來的，餃子放好以後，兩個人也到了飯廳。

飯廳外面的院子臨時架了好幾桌，沒有回去過年的家僕都留在了這裡，裴文宣轉頭看了李蓉，同李蓉解釋道：「是我吩咐的，無妨吧？」

「你都吩咐了，我還能當眾拂了你的面子麼？」李蓉說著，和裴文宣一起坐下，抬手同大家道：「大家坐吧。」

李蓉說完之後，所有人都恭敬行禮，然後坐了下來。

這是李蓉頭一次同僕人一起坐著，她有那麼幾分不習慣，不由得回頭看了一眼旁邊的裴文宣。

裴文宣給她夾了個餃子，笑道：「殿下說點喜慶的話吧？也算是新年祝福了，免得大家緊張。」

李蓉緩了片刻，猶豫了一會兒，才道：「那我祝大家，來年財源滾滾，家人安康，若是適婚的，喜覓良緣，已經成親的，早生貴子，幸福美滿。」

「謝殿下。」李蓉說了軟話，眾人才徹底放下心來，笑著應了聲。

「吃飯吧。」李蓉說著，夾了碗裡的餃子。

李蓉在，大家雖然放下心來，還是有些拘謹，裴文宣見了，便招呼大家道：「大家別拘謹，該喝酒喝酒，該吃餃子吃餃子，平日是怎樣，便熱鬧給殿下看看。今日若有人吃到銅錢，有賞！」

話剛說完，李蓉「嘶」了一聲，一枚銅錢便從她嘴裡滾了出來，她沒想到裴文宣竟然在餃子裡放了銅錢，這都是民間風俗，宮裡不會隨便在食物裡塞這種東西，她沒有防備，一口咬下去，感覺牙都快崩了半邊。

「裴……」

李蓉含著眼淚，疼得抬手去捽筷子，裴文宣眼疾手快，一隻手抓住她捽筷子的手，一隻手捣住她的嘴，大聲道：「竟然是殿下吃到了銅錢，殿下今年大吉大利！」說完，裴文宣小聲道：「殿下，給個面子。」

「給什麼面子！」李蓉一把推開他，捣著嘴發火：「放銅錢不提前知會一聲，我的牙都快碎了！」

「我也沒想到殿下吃東西這樣凶猛，這不剛準備說……」裴文宣哭笑不得。

李蓉平日看上去沒規矩，其實規矩都藏在細節裡，比如說她吃飯時都是細嚼慢嚥，睡覺時都是平躺，雙手在腹間，誰知道今天餓得狠了，竟然顧不得儀態，一口咬了下去。

李蓉覺得自己理虧，也不和裴文宣計較，只伸手討賞：「賞呢？」

裴文宣笑起來，抬手從袖子裡給李蓉一個紅包。

李蓉第一次得這種到手的紅包，有些新奇，當著大家的面把紅包拆開來看，發現裡面沒什麼東西，抖了抖，才在手心抖出了一兩銀子。

看著一兩銀子，又想起自己的牙，李蓉頓生不滿：「一兩銀子的紅包，你也好意思包？」

「好好好。」裴文宣怕了她，又掏出一個他手繪了一隻金鳳凰的紅包，「這個才是妳的，那個額外送的。」

李蓉看見那漂亮的鳳凰，便有些心動，毫不客氣伸手去拿，裴文宣把紅包往旁邊一移，笑道：「殿下，壓歲錢得說點好聽話才能拿。」

「駙馬說笑了，」靜蘭在一旁笑起來，「您給殿下紅包，怎麼能叫壓歲錢。」

「這妳就不懂了。」裴文宣轉頭看了一眼靜蘭，又回眸將目光笑著落在李蓉身上，「殿下年紀小，我平日照看著，就像照看妹妹一樣，這壓歲錢得發。」

眾人聽到裴文宣的話，哄堂大笑起來。

李蓉挑眉：「你敢帶人笑話我？」

「不敢。」裴文宣趕緊道，「這是象徵著新年的喜悅之笑，絕無嘲笑殿下的意思。」

「紅包。」李蓉懶得和他多說，不想同他在下人前貧嘴。

裴文宣拿著紅包，笑道，「殿下是不是不會說好聽的話？」

「對呢。」李蓉直接抬手，懶洋洋出聲，「所以把紅包給我就完事了。」

「不會說，我教您呀。」

裴文宣說著，往前探了探身子，將紅包交到李蓉手心裡，同時覆在李蓉耳邊。

「我喜歡你，想同你年年一起過年。」

「殿下，」裴文宣問的聲音很小，「妳學會沒？」

第九十五章　進展

李蓉聽著裴文宣的話，忍不住抬眼看他。

裴文宣生了一張讀書人的清正臉，可偏生在對著她時，眼睛彷彿天生就帶著笑意。

李蓉凝視他片刻，裴文宣便笑著退開，然後帶著她吃飯。

那天晚上很熱鬧，李蓉從來沒有過這樣的體驗，整個年過得吵鬧又平靜，沒有半點憂心，也不用擔心說錯話，好像離宮廷、朝堂，都很遙遠。

裴文宣喝了些酒，他如今養著胃，平日能不喝酒就不喝了，只是過年大家來了興致，他便陪了幾杯。

喝完之後，不知道是人高興，還是酒助興，他整個人都顯得很高興。

等和李蓉回房時，他就拉著李蓉，走在前面，像個小孩子一樣哼著小曲，看得李蓉有些好笑：「你在高興什麼？」

「高興兩件事。」裴文宣拉著她的手，倒著走在走廊上。

李蓉揚了揚下巴：「說說？」

「第一，殿下今日主動親我了。」

「這就這麼高興？」李蓉挑眉，「你若高興，我還可以主動睡你。」

裴文宣笑著搖頭：「第二件事，」裴文宣停住步子，他雙手拉住李蓉的手，拉到他胸口來，「我讓殿下，高興了。」

「你平日只要少說混帳話，我也挺高興。」

李蓉笑著回聲，裴文宣繼續搖頭，他想了想，抬起手來，捧住李蓉的腦袋，將額頭抵在她的額頭上：「蓉蓉，妳從宮裡出來了。」

「我知道。」李蓉答得平靜：「我從嫁給你那天開始，就搬到公主府了。」

「以後我會給妳一個家，它和宮裡不一樣。」

「殿下。」他說得異常認真，「我會治好妳心裡所有的傷口，以後，殿下有駙馬，李蓉有裴文宣。」

李蓉不說話，她垂下眼眸，好久後，她低啞出聲：「我知道。」

以後，李蓉有裴文宣。

裴文宣聽到她這句「我知道」，又笑起來，他轉過身去，拉著李蓉往房間裡回去。

等回去之後，他們倆各自洗漱，便倒了睡下。

裴文宣或許是累了，他剛躺下不久，便睡著了。

李蓉在夜色裡看著他，好久後，她小心翼翼觸碰他。

她先是伸手放在他胸口，見他沒醒過來，她也不知道怎麼的，就伸出手去，擁抱住他，然後靠在他身上。

她聽著他胸口的心跳，感受他的呼吸，鼻尖是他慣用的香味，她覺得安寧又平靜。

一瞬之間，她覺得自己有點不像自己，但是……卻也不覺得壞。

兩人一覺睡到天亮，裴文宣因為早朝的慣性早早醒了，睜眼就看見李蓉趴在自己胸口睡著，他起床的動作便停住了。

過了片刻後，他笑了笑，乾脆抬起一隻手枕在腦後靠著，用另一隻手輕輕拂過李蓉的頭髮，一下一下輕輕梳著她的頭髮。

李蓉的頭髮很軟，帶著她身上的香味，她身上的香囊都是他親手調製，這個味道獨屬於他。裴文宣想到這一點，垂眸看向躺在自己胸口的李蓉，又不得想起昨晚上李蓉主動踮起腳尖的一吻。

昨夜吻她時，是全心全意覺得似如定情，如今晨起本就敏感，又有佳人在懷，一想便讓裴文宣身體有幾分不自在起來，他目光不由得落到李蓉身上，從頭髮，到她濃密的睫毛，高挺的鼻樑，如花般一般豐潤的唇。

他靜靜瞧著面前人，目光不由得有些深起來。

李蓉醒過來的時候，天已經大亮，她依稀聽見外面的人聲。茫然睜開眼睛，就看見裴文宣正低頭笑著瞧著她，清朗的聲音問候她：「殿下，早。」

他笑得溫和，盯著她的眼神有些奇怪，明明看上去人畜無害的平和，卻又不知道怎麼，總覺得多了幾分難言的侵略意味。

李蓉看了他一眼，撐著自己起身，這時才發現半邊身子都麻了，裴文宣看出她的不適，伸手來替她按著手臂。

他的手摸過她的手臂，男性燥熱寬大的手掌捏著她泛疼的肌肉，沒了一會兒，李蓉便覺得好上許多，隨後便感覺那捏著自己手臂的動作縱使強撐著乾淨俐落來去，卻仍舊在不經意間，忍不住多了幾分摩娑。

李蓉不由得有些疑惑，抬眼看他。

裴文宣察覺她的目光，笑著抬頭看過去：「殿下在看什麼？」

裴文宣的目光裡沒有半點雜質，李蓉心裡更有些奇怪了，裴文宣骨子裡也不是個柳下惠，兩人這麼挨著睡了一晚上，又到了早上，他這麼幫著她揉捏這肩，一點反應都沒有的麼？

李蓉有問題就去找答案，抬手就去掀被子，裴文宣眼疾手快，一把按住被子，有些緊張道：「殿下想做什麼？」

李蓉目光往下瞟，意有所指：「就有點好奇。」

「殿下好奇什麼？」裴文宣聽她這麼問，似乎更緊張了，耳根都紅起來。

李蓉看他模樣，不由得有些好笑：「又不是第一次成婚，你矜持什麼？」說著，李蓉湊上前去，壓低了聲：「你對我不感興趣？」

「殿下何必明知故問呢？」裴文宣苦笑：「起身吧，今日還有宮宴。」

「裴文宣。」李蓉挑眉，「其實呢……」李蓉抬起手，從裴文宣領口試圖往裡面探去，意有所指道，「我沒有這麼在意的。」

「正是因為殿下不在意，」裴文宣握住李蓉的手，嘆息出聲，「我才得更在意。」

「上一世殿下與我開始得並不情願，」裴文宣將李蓉的手按在床上，自己從床邊取了衣服往身上披上去，扣著扣子，「兩人被強逼著成婚，殿下也從了。如今我卻希望，這件事，殿下與我都應鄭重一些，不能因為經歷過，就把進度加快了去。」

「該到哪步就到哪步，」裴文宣掀了被子起身，坐在床邊穿鞋，「別搶了步子。」

李蓉聽他一本正經說著這些，不知道怎麼的，心中踏實中便多了幾分調弄的想法。男人若主動要這件事，李蓉反而覺得有幾分不安，如今裴文宣這麼一本正經拒絕著，她就來了興致。

裴文宣正要起身，她突然從身後往裴文宣背上一撲，抬手環住了他的脖子。

裴文宣僵了身子，就聽李蓉撒著嬌道：「裴哥哥——」

李蓉叫著他，湊上前去，將整個人的重量壓在他身上，咬著耳朵道：「日拱一卒，也得往前走嘛，裴哥哥憋著不難受麼？」

「那殿下的意思是？」裴文宣側頭看她，挑了眉眼。

李蓉眨眨眼，身子往前湊近了幾分，靠在裴文宣肩頭，手便有了動作。

裴文宣倒吸了一口涼氣。

「裴大人？」李蓉見他的模樣，靠在他肩上輕笑：「再睡一會兒吧？」

裴文宣沒說話，他閉上眼睛，忍不住微揚起下巴，低啞著聲道：「殿下有命，微臣不敢不從。」

李蓉大笑出聲來，往床裡一滾，抬手喚他道：「進來。」

裴文宣姿態優雅從容放下簾子，又回到床上。

哪怕已經是白日，床簾放下來後，整張床裡也是昏暗的。

裴文宣將人攬到懷裡時，低頭看了一眼抿唇笑得有些得意的李蓉，他將人的腦袋按到自己胸口，不讓她看見自己控制不住的笑意。

兩人折騰到中午，便一起去吃飯。吃完飯後，李蓉便照著宮裡的規矩，帶著裴文宣去拜見上官玥。

宮裡一般會在正月初一設宴，招待出嫁的公主和重要的臣子。除夕夜是宮裡的小宴，正月初一便是雲集了許多皇親貴族的大宴。

李蓉許久沒有去看上官玥，便提前進宮，想同上官玥多說一會兒話。

兩人一起到了未央宮裡，便看見李川已經提前來了，他正坐著和上官玥說話，李蓉一進門來，李川就高興起來，站起身來迎向殿外，激動道：「阿姐！」

「別擺出這種好久沒見格外想念的表情。」李蓉抬手戳開張開雙手要抱的李川，往著上官玥走去，埋汰著李川道，「朝堂上天天看著呢。只是我與母后，」李蓉轉頭看向上官玥，「倒的確許久沒見了。」

「娘娘。」裴文宣抬起手，朝著上官玥恭敬行禮。

上官玥朝著裴文宣點了點頭，招呼他坐下，隨後看向李蓉道：「我聽說妳這些時日忙，也就沒打擾妳。妳的事我在後宮裡聽著了，一出接一出，聽得人心慌。不過我想妳也是有妳的打算，也就不多問了。」

「母后瘦了。」李蓉看著上官玥，打量片刻後，拉著上官玥的手，頗有些感慨道，「您年紀上去，我們也長大了，您就不要太過操勞。好好休養身體，活得久的，才是最大的贏家。」

「如今我也沒操心什麼了。」上官玥苦笑，「你們有你們的想法，我也不想與你們有什麼齟齬，朝廷上的事，總得有一個人讓步。妳如今要往前，我也老了，只能讓步。」

「母后是在埋怨我？」李蓉挑眉。

上官玥趕忙解釋，「妳可別冤枉我，妳是我女兒，我哪兒能有這樣的心思？」

「我逗您玩呢。」李蓉挽著上官玥，靠到上官玥肩頭。

上官玥低頭看著靠在自己肩頭的女兒，心柔軟了大片：「我現在已經什麼都不管了，唯一只操心一件事。川兒，」上官玥轉頭看向坐在一旁的李川，「你就算雅雅姐不娶，這天下姑娘這麼多，總能找到一個當太子妃吧？」

裴文宣和李蓉對視一眼，上官玥看著在旁邊強撐著笑容努力解釋著的李川：「母后，不是我不想，就是合適的人難找……」

「你不是找不著合適的人，你是怕成婚。」上官玥一句話打斷他，隨後開始念叨：「其實婚事要學會將就，你看你姐姐和駙馬，兩人也是賜婚，如今如膠似漆，有什麼不好？」

李蓉聽著這誇讚，忍不住扭過頭去，輕咳了一聲。

李川看了看李蓉，轉過頭去，端了茶道：「母后，我如今年紀還小，這事等以後再議吧。」

「再議？你想什麼時候再議？」

「母后，我想過了。」李川滿臉認真，「天下不平，何敢言婚？身為太子……」

「別同我開玩笑，你就是不想成婚和我胡扯什麼天下！」上官玥直接打斷他：「我現在本也懶得管你成不成婚，可如今你沒成婚，一日不成，就有一大堆人盯著，柔妃那侄女，如今還在宮中轉悠，天天到東宮門口偶遇你，安的什麼心誰不知道？你若能把她解決了，你想什麼時候成婚就什麼時候成婚。」

上官玥說著，坐到位置上，低罵出聲：「什麼本事都沒有就想談情情愛愛，簡直是自私至極！」

李川撥弄茶碗的手頓住，他似乎在極致的忍耐，他垂著眼眸，只道：「隨便選一個姑娘進來，我與她又沒什麼感情，到時候我照看不好，怕誤了人家一輩子，又何必呢？」

「誤什麼一輩子？」上官玥聽到這話，似覺荒謬，拍著桌子道，「你以為人家嫁給你是嫁什麼？嫁個如意郎君？嫁你是因為你是太子，圖的是你東宮那個位置，是榮華富貴、是家族榮耀，你娶回來放著就是，你需要費什麼心力？」

「川兒。」上官玥皺起眉頭，「你年紀不小了，不要這麼孩子氣。嫁進宮裡來，那是姑娘自己的選擇，他嫁你娶，若你不喜歡，日後你就再納幾個側室進來，放著就是。重要的是你現在早早娶個太子妃，生個孩子，等皇長孫出來，你的位置才更穩。這麼多人看著你，你不能有半點閃失。」

「大家的婚事都非自己選擇，母后和你父皇是賜婚，你姐姐也是賜婚，為什麼你要當個異數？你是太子，肩負的是江山社稷，這些事不重要，你不要做太多糾纏。」

李川不說話，他看著茶碗裡的茶葉。

其實上官玥說得也沒錯，是他任性，是他總在意這些細枝末節，是他總會想起自己母后和姐姐，憐憫未來的妻子；是他總會看著父親，憐憫未來的自己。

其實大家都一樣，他一個人為什麼要當異數？

他端著茶碗，好久後，他終於道：「母后說的是，全憑母后吩咐。」

李蓉在旁邊無聲看著母子對話，感覺熟悉又平常。

裴文宣見氣氛不對，輕咳了一聲後，轉頭問向上官玥：「娘娘，近來微臣發現，殿下一到寒冷天氣就容易腿骨疼，娘娘可知道是為什麼嗎？」

聽到女兒身體不好，上官玥馬上被吸引過來，她一和裴文宣搭上話，便停不下來，話題被裴文宣主動轉開，四個人就圍繞著養生話題繼續談下去。等說到時間差不多了，李蓉和裴文宣便得啟程離開，去準備宮宴了。

兩人和皇后、李川告辭，等出門之後，李蓉嘆了一口氣，裴文宣看過來：「殿下因何嘆息？」

「川兒的婚事，母后說得對，的確不能一直拖著。」李蓉有些憂慮：「依照川兒的性子，我去勸一勸、壓一壓，太子妃也就想選誰選誰。」

「但如今殿下不會這樣做了。」裴文宣聲音平和，他抬手拉住李蓉的手，「前車之鑒，想必殿下也不想再逼著太子，太子是個好孩子，可人不會違背內心忍一輩子。」

李蓉同裴文宣手把手走在長廊上，聽他這些話，她久不做聲。

裴文宣見她垂眸深思，他想了想道：「其實我有一個法子。」

「嗯？」

李蓉抬眼看他，裴文宣正要回答，就聽不遠處傳來一聲笑喚：「這不是平樂姐姐嗎，今日進宮了？」

第九十六章 鬥樂

李蓉聽到這話，轉過頭去，便見到柔妃和華樂的轎輦。

兩人被人抬在轎子上，身披狐毛皮裘，手裡捧了暖爐，看上去雍容華貴，足見寵愛非常。

李蓉看見她們倆，不由得笑了。

「原來是柔妃娘娘和華樂妹妹。」

李蓉說著，將她們上下一打量。華樂沒朝她行禮，她也就不朝柔妃行禮，三方呈現了一種不守規矩的默契。

片刻之後，柔妃先笑起來，提點華樂道：「見到妳姐姐還不下轎行禮，宮裡誰教妳的規矩？」

「不必了。」李蓉抬手打斷華樂要下轎的動作，直接道，「華樂妹妹既然心裡沒我這個姐姐，也不必行這些虛禮。娘娘還有其他事吧？我先告辭了。」說著，李蓉虛虛一擺手，便領著裴文宣往大殿走去。

兩人剛走，華樂便轉頭看向柔妃，氣急敗壞道：「母妃妳看看她，囂張成什麼樣子！妳好歹是個貴妃，她見了妳都不行禮……」

「妳不也沒同她行禮麼？」柔妃笑起來，倒也不是很在意，只道：「瓊兒，人說什麼、做什麼，都是要付出代價的。」說著，柔妃抬手拍在華樂手上，溫和道：「切記。」

裴文宣跟著李蓉離開，他想李蓉應當是氣到了華樂，不由得笑道：「殿下同她們一般見識做什麼？」

「不同她們見識，她們就不找我麻煩了？」李蓉輕笑，「反正結果也一樣，倒不如口頭爽快爽快。」

「殿下注意到她們邊上站的姑娘沒？」

裴文宣突然提起了一個旁人，李蓉回想了片刻，才想起那人的面容來。

那人生得清麗端莊，倒也是個美人，只是柔妃美貌太盛，她站在邊上，便顯得有些失色，需要人仔細回想，才能想起那模樣。

李蓉有些詫異裴文宣提起她，她正回頭要問，就聽裴文宣道：「是蕭薇。」

也就是柔妃一直想讓李明賜婚給李川的那個侄女。

上一次宮宴，柔妃費盡心機想讓蕭薇在選香比賽中脫穎而出，好給李明一個由頭賜婚，結果被李蓉攪局，如今近半年時間過去，她竟還在華京待著。

想到這一點，李蓉不由得皺起眉頭，轉頭看裴文宣道：「你方才說可以給川兒解圍的辦法是什麼？」

「護國寺最近來了個僧人，據說通曉古今，預知未來。」

裴文宣提到這一點，李蓉便明瞭了，她猶豫了片刻，裴文宣見她沉默，不由得道：「殿下有什麼擔憂麼？」

「這個僧人是個騙子。」

李蓉直接揭穿，裴文宣滿不在意：「這世上有不是騙子的方士嗎？正是騙子，才好利用。無論怎麼說，上一世他的確名滿華京，信徒眾多。」

「可他最後還是被趕出華京了。」

李蓉皺起眉頭，裴文宣提醒她：「那是妳做的。這輩子妳若不親手撕了他的皮，他就是個高人，讓他說出殿下五年內不能成婚的預言，再在民間煽動此事，讓它流傳開去。如今上官家差不多為殿下所控制，他們不能出太子妃，那他們也不會讓其他人出。朝中各派的內鬥，這個預言便可以成為他們利用的藉口，如此一來，五年內，」裴文宣豎起一隻手，「太子殿下婚事無憂。」

「這還是有風險。」李蓉用扇子敲著手心，緩慢出聲，「我再想想。」

兩人說著話，便步入了大殿，大殿之中早已來了不少臣子，正各自和其他人寒暄，李蓉和裴文宣進了大殿後，剛剛落座，李明便領著人來了。

李明身後領著後宮的妃子，上官玥同李明並排，柔妃領著其他人跟在身後。

李明一進來，所有人就跪了下去，李明讓大家都起身後，便按著一貫的習慣，說了幾句吉祥話，而後便宣布開席。

新年的宮宴是每一年的必備項目，坐在大殿前方的都是達官貴族，大家都是熟人，也並不拘謹，沒有一會兒，場面便熱鬧開了，由老臣開頭領著，熟悉的官員開始互相走動，也算是個社交場合。

裴文宣和李蓉坐在一邊，他們倆如今在朝中不受待見，尤其是李蓉，於是也沒人來同她說話，裴文宣便陪著她，同她嗑著瓜子聊天。

兩人一起觀察著宮宴裡的其他人，老頭子們以官位為區分，各自在各自的圈子裡說話聊天，而年輕人則多以出身區分，各自在各自的圈子裡。

裴家這樣的寒門，如今在朝中有實權，但又不在世家譜留有名字，屬於朝中新貴，便有些兩頭不沾，一些官位高的裴家人在上流圈子裡勉強搭話，一些官位低的便在寒族的圈子裡，倒還顯得從容。

男人在大殿上，女人幾乎都在後殿，除了皇后和貴妃，整個大殿上就只有李蓉一個女人在殿上，顯得十分突兀。

兩人在一起待了一會兒，便見有人從後殿小跑了過來，在李明耳邊附和著說了什麼。

李明聽了片刻，笑著叱責了一聲：「小姑娘就是愛出風頭。」

話雖這麼說，李明卻還是朝福來吩咐道：「讓舞姬下去吧，把華樂領過來吧。」

李蓉距離李明不遠，聽到李明這麼吩咐，她不由得側目看了過去。

沒了片刻，她就看華樂握著一把玉笛，從後殿走上前來，朝著李明盈盈一福，恭敬道：「父皇。」

相比李蓉，華樂慣來要溫順得多，她溫柔、嬌氣，是李明心中女兒家該有的模樣。

她一來，大殿便慢慢安靜下來，隨後就聽李明笑道：「我聽說妳準備了曲子，要同肅王一起表演給朕賀新春？」

「是。」華樂握著笛子，笑起來，「是誠弟出的主意，他說新年開年，要給父皇討個好彩頭，想給父皇獻劍舞，一來慶賀去年西北戰事順利，二來也是向天下展現我大夏應有的男兒氣概。」

「他才十一歲，」李明嘴上埋汰，面上卻十分高興，「這就要當男子漢了？」

「父皇。」在柔妃旁邊坐著的肅王李誠驕傲道，「兒臣去年劍術大漲，師父說兒臣年紀雖小，但亦不輸任何一個成年男子了。」

「哦？」李明好奇道，「那你打得贏你太子哥哥嗎？」

若是普通人家，李明這問題倒沒什麼，可在天家，李明這麼一問，所有人臉色便不太好看起來。

李蓉嘴邊噙著笑，目光落在李誠身上，就等著看李誠如何回答，而李川神色平靜，彷彿什麼都沒聽到一般，端一副穩重姿態。

「那自然是可以的，」李誠立刻一本正經回答道，「太子哥哥擅長讀書，我與太子哥哥不同。」

「聽到沒？」李明大笑起來，轉頭看向李川，「你這當哥哥的，再不努力，弟弟都要瞧不上你了。」

李川聽到這話，微微一笑，恭敬行了個禮道：「父皇說得是，誠兒日後必為一員猛將，守我大夏邊疆，揚我國威。」

李川在李蓉面前雖然幼稚，但畢竟打從睜眼當著太子，這樣的場合並不陌生，他非常清楚要用怎樣的方式，化解李明給的尷尬。

只是他終究還是帶了幾分少年氣性，回話的時候還是忍不住刺了李明一下，就差直接告訴李明，就肅王蠢樣當不上皇帝，別白費心思了。

李明聽出李川話語裡的機鋒，他面色立刻沉了下去。

柔妃見狀，趕忙道：「陛下，您也別光顧著說話，孩子準備了這麼久的禮物，該看一下呀。」

「對對對。」李明得了臺階，回過頭來，也不再理會李川，笑道，「諸位愛卿，華樂公主與肅王為賀新年，與諸君同樂，特意準備了一場盛舞。去吧，」李明看向華樂，「小百靈鳥。」

華樂朝著李明行禮，便走到肅王邊上，同肅王一起上臺。

李誠上了舞臺，解開了外衣，便露出自己身上的勁裝，這一身勁裝是西北士兵練武的衣服，寓意著他此刻就是西北士兵。

而後他去取了劍，在臺上挽了個劍花，李明立刻鼓起掌來，大聲道：「好！」

李蓉笑著敲著扇子，看得饒有趣味，所有人都被臺上吸引，不得不說，李誠這劍花挽得極好，一看就在此道上頗有天賦，也不怪李明開心。

裴文宣湊過去給李蓉填酒，小聲道：「殿下不覺不悅？」

「有什麼不悅？」李蓉轉頭輕笑，用只有兩人可以聽到的聲音道，「這在大街上看是要給錢的，現在不用給，還不多看幾眼？」

裴文宣就知李蓉這嘴饒不了人，他笑了笑，沒有說話。

李誠挽完劍花，得了一大片喝彩，他挺起胸膛，顯得十分驕傲。

華樂站到舞臺一邊，同李明道：「父皇，今日我演奏這曲子，是〈平川入陣曲〉，此曲失傳百年，兒臣查閱古籍，也只得半卷殘卷，前些時日偶然聽得蘇侍郎為誠弟演奏此曲，才將下半卷紀錄下來。今日為父皇獻上此曲，還望父皇喜歡。」

又是這種暗暗炫耀自己驚人才華的謙虛，李蓉感覺自己已經乏了。

她側過頭去，同裴文宣低聲道：「他們怎麼還不開始？」

「耐心點，估計還有重要的事沒說。」裴文宣拍拍她的手，他話音剛落，就聽華樂道，「不過兒臣只有長笛，若無琴聲相伴，未免太過單薄，若蘇侍郎不嫌棄，」華樂轉頭看向坐在席間神色平靜的蘇容卿，「可願為我伴奏，為父皇共獻此曲？」

聽到這話，所有人都看向了蘇容卿，而裴文宣下意識就看向了李蓉。

李蓉察覺裴文宣看他，奇怪回了眼神，兩人就在眾人都盯著蘇容卿的時候，靜靜對視。

蘇容卿沒說話，華樂撐著笑容：「蘇侍郎？」

華樂這一聲喚，倒喚醒了李蓉的神智，她算是明白華樂今晚的目的了，醉翁之意不在酒，在蘇容卿啊！

華樂這樣的身分，就算是公主，也很難嫁入高門。不想柔妃和華樂心裡知道正常情況下華樂嫁不進去，於是就選了一個不正常的路子。

而如今不受李明排斥，又出身高貴的世家裡，最好的未婚對象，就是這個明白著要繼承蘇家的蘇容卿。

李蓉一時有些驚詫於華樂的胃口，不走尋常路，就真的直接步雲霄。

只是她也不可能放著華樂去嫁入這樣的高門，於是不等蘇容卿答話，李蓉便立刻站了起來，直接道：「妹妹何必勞煩蘇侍郎。」

李蓉一開口，所有人都看了過來，裴文宣盯著她，神色有些冷。

李蓉不敢看裴文宣，她直接從小桌後走上臺上，沒給華樂任何反駁換人的機會，笑著道：「其實〈平川入陣曲〉也並非澈底失傳，只是許多名師不願意傳授普通弟子，恰好，我也曾同一位名家學過。妹妹需要伴奏？姐姐幫妳呀。」

李蓉往古琴面前優雅席地而坐，紅色的衣衫本就奪目，而李蓉又生得國色天香，氣度非凡。她未曾收斂氣勢，華樂往她旁邊一站，便像是侍女站在她身後，讓人注意不到半分。

華樂意識到眾人目光不在她身上，她下意識小步往李蓉旁邊挪遠了些，她知道自己的缺點在哪裡，不想在對比下顯得太明顯。

李蓉見華樂偷偷往旁邊挪，她抬起眼來，笑道：「妹妹，妳再往邊上走點兒。」

「嗯？」

華樂有些茫然，李蓉抬手往臺邊上一指，優雅道：「再走幾步，直接下臺，留姐姐一個人表演，也無妨啊。」

李蓉說了這話，周邊立刻便有了隱約的笑聲，華樂有些難堪，勉強笑道：「姐姐說笑了，開始吧。」

華樂說著，轉過頭去，將玉笛放在唇邊。

李蓉垂下眼眸，抬手將琴弦一撥，緊張的開場旋律便傳了出來。

李誠握住劍，擺出了一個起勢，然後大喝了一聲，便隨著樂律表演起來。

柔妃這個人，能走到這個位置上，自然有獨道之處。雖然出身寒門，但柔妃的品味卻不差，例如這平川入陣曲，便選得又貼合李明心意，又的確能將一個人在樂器上的駕控能力展現到極致。

這曲子開始就十分緊張，而後逐漸越發激烈，曲調一路推高，沒有半分間歇，彷彿是手持利刃揮砍殺入敵軍，一路廝殺得酣暢淋漓。

一個人的曲子往往代表著這個人所有的心境，柔妃選的曲子沒錯，而華樂技藝也勉強能跟上，若無對比，華樂還算不錯，可如今李蓉在，一切便不一樣了。

這首曲子，是李蓉在戰場學的。

上一世李川多次北伐，李蓉曾親赴前線，這曲子是蘇容卿在前線教給她的，她曾在城樓演奏此曲，以激士兵氣勢，她的境界相比，頓時便顯得華樂笛聲單薄軟弱，索然無味。

華樂也察覺到了這中間的問題，她心中不由得慌了神，這一慌便讓她氣息亂了，再跟上李蓉的琴聲，便顯得越發困難。

李蓉琴聲越發激昂，似如廝殺到關鍵時刻，而這時華樂的低聲已經完全跟不上，只能是勉力追隨著，便讓這琴聲顯得有些孤獨起來。明明到了最好的時候，卻總差了點什麼。

便就是這時，蘇容卿在人群中默然起身，朝著挨著自己最近的樂師隊伍方向徑直走去。

而他對面一排的裴文宣也站起身來，往自己這一面的樂師隊伍走去。

蘇容卿一面走，一面脫下外衣，隨後來到大鼓前，將衣衫放在鼓架上，低聲道：「借用。」說著，他從鼓師手上拿過鼓槌，猛地砸了下去！

鼓聲和李蓉的琴聲混淆在一起，密集的鼓聲，激昂的琴聲，一瞬之間，李蓉彷彿回到了當年城樓撫琴，蘇容卿作鼓相伴的剎那。

李蓉詫異抬頭，便就是這一刻，一聲急促又蒼涼的二胡聲猛地插了進來。

那二胡聲與琴聲、鼓聲相比都要慢上許多，顯得格格不入，但正是因為這種格格不入，才和原本的音調越發明顯的區分開來。

李蓉抬眼，便看見對面的裴文宣坐在樂師隊伍中，正一手按在二胡弦上，一手流暢有力拉著琴弓，頗為挑釁看著她。

李蓉用餘光看見他旁邊緊捏著嗩吶、鬆了口氣的樂師，她心裡清楚知道——

要不是搶不到嗩吶，也許現在響起來的，就不是二胡了。

第九十七章　哄你

裴文宣的二胡聲似乎是在給李蓉和紘，但是與旁邊鼓聲完全不相同，李蓉快他慢，李蓉慢他快，可又詭異的融合，在突兀中有幾分莫名的……好聽？

眾人都聽得有些震驚，李明轉頭問旁邊最擅長樂律的禮部尚書顧子道：「顧尚書，這〈平川入陣曲〉是這麼演奏的麼？」

顧子道撚著蒼白的鬍鬚，正閉眼仔細聆聽。

李明詢問後，他慢慢睜眼，轉過頭來，朝著李明恭敬道：「陛下，原本的〈平川入陣曲〉自然不是這麼演奏的，最初平樂殿下、華樂殿下、蘇侍郎琴笛鼓的合作，再正統規矩不過，裴駙馬後續這二胡的加入，便是創新之舉了。」

李明轉動著手裡的佛珠，點了點頭：「倒也不難聽。」

「裴駙馬這二胡加進來，和過去的〈平川入陣曲〉大有不同，但又多了幾分其他意味。之前〈平川入陣曲〉中所描繪的，是平川王領兵入陣，大殺四方的熱血景象，可這二胡加入後，便多了幾分蒼涼之感。這二胡加在曲子最後一節，恰是描述戰爭後期屍橫遍野、百姓之苦，頓時將這曲子填了不少意境，使曲樂層次增色不少。可惜裴駙馬明顯不擅二胡，蘇侍郎也不常用鼓，」顧子道笑起來，「若是大師來奏，想必更加出彩。不過兩人意境已到，能在大殿欣賞到兩位年輕人這樣的曲聲，倒也是件樂事。」

顧子道點評之時，曲聲漸消，臺下掌聲響起來，多是議論著這二胡加入曲子之後的變化，李誠和華樂卻早已是被忘記了。

華樂尚還能忍，李誠見狀，氣得將手上劍一扔，含著眼淚便衝回了柔妃身邊。

華樂臉色也不是很好，但她畢竟年長，不能像李誠一樣任性，李蓉站起身來，走到華樂邊上，笑道：「妹妹笛子吹得不錯。」

「姐姐見笑。」華樂勉強笑起來，也不多說什麼，便自己回了自己的位置。

李蓉和裴文宣方才落座，就聽裴文宣輕聲道：「琴彈得挺好呀，想顯擺的心情拉都拉不住。」

「裴大人也不遑多讓。」李蓉面上帶笑，嘴唇噏動，只用兩人聽到的聲音道，「要不是樂師把嗩吶抓緊了點兒，怕您就得當堂把哀樂奏起來了吧？」

「您也太看不起我了。」裴文宣用同樣的聲音，頭朝李蓉輕輕靠了靠，「我胸襟寬廣，今兒能給您吹一曲歡天喜地的〈好姻緣〉。」

「你……」李蓉還想回話，但話沒出聲，就被嘹亮的誇獎聲打斷。

「今日這琴彈得好，笛吹得好，鼓打得好，二胡……拉得也不錯，」李明的聲音響起，高興道，「最重要的是，肅王劍，舞得好！舞得有氣勢！這才是我大夏男兒當有的樣子，眾愛卿覺得可是？」

全場一片靜默，略顯尷尬。片刻後，還是顧子道這個老滑頭最先出聲，笑道：「陛下說得是，肅王小小年紀，有如此氣魄，實在難得。日後太子文能興國，肅王武能安邦，一文一武，兄弟齊心，是陛下之福，也是大夏社稷之福啊！」

「顧大人說得是。」蘇閔之笑起來，又隨著顧子道說了些將李川和李誠都誇讚的話，這樣兩不得罪，才終於有人開始說話。

你一言、我一語，場面終於才熱鬧起來，李明見群臣不接他的話，也不好再說，可他心裡似乎還有些不甘心，便轉頭看向李川，詢問道：「太子，你看你長姐弟妹都想著為了恭賀新春做點什麼，你身為太子，如今可有什麼想法？」

「兒臣不似幾位能樂善舞，」李川聲音平穩，「只能日後勤於朝臣，多為父皇分憂，多為百姓造福。」

「花言巧語，說得好聽。」李明冷哼了一聲，李川板著臉，假作聽不出李明的諷刺，李明沉默了一會兒，直接道：「你如今也十七歲了，選太子妃的事宜也該提上日程，你還打算拖到什麼時候？」

李蓉聽得這話，心就提了起來，她生怕李川就這樣拒絕，正想開口給李川解圍，就聽李川平穩道：「兒臣從無拒絕之意，聽父皇、母后吩咐。」

李蓉一時有些詫異，她沒想到李川接得這麼平穩。

李川這麼應下來，李明也不好再多說什麼，只道：「那等開春以後，你就準備選妃吧。」

「是。」李川說得恭敬，李明見李川是個軟硬不吃的，乾脆轉過頭去，將演奏的四個人都賞了一遍，又待了一會兒，才草草結束了宮宴。

李明一走，所有人便各自散開，有的去御花園醒酒，有的乾脆離開。

李川和眾人喝得多了些，似乎是酒力不勝，同臣子擺了擺手，便自己離開。

李蓉看見李川起身往水榭走去，她拍了拍裴文宣的手，壓低了聲道：「我去去就回，你幫我遮掩著。」

李蓉說完，不等裴文宣回話，便趕緊起身，追著李川走了出去。

李川由太監伺候著，一路走到水榭，李蓉悄悄跟在他身後，就見他身形高挑修長，似乎又長高了幾分，隱約間和她記憶裡那個消瘦到失去人氣的帝王重合，看得她心裡有些慌張。

李川走到湖心亭上，讓人放下簾子，李蓉走進去就看李川正坐在長桌前。

見李蓉走進來，他笑起來：「阿姐怎麼也來了？」

「大殿裡煩悶，」李蓉遲疑著，「我出來吹吹風。」她走到李川對面，坐下身來：「他們給你灌酒灌多了？」

李川笑起來：「怎麼可能？他們誰都不敢灌我的，就是不想待，就出來了。」

「你的婚事……」

李蓉遲疑著，只是她還沒說完，李川便直接打斷她：「姐，我問妳一個問題。」

李蓉抬眼看他，她知道李川不會隨便問問題。

她遲疑片刻，還是道：「你問吧。」

「如果……」李川苦笑起來，「我是說如果，我今日當天把父皇拒了，妳會幫我嗎？」

「我會。」李蓉答得毫不猶豫。

李川輕輕點頭，「我知道，我一直知道，」李川聲音有些啞，「阿姐對我是最好的。」

「川兒，」李蓉看著李川的樣子，心裡有些難受，「其實今日你可以拒了。」

「然後下一次呢？」李川徑直詢問，「我不可能一直這麼拒絕別人，拒絕一輩子。任性是要付出代價的。」

「阿姐，」李川頓了頓，猶豫了很久之後，他才緩慢出聲，「是我對不起秦家。也是我……對不起秦真真。」

「如果當初答應娶雅姐姐，」李川有些茫然，「是不是秦家人就不會被人陷害了？」

「不是。」

李蓉斬釘截鐵回覆，李川抬眼看她，疑惑道：「不是？」

李蓉猶豫了片刻，許久後，她才慢慢出聲：「川兒，其實你無論做什麼，阿姐都會支持你，你不必委屈自己。」

李川不說話，他垂下眼眸，看著手裡的茶，許久後，他笑起來：「姐，其實我很奇怪。我不知道從哪一天開始，妳對我的態度就特別縱容。好像不管我做什麼，妳都願意支持。為什麼？」

「我是你姐姐，」李蓉認真出聲，「我希望你過得好，永遠像現在這樣。」

「那妳同我說一句實話，」李川盯著她，「我做對了嗎？」

李蓉一時說不出話來。

李川靜靜看著她：「我在這宮裡，希望娶一個喜歡的人，也希望嫁給我的人是真正喜歡才嫁進來，姐，妳覺得應該嗎？」

不等李蓉說話，李川深吸了一口氣：「不應該。阿姐妳第一次站在我這邊的時候，我特別高興，可秦家落難那一天開始，我就後悔了。」

「秦真真走的時候，我去送她。」李川閉上眼，他一隻手搭在膝蓋上，一隻手撐著自己，「我那時候就想，如果我按著母后意願娶了上官雅，再按著父皇和群臣的意願多納幾個側室，那其實這只是一群野獸在圈子裡的撕咬，我是野獸，對方也是，總害不了路過的人。可我偏生不甘心，偏生心存憐憫，憐憫嫁給我的人，也憐憫我自己，於是害了秦家人。」

「母后說得對。」李川將杯子放在桌上，他撐著自己起身，「我不能再仗著阿姐和母后對我的愛，就肆意妄為，阿姐不用擔心，我想通了。嫁進來的女人，明知宮裡是什麼模樣也要來，那自然就不會因為情愛而傷心。」

「我不能給阿姐添麻煩，我是太子，這都是小事。姐，妳放心，」李川笑起來，「我會處理好的，妳別擔心。男子漢大丈夫，我沒事。」

李川說完，看了看周遭：「不能讓人看見妳我談這麼久，我先走了。」說著，李川便率先離開。

李蓉在湖心亭坐著，好久後，她轉過頭去，看向李川，就見李川的背影裡，依稀有了幾分成年人的影子。

李蓉在湖心亭坐了片刻，便站起身來，往大殿走去。

大殿裡已經沒剩幾個人，裴文宣還坐在位置上等她，她落座後，裴文宣看了她臉色一眼，似乎想說什麼，又生生止住。

片刻後，他終於道：「天色已晚，我們且先回家吧。」

李蓉點點頭，裴文宣吩咐了人去準備馬車，隨後又讓人去拿了斗篷，披在了李蓉身上，替她繫上帶子。

李蓉見他關懷得無微不至，她不由得笑起來，小聲道：「我以為你還生我氣呢。」

「氣是氣的，」裴文宣繫好了結，將衣服拉平，便將雙手攏在袖中，轉身往殿外走去，平淡道，「反正殿下也不會哄我，最後還不是我低頭，我又有什麼好拿翹？」

李蓉聽到這話，覺得有些好笑，她走到裴文宣邊上，小聲解釋：「今天我起身，主要是不想讓柔妃如願。華樂打小是柔妃聯姻的一顆棋，華樂自己心裡也清楚，她不會無緣無故選這麼一首曲子，找蘇容卿伴奏。她今日做這些，就是希望讓世人知道，柔妃和蘇家關係不錯，這樣一來，追隨柔妃的寒族，也就會多上幾分信心。而蘇容卿若今日當真表態，父皇那性子，說不定指婚也可能。」

「陛下不可能真指婚。」裴文宣平靜分析：「如今的華樂嫁給蘇容卿還是高攀，蘇容卿若當庭拒婚，陛下不好辦，他不敢賭。而另一個理由，」裴文宣頓住步子，轉身瞧她，「我姑且接受，可我還是覺得心裡不舒服，扎眼，妳說怎麼辦？」

李蓉用扇子輕敲著手掌心，嘆了口氣：「說來說去，我看你根本不是生氣。」

裴文宣挑眉，李蓉抬眼，目光裡全是了然，有幾分無奈道：「你就是想占便宜。」

「殿下說笑了，」裴文宣直接反駁，一本正經道，「微臣不是……」

話沒說完，李蓉便直接撲到了裴文宣懷裡，抬手環住他的腰，緊緊抱著他。

裴文宣的聲音戛然而止，他身體有些僵，周邊人來人往，都不由得看向他們。

李蓉抬起頭來，仰望著裴文宣，有幾分無辜道：「你還生氣嗎？」

裴文宣看著李蓉的眼，明知李蓉是在挖坑給他跳，最後他還是只能老實回答：「不生氣了。」

「那你想不想占我便宜？」李蓉繼續發問，誓死要坐實裴文宣就是找著機會占便宜這件事。

裴文宣嘆了口氣，頗有幾分無奈：「我能不想嗎？」

說完之後，裴文宣抬手把李蓉的手扯下來，拉著她往前：「行了，妳贏了，回家吧。」

李蓉聽裴文宣的話，就忍不住笑起來，她主動抬手挽住裴文宣的手，將頭探上前去：「裴文宣。」

「殿下還有什麼吩咐？」裴文宣被她挽著手，一副準備上刀山、下火海的模樣。

李蓉笑起來，她小聲道：「我這算不算哄你啦？」

裴文宣微微一愣，他驟然意識到，方才李蓉，似乎真的，在主動哄他？

他一時說不上話來，心裡有些歡喜，又覺得應當穩重。他在夜色裡行走，穿過宮門時，陰影籠罩而來，他們在短暫的黑暗裡，裴文宣才輕輕應聲：「嗯。」

第九十八章　調任

李蓉聽到裴文宣這一聲「嗯」，便知道裴文宣心裡高興了。

她挽著裴文宣往前走，兩人一起上了馬車，裴文宣才想起來：「我方才見妳似是悶悶不樂，可是和太子殿下說了什麼？」

「川兒決定選妃了。」李蓉嘆了口氣，「其實這本也是件好事，他能想通最好，但我也不知道為什麼，心裡總是覺得有些難受。」

「殿下難受什麼？」

裴文宣給李蓉倒著茶，李蓉沉默著，片刻後，她笑了笑：「倒也沒什麼。他現在這樣，大家都省心，再好不過了。他畢竟是太子，」李蓉抬眼看他，笑了笑，「不是麼？」

裴文宣沒說話，他似乎並不想觸及這個話題，將倒好的茶推給了李蓉，只道：「殿下喝些茶，緩緩酒勁兒吧。」

李蓉抬眼看著裴文宣在燭火下略顯疏遠的神色，她猶豫了片刻，終究是什麼都沒出聲。

年假過得很快，在家裡稍稍待了幾日，整個朝廷便重新開始運作起來。

李蓉回督查司第一天，就聽流放充軍的隊伍要出城去了。

李蓉想了想，突然想起來，轉頭詢問上官雅道：「藺飛白是不是判了充軍？」

「是。」上官雅點了頭，有些奇怪道：「妳怎麼突然想起這件事來？」

「走吧。」李蓉站起身來，笑道，「去看看他。」

上官雅有些意外李蓉會有這個想法，她跟著李蓉走出去，忙道：「殿下怎麼想著去看他了？」

「是個人才，」李蓉解釋道，「不去送行，可惜。」

兩人出了門，上了馬車，沒了一會兒，就到了城門口。

此時城門口已經聚了一列囚犯，他們穿著白色的囚衣，戴著沉重的腳鐐，脖子上掛著木枷，正同親人敘別。

城門前哭成一片，只有藺飛白站在人群裡，看上去十分平靜，與周遭格格不入。

李蓉和上官雅走到藺飛白面前，李蓉笑著招呼了他一聲：「藺公子。」

藺飛白應了一聲，沒有多話。

李蓉看著他身上的刑具，轉過頭去，同上官雅吩咐道：「妳將押送他們的官兵打點一下，該有的體面還是要有，不要給藺公子上這麼多東西。」

上官雅拱手退了下去，李蓉轉頭看向藺飛白，藺飛白面色不動，李蓉將他上下一打量：「看藺公子的樣子，七星堂的人路上是已經準備好了？」

「怎麼，」藺飛白聽李蓉提到七星堂，面上終於有了幾分波瀾，「殿下是覺得，斬草要除根，現在特意來除了藺某這個根？」

「藺公子說錯了，我來是給藺公子提供一條路的。」李蓉抬手瞧著摺扇，溫和道，「藺公子想過當官嗎？」

藺飛白皺起眉頭，李蓉給他分析著：「七星堂如果這次把你劫囚劫了回去，必然是要驚動朝廷的，以我父皇的脾氣，你七星堂這樣的組織，刺殺在前、劫囚再後，他怕是不會放過你們。」

「所以妳想說什麼？」藺飛白盯著李蓉。

李蓉笑了笑，「我就是想知道，同樣都是殺人、拚命，藺公子願不願意在戰場上拚一拚？」

「這次藺公子是過去充軍的。」李蓉轉頭看向遠方：「充軍和流放不同，同樣是偏遠地區，流放之人便再無未來，但充軍之人若立軍功，也有機會將功折罪，在軍中擔任要職。藺公子要是願意，在下可以同藺公子合作。只要藺公子立一個小功，我便向陛下奏請，讓你入謝家族譜，從罪身變成良民，這樣一來，你就可以在沙場建功立業。」

「是從此浪跡天涯、四處逃竄，還是入世家族譜以命換前程，搏官場高升，」李蓉往前傾了傾，「藺公子想好。」

這其實沒得選，也不需要選。

藺飛白看著李蓉，皺起眉頭，目光裡不由得帶了幾分疑惑：「妳敢信我？」

畢竟他違約不是一次，上次他答應要和她裡應外合對付謝蘭清，卻轉頭和謝蘭清對付她。

李蓉笑起來：「能不能信，我還是清楚的。之前你有你母親的遺命約束，現在我想，你會做出最合適你自己的選擇。」

「我的選擇？」藺飛白冷笑，「妳把我判了充軍還讓我選擇，這叫選擇？妳如今來這裡裝什麼好人？」

「藺公子這就想不開了。」李蓉摩挲著手裡的扇子，「你殺我，又陷害我，我讓你充軍已經是對你的寬宏大量。如今還給你提供一條路子來走，你不當感激我嗎？」

「藺公子手上人命不少，恩怨之事，想必看得開。你我既不是敵人，你殺我不是因為恨我，我判你也不是因為厭惡，既然如此，如今我能為你提供利益，你何不與我成為朋友？」

李蓉一番話說下來，藺飛白沒有多說，他並不是一個傻子，想了片刻，他便應了下來，只道，「聽殿下吩咐。」

兩人說話間，上官雅走了過來，同李蓉道：「打點好了，現在還在門口，不好做事，等一會兒走遠了，出了華京地界，他們便會將他身上的刑具卸下來。」說著，上官雅轉頭看向藺飛白：「藺賊，還不謝謝公主？」

「我謝她又不是謝妳，」藺飛白徑直回答，輕輕瞟了一眼上官雅，「關妳什麼事？」

「你這人簡直是狗咬呂洞賓，」上官雅聽藺飛白的話就來氣，抬手道，「把我的葉子牌還我。」

「西南貧苦無聊，」藺飛白慢悠悠出聲，「不還了。」

這話說完，押送官兵便到了李蓉面前，賠著笑道：「殿下，這位公子得起程了。兩位不如日後再敘吧。」

這話說得好聽，李蓉點了點頭，讓上官雅賞了銀子，抬手給了藺飛白一個刻著「平」字的玉佩，只道：「日後多來信。」

李蓉把這話說完，便領著上官雅往回走。

剛入城，一個侍從便走了過來，同李蓉道：「殿下，駙馬說今日他不能回去，請您自己用膳。」

「他有什麼事？」

李蓉有些奇怪，裴文宣很少不回家吃飯，如今竟然不回去吃飯了？

「駙馬說他要宴請一些大人。」

李蓉聽到這話，便皺起眉頭來，只是也不好當著其他人的面發作，便壓了下去，打算回去問裴文宣。

上官雅在旁邊觀察著李蓉的神情，侍從剛離開，上官雅用肩頭碰了碰李蓉：「駙馬不陪妳吃飯，不開心啦？」

「怎麼會？」李蓉目光從離開的侍從身上收回來，轉頭道，「只是在想他為什麼宴請其他人而已。」

「二月吏部就要定考核成績，三月宣布人事調動名單，不過那名單也是二月份定下的。」上官雅對這些十分熟悉，張口就道，「想要調動的官員如今都在四處走動，駙馬如今請客，想必是想要調動。」

說著，上官雅才想起來：「他在監察御史這個位置上也待了一陣子了吧？他是妳駙馬，按理和妳成婚就要抬品級提官，他又跟著妳辦了這麼幾個案子，於情於理都該升遷了吧，怎麼還一動不動？」

「御史是實權，」李蓉給上官雅解惑，「雖然品級不高，但比那些有虛名的官位重要得多。他要調任，必然也是往有實權的地方過去，那些地方不容易進，父皇想必也是在壓著，壓到足夠了，」李蓉比劃了一個擠壓的動作，「彈回來時，才彈得高。」

「那……」上官雅想了想，「駙馬升遷一事，大約是十拿九穩，如今他還在忙活什麼呢？」

李蓉雙手環胸，抱著手臂，思索著上官雅的話：「怕是有人為難他。」

升官這種事，強行送到一個地方去，別人有的是法子整你。裴文宣打算當一個有實權的官，就得有自己的黨羽。

李蓉喃喃出聲，上官雅看了她一眼，忍不住笑出聲來。

李蓉疑惑抬頭：「你笑什麼？」

「殿下，」上官雅朝她擠眉弄眼，「您和駙馬，如今感情是不是挺不錯？」

李蓉聽得上官雅這麼問，他們走在大街上，看著周邊人來人往，李蓉緩聲道：「托妳的福，算是有了個轉變吧。」

「打算什麼時候要孩子？」

上官雅同李蓉走在街上，李蓉看著路邊搖著的撥浪鼓孩子，聽著上官雅這麼問，一時有些恍惚。

她一生都沒有過孩子，年輕不想要，後來不敢要，最後不能要。

孩子之於她而言，像是一個昂貴的奢侈品，遙遙在遠方，聽著別人談論，她卻除了成婚頭一年，再沒想過擁有。而如今上官雅卻又說了起來，她驟然意識到，她上一世覺得難以得到的一切，包括孩子，在此刻，似乎都是踮起腳尖努力搆一搆，就能擁有的。

李蓉認真思考起這個問題，上官雅見她不說話，繼續道：「怎麼，沒想過？」

「我告訴妳一句實話，」李蓉看了看周遭，湊近上官雅，壓低了聲音道，「我們還沒圓房。」

上官雅睜大了眼，一時有些震驚，但想了片刻後，她又穩了下來，穩重道：「殿下，有什麼問題，妳可以多同我說說。」

「倒也沒什麼問題，」李蓉皺起眉頭，認真分析著道，「其實我倒是無所謂的，就是裴文宣他……」

「他不行？」上官雅震驚出聲。

李蓉趕緊解釋，「行，他身體沒問題。」

「那……」上官雅露出疑惑的表情。

成婚大半年，身體沒問題，女方也願意，感情也和睦，還能坐懷不亂，這是什麼柳下惠轉世？

「他是這麼和我說的，」李蓉實話實說，「他覺得，感情要慢一點，想和我一步一步來。」

「我明白了。」上官雅點了點頭，露出了了然的表情來，「殿下，這事我很清楚。」

「妳清楚？」李蓉有些詫異，她回頭看上官雅，自己這個活了大半輩子的老太婆都不清楚的事，上官雅清楚？

「清楚。」上官雅說得異常認真，「你們夫妻的步驟，還沒到位。」

「妳說說。」李蓉開始感興趣上官雅的想法了。

上官雅和李蓉並肩走著，彷彿算命一樣道，「殿下，你們這段關係裡，平時都是駙馬討好妳吧？」

「是。」李蓉坦然承認，「一般都是他遷就我。」

「那您送過他什麼，刻意讓他高興過嗎？」

「沒有……」李蓉說出來，不知道為什麼，就覺得有些心虛。

上官雅開始給李蓉分析：「所以妳看，駙馬暗示得多明顯，他覺得感情要一步一步來，為什麼你們還沒圓房？因為你們還沒到這一步。殿下妳願意了，說明駙馬的步驟在您這兒走到了，可您如果在原地一直不動，駙馬是不可能覺得合適的。」

李蓉用扇子敲著手心，聽上官雅繼續：「所以，您要是想睡他，不要太矜持，要主動出擊，進攻，攻入他的心房，就可以將他玩弄於股掌之間。」

上官雅說著，做了一個手指頭逐一捏緊，捏成拳的姿勢。

李蓉皺起眉頭，雖然她並不是很認可上官雅的理論，比如她覺得，裴文宣的「不願意」，更可能來自於他覺得他們倆內心深處感情的不匹配。

可有一件事，她卻是在意的。

她在意那天裴文宣說，她從來沒有哄過他。

於是她稍微哄一哄，他就能原諒所有。

其實她並不希望這樣，她也不知道怎麼的，她就希望裴文宣在她面前，可以更放肆一些。

她讓他等一等自己，總不能自己就把人哄在原地後，什麼都不做。

李蓉這樣一想，就定下來：「妳說得對，我得對他好些。」說著，李蓉下定決心：「調任這件事，我得幫他包了！」

第九十九章　男團

「殿下英明。」上官雅聽李蓉下了決定，立刻拱手吹捧，「調任乃駙馬如今最愁苦之事，殿下若能幫他解決，他知道後，必然會感激涕零，欣喜非常，感覺到殿下對他的關懷，繼而敞開心扉，與殿下共赴巫山，以成好事。」

「後面的倒也不必了。」李蓉輕咳了一聲，「他高興就好，至於剩下的事，」李蓉想了想，「其實他說的，也未必不好。」

「殿下的意思是？」上官雅有些疑惑。

李蓉雙手背到身後，笑了笑，「我未曾好好和人談過一段感情，看了一眼畫像，就和人匆匆成了婚，糊裡糊塗的，倒也不知道兩人若是相愛、定情、成婚，是個什麼感覺。」

李蓉說著，轉頭看向上官雅，如今的上官雅靈動又美麗，李蓉看了她許久，緩慢笑起來：「妳年紀也不小了，別成天給別人物色，自己也給自己相看著，該出手就出手，出不了手妳叫我一聲，」李蓉挑眉，「本宮幫妳。」

「謝過殿下好意。」上官雅一聽李蓉要幫她，立刻道，「還是您的事比較重要，區區婚事，屬下自己能夠解決。」

李蓉點了點頭，也沒再多關心，這畢竟是上官雅的私事，想如何，她並不關注。

於是她回到裴文宣調任這一件事上，心裡思索著法子。

裴文宣要調任到吏部，首先是御史臺得願意放人，其次就是吏部願意收人。御史臺是上官敏之做主，難度倒是不大，但是吏部是王厚文做主，之前王家人她得罪得不少，裴文宣要調過去，王厚文要是知道了，絕對是調不過去的。所以如今最穩妥的辦法，就是找一個吏部能主事的人，讓裴文宣悄悄進吏部一個小位置，等定下來了，王厚文再知道，也很難再將裴文宣趕出去。

先混進吏部，後續升遷，再做打算。

而如今裴文宣需要的，就是一個願意將他的名字，偷偷放進吏部調任名單的人。

李蓉想了想這一次主管吏部內外人員調動的人的名字，心裡拿了主意。

「奇怪。」

李蓉正想著裴文宣升遷的事，就聽上官雅嘟囔了一聲。

李蓉抬起頭來，便注意到街邊來來往往似乎有許多華京之外的讀書人，他們有的在問路，有的在聊天，天南海北的口音混雜，充斥在街道之上，讓李蓉不由得多看了幾眼。

上官雅也注意到了這樣的情況，她有些好奇：「最近好像多了很多外地的讀書人。」

「知道為什麼嗎？」李蓉轉頭看向上官雅，上官雅搖頭，她雖然精通於上層貴族間的門道，但是對於下面百姓的事，卻是不太清楚。

李蓉對於這些書生的來歷卻很熟悉：「科舉開考時間在三月，二月初，各地生徒和鄉貢得到達尚書省，在尚書省報到。」

這是她前世後期，國之大事。

「那他們來這麼早做什麼？」

「自然是有其他作用。科舉考試，不僅考當時的文章，也可以將平時的文章投給主考官，若是主考官喜歡，哪怕考場上文章一般，也能依靠平時的文章進入殿試。」

「可這些普通學生，如何將平日的文章交給主考官？是考場上一起遞給他們？」上官雅有些疑惑。

李蓉往旁邊看了看，見兩個書生正議論著自己去蘇府的見聞。她聽了一耳朵，給上官雅解釋道：「所以他們會提前到華京來，將自己的文書投遞到喜好收納詩詞的權貴府邸，如果被看重，這些權貴就會將他推薦給當時的主考官。」

「那這麼說來，」上官雅思索著，「其實這個科舉，也沒什麼意思。」

「如何說？」

李蓉見上官雅似乎是反應過來什麼，上官雅撇了撇嘴，「若是權貴推薦，主考官就可以酌情加分，那權貴子弟參加，不都是狀元？」

「權貴子弟，又何須參加科舉？」李蓉笑起來，「世家子弟本就承蒙祖上，可以直接舉薦入朝，比如說蘇容卿，十二歲不就隨著祖父上朝議政，他需要參加科舉嗎？所以會去考科舉的，大多都是普通人家，又或者是為了去試一試自己到底幾斤幾兩的傲氣子弟。科舉不公，在於這些普通人內部的鬥爭，而非世家插手。」

上官雅聽著這些，嘆了口氣，李蓉不由得笑了：「妳嘆息什麼？」

「殿下，」上官雅感慨道，「還好咱們投胎時候努力啊。」

兩人一路聊著，李蓉送著上官雅回了府中。

等回府之後，李蓉轉頭便吩咐了人，去查了吏部郎中劉春航。

等一系列事情處理完畢，她就聽裴文宣回來了。

裴文宣回來之後，沒有先去見她，反而繞到了浴室，洗了一圈後，這才回來。

李蓉批著摺子，見他換了衣服進來，她頭也沒抬，只道：「駙馬哪兒去喝的花酒啊？」

「殿下冤枉。」裴文宣笑起來，走到李蓉，盤腿坐了下來：「有殿下在，誰膽大包天，敢帶著我去喝花酒？」

「這朝廷裡的老狗，膽子大著呢。」李蓉將批好的摺子放在一邊，「以前不就帶你去過嗎？我又不是不知道。」

「今時不同往日，」裴文宣往左邊一靠，笑咪咪道，「當年帶我去喝花酒，平樂公主頂多也就去陛下那裡告個狀，陛下也就口頭上訓一訓，私下裡怕還得要殿下多修修婦德。可如今帶我去喝花酒，」裴文宣抓了盤子裡一顆花生米，扔進嘴裡，「怕督查司立刻要上他家門上查案，自個兒給自個兒找麻煩。女人呀，」裴文宣感慨出聲，「有錢就變凶。」

「怎麼，我以前很溫柔？」

李蓉挑眉看他，裴文宣見她眼神裡帶了警告，趕緊道，「現在也溫柔，特別溫柔。」

李蓉被他逗笑，懶得同他不正經，只道：「今日是去談調任的事？」

「可不是嗎？」裴文宣嘆了口氣，「費盡了功夫，把吏部的人請了一遍，個個都推三阻四的，話我都能背出來了。」

「駙馬，不是我們不幫你呀。」裴文宣直起身子，學著那些人的模樣，陰陽怪氣道，「這事得按著規矩來，到時候誰合適，應該是誰，就是誰。駙馬，您別擔心，按著規矩就是了。」說完，裴文宣輕輕「呸」了一聲：「這群老狗，他們心裡有個鬼的規矩，想要的就是錢，只是我的錢他們不敢收。」

「要不，」李蓉試探著道，「這事交給我吧？」

「妳覺得我搞不定？」裴文宣扭過頭，挑起眉頭：「殿下，」他正過身子，頗為嚴肅，「妳可以說我這個人壞。但是，」裴文宣抬手指了自己的腦子，「妳不能說我蠢。」

「那……」李蓉小心翼翼，「這事你自己搞定？」

「我自己搞定。」裴文宣抬手捲著袖子，緩聲道：「小事，不必勞煩殿下。」

「我若想被勞煩呢？」

李蓉遲疑著問出這麼一句，裴文宣動作頓住了，這句話進了裴文宣腦子，他一瞬間分析出李蓉說這話的諸多動機。

什麼叫想被勞煩，她希望他能依靠她？

為什麼想要他依靠她？

是不是……

裴文宣腦子裡把他們相處過的所有片段回顧了一遍，他突然意識到，當他每次落難時，李蓉似乎就會對他格外好上一點點。

裴文宣不由得想起以前她外婆來同他娘說的話：「夫妻相處，得學會示弱，凡事都妳自己做了，對方為妳做不了什麼，縱使妳千好萬好，他也難將妳放在心上。」

這話翻譯一下，大約就是，若凡事不需要成本，自然也就不會珍惜。

這樣看來，他平時是不是太過好強了？

若是平常女子，他強勢，對方可能歡天喜地，可李蓉這個人，強勢慣了的，他是不是示弱一些，反而會讓李蓉高興一點？

一堆念頭在腦海中迅速閃過，裴文宣捲袖子的動作停頓不過片刻，他便笑起來，繼續將袖子挽到了手臂之上，慢條斯理道：「那殿下想如何被勞煩呢？」

「要不這事交給我。」李蓉興致來了，高興道，「我好像沒幫你做過什麼，我幫你一次，保證把事辦得妥妥帖帖！」

「好。」裴文宣微微一笑，抬頭道：「那就拜託殿下了，其實這事，我要辦妥也很難的，若殿下能幫忙，再好不過。」

聽到裴文宣說他辦妥很難，李蓉下意識忽略了之前他說「小事」的話，頓時開心起來。

裴文宣見她高興，抬手替她將摺子堆放好，而後站起身來，伸手去拉李蓉：「行了，這麼晚了，睡吧。」

李蓉由他拉起來，同他一起往床上走去。

等上了床，裴文宣放下簾子，李蓉才想起來，她側過身，看向旁邊的裴文宣：「你今日喝酒了嗎？」

「沒呢。」裴文宣聽她問話也側過身來，轉頭看她：「我如今能不喝酒都不喝的。」

「怎麼這輩子不喝酒了？」李蓉有些奇怪，她記得當年裴文宣在官場上左右逢源，酒量也是跟著長官練出來的。

裴文宣得她問話，只道：「一來不想讓妳再照顧我，喝了酒，妳照顧我麻煩。二來，我惜命。」裴文宣說著，抬手將李蓉面上的髮絲輕輕挽到耳後，柔聲道：「上一世咱們倆都把身子折騰得厲害，妳五十出頭就惡疾纏身，我也沒比妳好到哪裡去。妳躺在病床上的時候，我也在咳血。」

「我都不知道。」李蓉嘆息，「你瞞得也太好了。」

「就我自己和大夫知道。」裴文宣聲音溫和：「而且沒多久，咱們倆就一起走了。我想如果我還活著，應該時間也不長。所以這輩子咱們不折騰了，活得久一點，能陪妳的時間就長一點。我還得等著妳，萬一命短，沒等……」

「別胡說八道。」李蓉不樂意他說這話，裴文宣笑笑，沒多說話。

裴文宣想了想，見李蓉有興致同他說話，便道：「今日妳去看藺飛白了？」

「嗯。我讓他去西南充軍，好好建功立業。」

「也好，不能都指望秦臨，如今他暴露得已經很明顯了。」裴文宣點點頭。

李蓉想了想，她突然道：「裴文宣，你上一世，想要孩子嗎？」

這話讓裴文宣愣了愣，片刻後，他緩慢道：「想肯定是想的。尤其是後來，每次回家一個人，覺得寂寞得很。」

「你想要男孩、女孩？」李蓉有些好奇。

裴文宣思索著，回答著道：「這倒無所謂，都差不多。不過，現在我不是很想要了。」

「為什麼？」李蓉詫異。

裴文宣凝望著她，許久後，他用額頭輕輕觸碰在她額頭上：「我怕妳出事，就一個都不想要，一點風險都不想冒了。」

李蓉聽著這話，垂下眉眼。

裴文宣看著她的模樣，抬手將人攬在懷裡，溫和道：「睡吧。」

裴文宣答應將調任的事交給李蓉來處理，便當真不再過問了。

不愁調任的事，裴文宣便閒了下來，在公主府門口定了個木筒，寫上了「納賢」二字。

這木筒叫納賢筒，華京高門在科舉之前，如果有意看士子文章，就在門口定上一個木筒，士子可以將自己的作品放在木筒之中，落上署名，以供權貴翻閱。

若是看上了士子的文章，可以將人邀請到府中來做客。

裴文宣設立了納賢筒之後，府裡便開始頻繁聚會，每天李蓉回家，都能聽到裴文宣在和一堆書生談論時政的聲音，除了這些書生，一些世家子弟也會過來。科舉之前，因為士子到處出席宴會，也是清談宴最為盛行的時期。

有時候李蓉會偷偷過去，就看見房間裡一堆書生高談闊論。裴文宣身著金色捲雲紋路白色單衫，頭戴玉冠，一隻腿盤著，另一條腿屈膝而坐，一手端著茶杯，另一隻手搭在曲著的膝蓋上，看上去散漫不羈中帶了幾分傲氣，但他笑著觀察著人的模樣，又多了幾分沉穩內斂。

李蓉一開始偷偷過去，只是因為趕巧，去見裴文宣，撞見了，然後看見這麼多人，覺得進去不好，便悄悄離開。

可後來她就發現，每次過去，似乎都能看見一堆丫鬟聚在門口，偷偷打量著裡面的人。有一次過去，她不僅看見了丫鬟，還看見了上官雅，她不動聲色，假裝沒有看見。

再後來，她就發現，不僅是上官雅來了，一眾貴族小姐都開始跟著上官雅來公主府做客，每次報上官雅的名字，然後一群人都躲在花園裡去看裴文宣開清談會。

這事暴露於李蓉有一天突發奇想，想去看看裴文宣，然後一過去，就發現一干熟悉的高門貴女都跟著上官雅在她院子裡。

她確認了一下，這一群人都沒通報過，只通報了上官雅的名字，她在遠處看了一下，確認了這批姑娘的眼睛視線全在清談會裡的男人上，其中一大半在裴文宣身上。

她悄無聲息走過去，在後面輕輕踢了上官雅一腳。

上官雅憤怒回頭，小聲道：「幹……」

話沒說完，她看見李蓉居高臨下看著她，上官雅嚇得結巴了：「妳妳妳……」

「妳跟我來一下。」李蓉直接拽了上官雅的領子，拖著她離開。

兩人走遠之後，李蓉雙手環胸，看著在她面前低著頭不敢說話的上官雅。

「可以呀，」李蓉冷笑出聲來，「事不去幹，帶著一群姑娘來我府裡看我駙馬？」

「殿下，」上官雅支吾著道，「其實也不全是來看駙馬的……」

「我還該感謝一下妳們放過他囉？」

「殿下，」上官雅深吸了一口氣，「其實，這也是我們攏絡人心的一種策略啊。」

「用我駙馬的臉？」

「不是。」上官雅立刻道，「殿下，您要知道，一個好看的男人其實是沒有多大的殺傷力的，但是一群好看又有才華的男人，就不一樣了。尤其是這種偷偷看的感覺，不信我帶您看看。」

李蓉聽著上官雅的話，被她拖著，半信半疑跟著她混入了人群。

這裡姑娘太多，大家都躲在外面，李蓉一時有些尷尬，她不知道為什麼自己來看自己的丈夫也要這麼偷偷摸摸。

最重要的是，憑什麼那些男人在暖房裡單衫從容，她們要在寒風中瑟瑟發抖？

她覺得這些姑娘的腦子都壞了，可她還是好奇為什麼上官雅的腦子都能壞成這樣。

於是她決定跟著上官雅體驗一下。

裴文宣的清談宴近日來是各家最受歡迎的，於是今日來的人也很多。高門如蘇容華，普通寒族如崔玉郎，都在這大堂之中。

無論是蘇容華還是崔玉郎，都是華京中出了名的風流人物，而裴文宣在其中，一襲素衣玉冠，竟然絲毫不顯弱勢，他無論坐立，姿態皆風流雅致，對詩辯論，都十分精通。

今日他與蘇容華清談論辯，論「禮」。

兩人各在一席，就地而落，裴文宣抬手示意蘇容華先，蘇容華點點頭，詢問道：「禮，律也，可是？」

「何為律？」裴文宣神色平靜，從容反問。

「規矩為律。」

「何為法？」

「律為法。」

「規矩與法何異？」

這話問得蘇容華遲疑片刻，最終道：「法為規矩，而規矩不為法。」

「禮為規矩，法亦為規矩，二則都為規矩中的一種，卻並不相同。你若觸犯律，將由官府懲處；你若觸犯禮，卻未必被懲處。故而，」裴文宣從旁端茶，抬眼一笑，「禮不為律。」

他這一笑似乎是帶著光彩，李蓉彎著腰躲在花園裡看他，不知道怎麼，心跳就快了半拍。

她看得一時有些愣了，便就在這時，身後似是有姑娘太過激動，突然一腳踩滑，往前撲了過去。

於是一個推一個，而李蓉恰恰就在最前方，被人這麼一推，就直接撲了出去，她還沒從裴文宣那一笑裡緩過來，被人這麼一推，就直接撲了出去。

李蓉一個踉蹌跌在地上，所有人都被驚動了，集體看了過來。

裴文宣還端著茶杯，一雙帶了笑的眼睛看過來，發現跌在地上的是李蓉時，他挑了挑眉。

李蓉被這麼多人盯著，尷尬充盈了她的內心。

好在她臉皮厚，她盡量讓自己保持優雅的姿態站起來，然後儀態萬方拍了拍灰，點評道：「說得不錯，各位自便。」說著，她便搖著扇子，微笑著步入人群，走的時候，一腳踹在她後面推她的上官雅腿上。

上官雅倒吸一口涼氣，又不敢叫嚷，趕緊一瘸一拐跟了過去。

所有人目送李蓉大冷天搖著扇子搖曳生姿離開，這時候終於有士子反應過來，轉頭看向裴文宣，疑惑道：「裴大人，方才那位夫人是？」

裴文宣聽到這問話，回過頭來，頗為歉意一笑：「內子頑劣，見笑。」說著，他喝了一口茶，想起李蓉跌在地上時候呆呆看著他的眼神，不由得笑容更盛了幾分。

李蓉領著上官雅走遠之後，她終於可以發火了。她轉過頭去，用扇子指著上官雅，氣不打一處來：「妳看看妳……」

「駙馬是不是很英俊！」上官雅抬手抓住李蓉的扇子，李蓉被她這麼一問，一時竟然哽住了。

上官雅盯著李蓉，認真道：「殿下，有沒有心動的感覺？一群男人一起看，感覺不一樣對吧？」

李蓉：「……」

「劉春航妳查了沒有？」李蓉覺得和一個十幾歲的小姑娘糾結沒有意義，畢竟上官雅還小，少女懷春，她年輕也這樣。她不想回答裴文宣英俊不英俊的問題，只能換了個話題。

上官雅點了點頭：「查了，明天我就把您要的東西都送您桌上。話說您看在我這麼費心費力幫您做事的份上，您能不能幫我一個小忙？」

「妳說。」李蓉點點頭，話剛說完，她就看見上官雅拿出了一堆五顏六色的紙張來。

「殿下，能不能麻煩您和駙馬說一聲，讓他把這些紙張發下去，讓這個紙上寫名字的人在紙上寫點字。寫名字、寫詩詞，寫什麼都行。」

「妳瘋了吧？」李蓉滿臉震驚，「妳讓我找裴文宣幹這事？」

「殿下，」上官雅一臉認真，「我和各大世家小姐的關係就看您了。」

李蓉沒說話，她靜靜看著上官雅捧著的紙，拿過來後，她一一看了上面的名字，最後她深吸了一口氣：「這名字不能白簽，一張紙五兩銀子。」

「成交。」上官雅高興出聲。

李蓉將紙塞到了袖子裡，她便自己回了房。

等到晚上，裴文宣的清談會也差不多完了，他便回了屋子。他剛一回去，就看見李蓉正在屋裡等著他。

李蓉聽到裴文宣進屋的聲音，但想到下午的事，她覺得有些尷尬，便不想主動打招呼。

裴文宣提步進來，坐到李蓉對面，帶著笑道：「殿下？」

「回來了？」李蓉沒抬頭，繼續批著摺子。

裴文宣笑著盯著她看了一會兒，李蓉知道他在打量她，便假作無事，抬起頭來，看向裴文宣道：「你這清談會做得不錯，可見到幾個可以用的人？」

「自然是有的，畢竟今年龍虎榜，有才之人甚多。」

李蓉聽這話，點了點頭，裴文宣笑著看著李蓉沒話找話，李蓉被他看得有些尷尬，可她面上不顯，只輕咳了一聲道：「那你多接觸一下。」

「這是當然。」裴文宣抬手撚了一顆李蓉盤子裡的花生，慢悠悠道，「殿下偷偷看了多久呀？」

「沒多久。」李蓉下意識反駁，隨後又覺得這個方向有些不對，趕緊補救道，「我沒有看你。」

「哦。」

裴文宣答得漫不經心，李蓉這才想起來自己今日還有任務，於是她趕緊放軟了態度：「那個，裴文宣，能不能請你幫個忙？」

「殿下請說。」裴文宣摩挲著手裡的花生，看李蓉神色有些尷尬，便猜想李蓉要他幫忙的事，大機率與正事無關。

與正事無關，那應該就是私事了。想到白日裡李蓉看他的神色，還有李蓉之前要幫他調任一系列動作，他不由得猜想，李蓉此刻要幫這個忙，或許也是因著喜歡他要做的什麼事。比如求他一幅字，用來臨摹？

想到這一點，裴文宣笑意更盛，他勉力克制，就聽李蓉道：「我知道你們這些文人，字都寫得好，你看能不能……」

「自然可以。」裴文宣高興應聲，「殿下想要臨……」

「你看這一遝紙，」李蓉掏出一堆紙張，帶了幾分討好道，「能不能按著紙上的名字發下去，請你的那些個朋友，幫忙簽個名？」

第一百章　畫像

裴文宣看著李蓉，沉默不言。

李蓉趕緊道：「一張五兩，你看看這裡這麼多張。」

「幫不了。」裴文宣笑容垮下來，他徑直起身：「睡了。」

「唉，不是，」李蓉趕緊追過去，「剛才不好好的嗎，怎麼突然就要睡了？」

裴文宣不搭理她，自己上了床掀了被子，往床上一躺，把被子蓋上，就閉上了眼睛。

李蓉坐到邊上去，輕輕推了推他：「也不是什麼大事呀，你就和他們說一聲，他們也不至於拂你的面子。那世家的公子就不簽了，普通士子總可以吧？」

「不去，丟人。」裴文宣閉著眼睛，說得果斷。

李蓉想了想，可能他們男人之間，還是有一些她不懂的規則在。裴文宣一貫是順著她的，說不能去大概就真不方便，也不是什麼大事，她也就作罷了，將這一疊紙放在桌上，洗漱脫衣，又回了床邊來。

裴文宣堵在床邊睡著，李蓉便拍了拍他：「讓一讓，我進去。」

裴文宣背對著她，裹著被子，一動不動，閉著眼睛道：「不讓，自己爬。」

李蓉被這態度激怒了，她站在床邊，冷下聲來：「讓不讓？」

裴文宣不說話，李蓉伸手去拽他，裴文宣感覺她要動手，直直起身盤腿一坐，便讓出一個位置來。

李蓉眼帶嘲諷瞧了他一眼，優雅上了床。

裴文宣被她那一眼看得有些憋屈，總覺得自己好似輸了，眼見著她躺下，他小聲嘟囔了一聲：「讓就讓嘛，妳這麼凶做什麼？」

這話說完了，心裡覺得自己扳回了一局，裴文宣終於心滿意足，躺下睡了。

李蓉第二天清晨起來，便抱著那遝紙回了督查司，上官雅一見李蓉來了，滿懷希望上前去：「殿下，如何了？這麼快的嗎？」

「裴文宣不樂意幹這事，覺得丟人。」李蓉將紙交給上官雅，直接道：「妳別忙活這些了，趕緊把劉春航的資料交給我。」

上官雅聽到這話，哀號出聲來：「殿下，妳說話不算話啊……」

「我什麼時候答應過妳一定要拿回來了？」李蓉抬手用扇子敲了上官雅腦袋一下，坐回案牘邊上：「幫妳試試，別得寸進尺。」

上官雅聽到這話，嘆了口氣，也不敢再勞煩李蓉，坐下來將劉春航的資料放到桌面，嘆息著道：「都在這兒了。」

在朝廷裡，官當得久了，多少就要有點可查的事情，李蓉讓督查司特意去查劉春航，上官雅便迅速整理了一批資料過來。

這劉春航在吏部，大錯沒有，小錯一堆，這樣的案子，李蓉本來看都懶得看，只是剛好這次劉春航負責著吏部內部五品以下的官員調動，裴文宣要進吏部，不過王厚文的手，那就最好是在五品以下，這樣名單就不用交到吏部尚書王厚文手裡審閱。

如今科舉還不受重視，進了吏部，隨便當個考功主事員外郎，就能安排他去主持科舉，當個主考官。

上一世這一年的科舉就是龍虎榜，人才輩出，如果裴文宣當上這一屆科舉的主考官，他的門生日後在朝堂眾多，他也就羽翼豐滿起來。

上一世還沒發生這麼多事，這些門生在不重要的職位上磨練了好幾年才開始顯露頭角，而這一世，她如今抓了這麼多人，朝廷一下空出這麼多位置來，這些門生進入朝堂，他們再稍作運作，比起上一世升遷，便快上許多。

李蓉心裡把裴文宣的路安排得明明白白，她把劉春航的資料稍微一看，便讓暗衛報告了劉春航的位置，然後自己親自去了街上堵人。

根據暗衛的消息，劉春航正在酒樓招了舞姬作樂，李蓉便去了酒樓隔壁，定下了一個包間，然後讓人去通知了劉春航。

李蓉一個人在房間裡飲茶，沒了一會兒，就看劉春航慌慌張張進來，跪在地上急道：

「叩見殿下，下官不知殿下在此，有失遠迎，還望殿下恕罪。」

「來吃個飯而已，劉大人不必拘謹。」李蓉笑了笑，抬手道：「劉大人坐。」

如今正是官員調動的時候，劉春航雖然品級不高，但身居吏部要職，自然知道李蓉親自找他，不會只是喝茶閒聊。

李蓉親自給他倒茶，劉春航拘謹坐著，抬手擦著頭上的汗，不敢說話。

「時間不多，我也不同劉大人繞圈子，就開門見山說了。」

沏茶的聲音響在屋中，李蓉的語調平和，聽上去彷彿是在閒談一般：「此次過來，是想請劉大人幫一個忙。聽說，此次吏部五品以下官員調任，全憑劉大人做主。我這裡有一個人，才學出眾，人品端正，想舉薦給劉大人，當個考功主事，不知劉大人，能不能幫這個忙？」

「殿下，」劉春航露出為難神色來，「考功主事這個位置，目前都是滿的，吏部並無招此位置的打算。」

「沒有位置，可以創造位置嘛。」李蓉笑起來，「吏部如今不是少了個郎中嗎？把員外郎往郎中位置上挪一挪，選個考功主事往員外郎位置上挪一挪，這位置不就有了？」

「殿下如此大費周章，」劉春航建議著，「何不將您推薦的人直接送到郎中的位置上呢？」

劉春航不想接這個燙手山芋，李蓉聽著他的話，笑著看著他：「劉大人是在推辭？」

「不敢。」劉春航趕忙跪下來，急道，「殿下有難，下官自然是竭盡全力幫忙，只是考功主事官職太小，殿下……」

「可我覺得他資歷不夠，一個考功主事就夠了，我就想讓他當這個呢？」

劉春航不答話了，他跪在地上，拚命想著如何應答。

李蓉端起茶杯，慢悠悠道：「劉大人，桌上有一個盒子，你打開看看。」

能離開這個話題，劉春航求之不得，他舒了口氣，趕緊起身，打開了盒子。

盒子一開，就看見金條的顏色映入眼簾。劉春航愣了愣，隨後立刻慌了，手上一放，盒子的蓋子「啪嗒」重新合了起來。

劉春航慌忙跪下，拚命叩頭道：「殿下饒命，殿下切勿再為難小的了。」

「劉大人說笑了，本宮是在為難你嗎？」

李蓉用茶碗撥弄著茶葉，靠在桌邊，悠然道：「本宮知道劉大人的規矩，所以特意帶了金條過來。今日本宮也給劉大人路子選，要麼呢，劉大人把這金條收了。要麼呢，」李蓉放下茶碗，往前探了探，笑道，「劉大人，督查司走一趟？」

劉春航僵住身子，李蓉靠回椅背，說得漫不經心：「我的風格你也知道。這忙你幫了我，王厚文若是問起來，你幹好你的事，他也不能把你怎麼樣。你若不幫我，我也無妨，不過就是換個幫我的人坐你的位置罷了。劉大人，路不能走兩邊，總得選一條，您看看，要金子，還是去我督查司喝杯茶？」

「我那駙馬，是個有才之人。」李蓉低頭摸著染了蔻丹的指甲，「只要你們不使壞，他當考功主事，綽綽有餘。我也不過就是讓你秉公辦事而已，劉大人，還是說，你正道不走，偏要走個歪路？」

劉春航沉默許久，他終於下了決定，他深吸一口氣，只道：「殿下，這事劉某不能做主，能不能進吏部，當上考功主事，全靠駙馬本身，劉某只能秉公做事，望殿下放心。」

李蓉聽明白劉春航的意思，既然兩邊都是得罪，那他乾脆就誰都不幫。

不過以裴文宣的才學，誰都不幫，當考功主事那是綽綽有餘。

於是李蓉笑了笑，應聲道：「劉大人這樣說，本宮就放心了。」

劉春航舒了口氣：「殿下滿意就好，若無他事，那下官先告退了。」

李蓉點了點頭，抬手道：「劉大人慢走。」

劉春航恭敬行禮，而後擦著汗起身離開。等他走出去後，上官雅走進來，見李蓉面帶笑意，她便知道事成了。

她坐下來，頗有些高興道：「如今吏部人事調動名單也快確定了，就這麼幾日時間，現下劉春航只要把駙馬的名字添上去，加上去後，哪怕後來王厚文知道，那也是木已成舟。」

李蓉點點頭，緩聲道：「裴文宣進了吏部，謝蘭清走了，刑部現下也是裴禮明暫代刑部尚書的位置，等到吏部調動名單出來時，刑部調動的名單也應該會出來。裴禮明刑部尚書的位置，應當是穩了的。」

「裴家將上官家退下來的位置填上，在陛下那裡也會放心很多。不過殿下，我有一個疑問。」

上官雅端了杯子，李蓉應聲：「妳說。」

「殿下有信心，」上官雅抬眼看著李蓉，「能絕對控制裴家嗎？」

李蓉沒說話，她喝著茶，神色泰然。

「殿下，容我多提醒一句，」上官雅抿了口茶，語調溫和，「我很支持殿下建立夫妻間的感情，和睦一點極好。但是養貓可愛，養老虎，就要多加思量了。」

「妳的顧慮我明白。」李蓉緩聲回答：「只是非常時期，總需要用點人。上官家占著那些位置太扎眼，裴家人填補上之後，便能放鬆陛下的戒心。前些年他一天天的，就想著動手打壓上官家，搶軍權給柔妃。最近這半年，除了川兒的婚事，他是不是很少過問這些事了？」

「他如今覺得我在裴文宣挑撥下為了權力和川兒爭鋒，他以為裴文宣身為寒門，願意為了利益利用我，那我們便演這一場戲給他看。上官家暫避鋒芒，順著他的意扶持寒門。等最後他發現裴文宣也是我們的人，」李蓉笑起來，「也不知他是什麼想法。」

「怕是殺了駙馬的心都有。」上官雅也笑起來，但她想了想，又道：「不過，陛下也不可能全然信駙馬。如今他放縱著殿下，也不過是覺得，無論殿下和駙馬是不是真心投靠，都的確在清理朝中蛀蟲，若是駙馬有異心，他就及時止損。只是殿下，陛下可以及時止損，您……也要有所防備。」

李蓉聽著這話，她抬眼看她，只道：「妳在擔心什麼？」

「擔心殿下被美色所惑嘛。」

「殿下。」上官雅正色起來，「我希望殿下感情上和睦美滿，但是也希望殿下能不忘身分。畢竟上官一家榮辱，都身繫殿下。」

「妳放心，」李蓉悠悠出聲，「這點事，我比妳有數。」

「很好。」上官雅點點頭，高興道，「有殿下這樣英明的主子引路，我就放心了。好了，今日事也辦完了，我先去忙。」

李蓉得了這話，有些好奇：「妳還要忙什麼？」

「姐妹委託，既然殿下不幫忙，我只能另謀出路了。」

李蓉挑眉，就看上官雅拱手：「殿下，我先退下了。」

說著，上官雅便提步離開，李蓉見上官雅的模樣，忍不住讓人跟了上去，看看上官雅去做什麼。

暗衛跟著上官雅跟了一路，就看見上官雅到了賭場，將蘇容華找了出來，然後把一疊紙交給了蘇容華：「就這些，你找那些紙上寫了名字的人，讓他們簽個名字、寫句話什麼的，一張五兩，事成之後，你我五五分成。」

蘇容華看著上官雅拿著的厚厚一疊紙，挑了挑眉：「上官家的大小姐，這點錢妳也這麼忙活？」

「前幾天賭沒了，這個月沒有著落。」上官雅一臉認真，「我打算湊點本錢，回去再戰，把我的錢賺回來！」

「還是不要去送錢了吧？」

蘇容華皺起眉頭，上官雅抬眼看他，「蘇大人，你看，這忙你到底是幫還是不幫？」

「唔……」蘇容華想了想，「妳想要誰簽名字？」

「你肯幫了？」上官雅高興起來，她將一疊紙交給蘇容華：「這個是我的，讓他們多寫幾句話。你看，我想要崔玉郎、林子凡，還有那個謝尚青……」

上官雅報了一堆名字，蘇容華保持笑容，等聽完後，他點了點頭，將紙拿了回來，笑著道：「妳放心，事情包在我身上了。」

「當真？那太謝謝你了。」

「不必言謝。」蘇容華溫柔道：「幫妳矯正一下眼光，是我應當做的。不然上官家的大小姐，年紀輕輕就瞎了，不太好。」

上官雅有些茫然，就看蘇容華把紙頁抱著就走了。

等到了晚上，蘇容華讓人把紙頁送回去給上官雅，上官雅興高采烈親自到門口接紙，等拿到之後，上官雅臉色瞬間變了。

只見每一張紙上，都是相同的字跡。

上面寫著：

蘇容華華京第一美男

蘇容華英俊帥氣

蘇容華才貌雙全

蘇容華……

上官雅迅速翻著紙頁到底，想看看有沒有幾張別人寫的，等翻到底後，就看見蘇容華狂放的草字寫著——

以上內容，請複述並背誦全文。

順便還附送了一張他英俊的側臉畫像，旁邊寫上：建議裝裱在臥室，以供日日養眼。

上官雅被這種自戀到瘋狂的舉動氣瘋了，她不顧自己還在大門口，瘋狂撕完了所有的紙，只留下那一幅畫像，然後指著來送紙的小廝，顫抖著聲道：「你回去告訴他，你讓他等著，他死定了，他、死、定、了！」

這些事夜裡由探子一路傳到李蓉這邊，李蓉聽著探子把事情說完，一口茶噴出來，哭笑不得道：「蘇容華，就這麼不著調的嗎？」

裴文宣在旁邊批著摺子，聽了一耳朵，他抬頭看了李蓉一眼，就聽李蓉繼續道：「不過說真的，蘇容華送上官雅那畫像怎麼樣了？好看嗎？」

暗衛想了想，應聲道：「好像還不錯。」

「那我有些好奇了。唉，畫撕了沒？」

暗衛搖頭：「沒撕，上官小姐讓裝裱起來了。」

「還真裱起來看著啊？」

李蓉有些搞不清上官雅的意思了。

裴文宣在旁邊聽著，收了摺子，淡道：「別聊了，睡了。」

李蓉見時候也不早了，便揮手讓人先下去。

李蓉睡了一覺，等第二日，她去督查司見了上官雅。

回家之前，她輕咳了一聲，似漫不經心提起來道：「那個，我聽說蘇容華送了妳一幅畫像，妳裱起來了？妳這是什麼意思？」

「妳知道我裱起來做什麼嗎？」上官雅冷笑出聲，李蓉轉頭瞧她，上官雅捏起拳頭，「我將他放在了臥室，每當我心煩意亂，我就拿著飛鏢射他，鞭子抽他，以解心頭之氣！」

「妳……」李蓉一時都不知道該說什麼才好，她想了半天，只能道，「妳還挺有想法的。」

上官雅點點頭，冷笑開口：「他最好不要讓我抓著什麼把柄，不然我一定讓他好看。」

這話李蓉聽聽就過了，她點點頭：「嗯，我知道，妳很強的。」

兩人閒聊著回了家，近日裴文宣回來得早，李蓉進了公主府，沒見裴文宣來接她，便轉頭問靜梅：「駙馬呢？怎麼沒來接我？」

「駙馬在忙活呢。」靜梅笑起來：「駙馬今日搬了好多自己的畫像回家，在臥室、飯廳、大堂、花園裡都掛上了。」

「他這是做什麼？」李蓉震驚出聲，說著，她便看見裴文宣正在臥室的屏風上畫著什麼，李蓉趕緊上前，那原本是她最喜歡的牡丹舞蝶金絲雲錦屏風，她怕裴文宣發瘋，趕緊道：「裴文宣，你在做什麼！」

裴文宣執筆笑著回頭，看向李蓉：「殿下。」

李蓉見從他身上空隙看過去，就看見屏風上是一副裴文宣登高賞月的遠景自畫像，裴文宣面上笑容溫和：「昨日聽得蘇大公子之事蹟，微臣想了一下，覺得蘇大公子說得對。近來京中士子來往頻繁，女子心思浮躁，我怕外界歪瓜裂棗之容貌汙了殿下眼睛，便想還是在殿下所在之處，多設微臣畫像，以供殿下提高審美，明目清神。」

「你們……」李蓉震驚看著那屏風，「你們都是商量好的嗎？」

「微臣的確問過幾位交好的大人，近來他們都回家送自畫像給夫人了。」

李蓉：「……」

李蓉沉默許久後，為了讓裴文宣清醒一點，她抬起手，同個旁人道：「去拿飛鏢來。」

裴文宣露出迷茫神色。

李蓉認真道：「既然你們商量好了，那我們，也商量好了。」

第一百〇一章　頒獎

「妳這是做什麼？」裴文宣見得她讓人去拿飛鏢，有些詫異。

李蓉似笑非笑：「我知道你這是同蘇容華學的，那你也要問問阿雅留他的畫像是做什麼呀。」

裴文宣略一思量，就反應過來：「她留他的畫像……用來洩憤？」

「你以為呢？」李蓉笑出聲來，「難道還睹物思人不成？」

裴文宣了然，他點了點頭，隨後朝旁邊人揮手：「那將這些畫像都撤了吧。」

這時候，靜梅已經碰著飛鏢送了過來，裴文宣一看那飛鏢，就感覺心頭一跳，他在飛鏢送到李蓉面前之前，抬手一撈，直接就把端著飛鏢的盤子移到了自己手中，轉頭就交給了旁邊小廝，吩咐道：「利器傷人，這些東西就別讓殿下碰了。趕緊的，」裴文宣轉頭朝著旁邊一揮手，「把畫像趕緊抬走。」

李蓉笑咪咪看著裴文宣招呼著人幹著這些事，等裴文宣吩咐完了，便同她一起往書房走去。

「聽聞殿下最近見了劉大人，」裴文宣打聽著道，「殿下是在忙調任之事嗎？」

「這事你別管了。」李蓉擺了擺手：「區區小事，不足掛齒，你放心吧。」

「看來殿下很有把握。」裴文宣笑著道，「微臣就等殿下佳音了。」

「放心。」李蓉抬起扇子，輕輕敲了敲裴文宣的胸口，「到時候，肯定給你個驚喜。」

裴文宣挑眉，抬手道：「那微臣先謝過殿下。」

李蓉見裴文宣一板一眼，絲毫沒有之前偶爾展露的討好姿態，她心裡有幾分失落，輕咳了一聲，小心翼翼道：「裴文宣，你最近有沒有覺得……」

「嗯？」裴文宣側了側頭，「什麼？」

「有沒有覺得，」李蓉比劃著道，「我對你，好像好了一點點？」

裴文宣聽李蓉的話，便知道李蓉是在想什麼，他低頭笑了笑：「殿下對微臣，一直不錯。」

「你有沒有覺得，多一些？比以前好一些？」

裴文宣低著頭，壓著笑意，覺得李蓉好像是個討要著糖的孩子，他輕聲道：「殿下的好意，微臣知道了。」

「知道了就好，也不枉費我一片苦心。」李蓉得了裴文宣的話，心裡頓時舒坦了幾分，她扭過頭去，朝裴文宣伸出手，裴文宣挑了挑眉，李蓉笑起來：「培養感情嘛，我習慣習慣。」

裴文宣止不住了，終於笑出聲來，他伸出手握住李蓉的手，同李蓉一起往飯廳走去，笑著道：「全憑殿下安排。」

「裴文宣，」李蓉同他拉著手，她小聲道，「你同我說句實話。」

「嗯？」裴文宣側眼看她。

李蓉似乎有些高興，「你是不是吃醋啦？」

「殿下說笑了，」裴文宣面上帶笑，「微臣有何醋可吃呢？」

「哦，那就好。」李蓉點點頭，「明日阿雅那邊有個清談會，我打算過去看看，聽說今年有個姓楊的士子……」

「家裡的清談會不夠，還要去別的地方看啊？」裴文宣笑咪咪張口，李蓉轉頭看他，盯了片刻後，李蓉大笑出聲來。

「口是心非。」李蓉轉過頭去，雙手背在身後，高興往前走去。

裴文宣在她背後，站了片刻，他嗤笑了一聲：「都什麼歪瓜裂棗，眼瞎。」說完後，他抬手揉了揉臉，又恢復了平常溫柔的笑容，往前跟上了李蓉。

眼見著就到了二月底，李蓉又找吏部的人談了幾次，確認上下疏通，將裴文宣的名字加入了吏部調任的名單之後，李蓉才放下心來。

李蓉既然管這件事，裴文宣便徹底放了手，只是偶爾詢問一下李蓉進展。

裴文宣一問，李蓉就覺得煩，挑眉回問過去：「你是不是不相信我？」

裴文宣被哽了哽，自然不敢說是，趕緊道：「哪裡，就是好奇而已。」

後來也不敢再問了。

但他做事一貫是喜歡將事情把控在自己手中，如今這種把官途交在別人手裡的感覺，讓他不免有些不安。整日思量著此事，夜裡甚至難眠。但看到李蓉興致勃勃幫著他的模樣，他也不好開口打擊。

畢竟李蓉是在對他好，有這樣良好的開始，他也不能多說李蓉。

好在這樣難熬的時間並不長，二月二十六日，朝廷便內部定下了名單，將名單公布後，若七日之內無人參奏，三月初就會開始調任。

二十五日是最後名單更改的時間，李蓉不放心，又去找了劉春航一次，劉春航連連確認沒有問題之後，李蓉才放下心來。

劉春航送著李蓉從劉府走出來，到門口之後，李蓉抬手將帽子戴上，轉頭同劉春航低聲道：「劉大人，不必再送了，本宮先走了。」

「殿下慢走。」

劉春航小聲送行，李蓉上了馬車，馬車在夜色裡發出噠噠之聲，起步離開。

等李蓉的馬車走遠，劉春航擦了擦額頭，暗地裡便傳來一個優雅的聲音：「劉大人，留步。」

劉春航抬起頭來，就看見夜色中站著一個華衣少女，她雙手攏在袖中，暗處看不清她的面容，只聽她笑著出聲道：「本宮奉柔妃娘娘之命，來給劉大人帶個消息。」

劉春航聽得這話，臉色一變，趕緊道：「大人請。」

李蓉辦妥了事，心裡很是高興，她一想到裴文宣明日就要升官向自己道謝，便有種滿足感升騰上來。

她轉著扇子，閉上眼睛，似乎是在享受什麼。旁邊靜蘭抬頭看了李蓉一眼，不免笑起來：「殿下幫著駙馬辦事，倒比辦自己的事還高興。」

「自己的事辦習慣了，」李蓉閉著眼，倒也坦然承認，「替別人這麼操心謀劃，倒還是頭一遭。」

「殿下也是奇怪，」靜梅給李蓉倒著茶，「旁人都是男人幫女人解決事才覺得高興，駙馬寵著殿下，殿下沒覺得多快活，如今殿下替駙馬辦點事，自己倒高興得很。」

「妳懂什麼？」李蓉抬眼看過去，頗有些得意道，「被人寵不叫本事，寵人才是能耐。他人喜愛妳，妳早晚有顏老色衰的時候，妳寵愛他，那可就不一樣了，想喜歡就喜歡，不喜歡就抽身去了，自由得很。」

「殿下想得可真豁達。」靜梅有幾分崇拜。

靜蘭笑著搖頭，「殿下嘴硬慣了，妳別聽殿下胡說。」

「我怎的胡說了，」李蓉挑眉，看著靜蘭，「妳又有什麼道理？」

「殿下，」靜蘭將剝好的瓜子放到李蓉面前，溫和道，「人對另一個人好，感到高興，也許並沒有什麼特別的原由，只是喜歡而已。」

李蓉動作頓了頓，就聽靜蘭繼續道：「這不丟人。」

「嗯。」李蓉點著頭，眼神轉向窗外，「這的確沒什麼丟人的。」

靜蘭笑了笑，只當李蓉害羞，沒有多說。

李蓉看著窗外車水馬龍。

二月底天氣開始回暖，街上的人也多了起來，夜市比起之前繁盛了許多。

她目光在街上來來往往的人身上迴旋，她看著一對對說笑著走過的青年男女，她清晰的意識到——靜蘭說錯了，她下意識的回避，不是覺得丟人。

她是覺得害怕。

但這些情緒她迅速收斂，只坐在位置上，聽兩個丫鬟說笑，靜默不言。

和劉春航做了最後的確認之後，李蓉也不再擔心，當天夜裡睡得極好，倒是裴文宣有些難眠。

今年的科舉至關重要，後續許多能臣都是這一次科舉出身。如果明日進不了吏部，他要申請去主持科舉，怕就有些難辦。

裴文宣一時有些後悔讓李蓉去操辦這事，但又想著這點事，按照李蓉的能力，應當不會出什麼問題。

他夜裡翻來覆去睡不著，李蓉迷迷糊糊醒了，意識有些不清醒道：「你做什麼呀？」

裴文宣僵住身子，他猶豫了片刻，轉過頭去，終於還是問出口來：「殿下。」

李蓉睜開迷濛的眼，看著夜裡滿臉嚴肅的裴文宣。

裴文宣神色太認真，讓她一下子就醒了，但她醒得又不是很徹底，她就在夜色裡看著裴文宣目光灼灼看著她。

那一瞬間，她腦海中不由得閃過一個念頭。

難道裴文宣終於忍無可忍，打算對她下手了？

李蓉一時僵了身子，有些緊張，她腦海裡開始浮現上一世他們倆成婚後在床上的場景，接著就想到了要是不慎有了孩子，這個孩子如今是否合適降臨，要是裴文宣離開她，她自己養這個孩子會不會後悔……

李蓉大半夜睡暈了腦袋，思路一路散開，裴文宣見她睡眼迷濛，猶豫了片刻，斟酌著用詞道：「殿下今日找的可是劉春航？確認是考功主事的位置？」

李蓉一聽裴文宣問這個，立刻冷靜了。

她瞬間羞惱起自己來，平復了情緒道：「怎的了？」

「劉春航這人重利輕信，殿下除了送錢……」

「哎呀、你煩不煩啊。」李蓉聽裴文宣念叨著，痛苦出聲：「大半夜你就同我說這個？你還不如睡了我！我不同你說了，我睡了。」說完，李蓉便翻過身去，用被子蒙住了耳朵。

裴文宣見李蓉的態度一時無言，他躺倒床上，緩了一會兒，他覺得自己該多相信李蓉一點，不要總搞以前那種自作聰明，然後破壞李蓉計畫，導致兩人全軍覆沒的事。

他把自己以前砸李蓉腦袋的過往拉出來回顧了一下，再想了想李蓉朝廷上的戰績，終於安心了許多，等雞開始打鳴了，才勉強睡了過去。

第二天兩個人起來，李蓉倒是睡得不錯，裴文宣眼下卻帶了兩個黑眼圈。

李蓉將他上下一打量，不由得道：「你一夜沒睡啊？」

裴文宣笑了笑，有幾分心酸道：「殿下，我終於明白一件事。」

李蓉挑眉，裴文宣溫柔道：「這一定是您給我的一個考驗吧？」

「啊？」李蓉有些茫然，裴文宣彷彿是遊魂一般，腳步有些虛浮地「飄」出房門。

和李蓉一起往朝堂上走，他帶著豁達的笑意，安慰著自己道：「我們二人互相猜忌多年，關鍵大事上，向來都親力親為，從不放心假他人之手。這是微臣兩輩子頭一次把這麼關鍵的事交給別人去辦，這也算是微臣對殿下信心的一種考驗。」

李蓉聽著裴文宣的話，不由得有些心虛，裴文宣繼續安慰著自己：「殿下十分優秀，作為對手，我從未不相信殿下過。如今我也當繼續如此信任殿下，不僅信任殿下會一心為我著想，還要信任殿下能力絕對沒有問題。」

「前者你可以不放心，」李蓉自信回頭，「後者你絕對放心。」

「殿下說的是。」裴文宣頂著兩個烏黑的眼圈，眼裡滿是信任，「我一直相信殿下的。」

兩人一個滿是信心，一個偽作堅強，一起到了朝堂之上。

因為所有人都知道今日最關鍵的事就是公布各部調任名單，所以並沒有多說廢話，快速把關鍵的事上稟了一遍後，就由吏部尚書走出來，恭敬道：「陛下，如今各部調動名單都已經決出，請容臣誦讀名單。」

「讀吧。」李明從旁邊端茶，允了王厚文的請求。

王厚文拿出名單來，從禮部開始念起。

各部門的名單，李蓉和裴文宣早已經打聽過，其實朝廷在場高官都差不多知道名單內容，所以都只是靜靜聽著。

等念到刑部時，裴文宣和李蓉都等著念裴禮明的名字。

畢竟裴禮明身為刑部侍郎，又辦理了謝蘭清的案子，論資歷、論政績、論身分，都是最適合接任的人選。

然而王厚文淡定念完：「刑部尚書——」之後，緊跟的名字卻是，「蘇容卿。」

裴文宣豁然抬頭，就看見李蓉震驚看了回來。

李蓉也沒料到蘇容卿會半路截胡，他雖然是刑部侍郎，可論及資歷，的確也太年輕了一點。而且依照她對蘇容卿的瞭解，前世他並不貪念名利，很少與人爭奪什麼，便就是刑部侍郎的位置，也是家裡替他謀劃的。

如今裴禮明早已是明眼人看出來的刑部尚書人選，蘇容卿要當刑部尚書，必然是後面使了什麼手段。

裴文宣也知道這一點，他和李蓉短暫對視後，便皺眉轉眼，看向前方的蘇容卿。

蘇容卿神色平靜地立在前方，目不斜視，似乎一切都在他預料之中，氣定神閒，從容不迫。

連日的疲憊讓他本就有些不適，此刻驟然聽到蘇容卿當上刑部尚書，再看蘇容卿這副飄然出世、淡泊名利的模樣，他便覺得胸悶氣短，有些喘不上氣來了。

後面不知道使了多少壞招搶刑部尚書，現在還給他裝！

裴文宣氣得捏笏板的力氣都大了許多，也就是這時候，王厚文念到了吏部的名單。

今日當朝宣布的名單，都是正五品以上，考功主事是從六品，到不了殿上來念，所以裴文宣毫無準備。

就在他沒有一點點防備的時候，就聽王厚文彷彿是加大了音量一般，念出聲來：「吏部侍郎——」

「裴文宣！」

聽到這話，裴文宣一口氣沒緩上來，就感覺兩眼一黑，天旋地轉，整個人再也停不住，直直往後倒去。

暈過去之前，裴文宣想誇李蓉一句。

好樣的。

說好的從六品考功主事，現在直接正四品吏部侍郎。

這麼高的位置，現在朝廷上下怕都盯著他，就連李明，都可能有其他想法。

李蓉這能力，著實卓越得有些過頭了。

第一百〇二章 棋局

李蓉聽到裴文宣的名字，下意識就往後看去，接著就看到裴文宣直直往後一倒，他身後官員一把扶住他，慌道：「裴大人？」

朝堂一時混亂起來，李蓉見狀，穩住心神，疾步走到裴文宣身邊去，同時召了御醫。

她蹲下身來，仔細端詳片刻，確認了情況後，起身同李明道：「啟稟父皇，駙馬現下暈過去了，兒臣先帶駙馬去偏殿休息，還望父皇恩准。」

「趕緊看看怎麼回事，」李明皺起眉頭，「別鬧出事來。」

李蓉恭敬行禮，隨後便讓人抬著裴文宣出了大殿，安置到偏殿後，御醫就趕過來了。

他們一番行針問診，李蓉就在旁邊看著，等出結果之後，李蓉迅速抬眼：「如何？」

「稟告殿下，」御醫答得規規矩矩，「駙馬連日勞累，擔憂太過，以至心神受損，多加調養幾日即可。」

李蓉點了點頭，她也差不多猜到了，就裴文宣這種白日當牛做馬，夜裡多愁善感的性子，能熬到現在才昏也不容易。

她應了一聲，只道：「可還有其他需要注意的？」

御醫猶豫了片刻，見四下無人，才為難道：「陰陽之事，殿下與駙馬還是無需太過避諱，如水……」

「可以了。」李蓉知道他要說什麼了，抬手直接打斷他：「可還有其他？」

「多睡多吃，」御醫知道李蓉現在想把他轟下去，只能硬著頭皮，簡潔道，「若得閒適，多到戶外走走，放鬆心情，也是好的。」

李蓉點點頭，大約是明白了。她揮了揮手，讓御醫先下去，讓人去熬藥，又吩咐了靜蘭去找宮裡的暗線問清楚柔妃昨夜的動靜，等屋裡沒人之後，她才坐下來，就坐在裴文宣邊上仔細打量著他。

他這輩子比上輩子這個年紀，似乎要更消瘦些，但這也難怪，上一世他在這個年歲，娶了她之後，也沒多想什麼。老老實實當著他的駙馬爺，也不過就是為了幾分自尊心才努力經營一些。

但如今她和他卻都是腦袋上懸著一把不知什麼時候落下來的劍，睜眼重生不到一年，他已經在御史臺坐穩了位置，雖然官位不高，在朝中卻是無人不曉，無人不讓上幾分的裴御史。

如今連越八級，更是驚世駭俗。

吏部侍郎這個位置，明擺著不是裴文宣如今的資歷能坐的。

蘇容卿能當刑部尚書，那是因為蘇容卿十二歲就在朝堂參政，十四歲便已是正五品諫議大夫，十七歲擔任刑部侍郎至今，他背靠百年名門蘇家，他如今當上刑部尚書，誰也不敢說「不配」。

可裴文宣呢？

十四歲白鷺書院魁首畢業，推薦至第二年春闈，筆試、殿試皆為第一，駕馬遊過華京的新科狀元。十五歲初入朝堂，原定為正五品中書舍人，但他還沒上任，裴禮之就去了，只能回廬州守孝三年。三年後回來，由他二叔安排，去刑部當了個九品芝麻官，一年後才被她父皇想起來，從刑部撈出來，給她當個駙馬。

設計楊家讓他獲得了成為監察御史的機會，從秦氏案到督查司成立至如今，一方面他也是為了配合她一直留在御史臺，他不在御史臺，她就少了一把刀；而另一方面，也是李明有意克制他的升遷速度，口頭上說是想等合適的位置給他越級直升，但李明心中真正的意思……

誰知道呢？

李蓉心裡思索著裴文宣進入吏部侍郎名單這件事，也不知道怎麼的，想著想著，心裡就有些難受起來。

她突然想起裴文宣之前同她說過的話。

他同她說，殿下，我們是不一樣的人。

她過去不曾這麼覺得，可當今日細細想來時，她卻突然覺得，相比裴文宣，蘇容卿這一路走得真的太順了。蘇容卿有他父兄庇佑，哪怕他父兄沒了，可以他家族百年傳承之家風，他也會有叔父幫他。

但裴文宣呢？

他父親沒了，他就什麼都沒了。沒有所謂的家族傳承，也沒有所謂的家風，只有他二叔盤算著怎麼算計他孤兒寡母，逼著十五歲的他回去守孝，又從他娘的手裡把財產騙走、家臣遣散。

太難了。

李蓉伸出手去，握住裴文宣的手，裴文宣睫毛輕顫，他睜開眼睛，看見李蓉垂眸看著他們交握的手。

「殿下……」

裴文宣啞聲開口，李蓉抬起頭來，看見裴文宣醒了，她笑了笑：「醒了？要喝水嗎？」

李蓉問了話，便伸手去旁邊取了水，遞到裴文宣唇邊，裴文宣就著她的手喝了口水，緩了片刻，急道：「殿下，後續的名單妳聽到沒有？」

「無妨，等一會兒我直接去吏部取就是了。」

「殿下，」裴文宣皺起眉頭，「我知道妳是為我好，可連越八級……」

「我給你定的是考功主事。」李蓉打斷他，直接解釋：「吏部侍郎不是我做的。」

裴文宣聽到這話，直接愣了，片刻後，他冷下聲來：「殿下是如何操辦此事的？」

「你知道我找了劉春航，他主管五品以下官員升遷，我送他重禮，同時也威脅了他，如果他不將你安排在考功主事的位置上，我就請他去督查司。他手上不乾淨，所以就應了下來。」

裴文宣點點頭，只道：「而後呢？」

「吏部這一次在軍餉案裡，少了一個侍郎、一個員外郎，必然要在這一次調任中補足，所以我又找了其他關係，將原本的考功主事塞到了員外郎的位置上，把考功主事給你空了出來。你資歷在此次調任名單中本屬優異，只要他們不刻意為難，你進入吏部本來也是理所應當的。考功主事位置空了出來，劉春航和相關決定人員我也都打點了，按理來說，一個六品官，問題不大。」

李蓉分析著，裴文宣思索不言。

想了片刻後，裴文宣再確認了一遍：「能決定五品以上官員任職的人員，妳都沒有接觸過？」

「沒有。」李蓉確定道，「你如今資歷升得太高、太快，我也怕父皇猜忌。」

裴文宣靜默不言，李蓉給裴文宣倒茶：「如今可以確定，是有人要害你。只是我不明白，如果是害你，直接讓你不進吏部就好了，為何要如此大費周章把你推到吏部侍郎的位置上去？」

裴文宣垂著眼眸，李蓉緩慢道：「他們就不怕弄巧成拙，真讓你把吏部侍郎給當了？」

「賭注下得越大，贏之後的回報就越大。」裴文宣思索著，低低出聲，「看來這背後的人想要的，已經不僅僅是我不升遷就可以了。」

「那他們想要什麼？」

李蓉轉眼看向裴文宣，裴文宣低笑出聲，抬眸對上李蓉的目光，似如狐狸一般似笑非笑道：「那就取決於，出手的是誰了。」

「你覺得出手的是誰？」李蓉皺起眉頭，她心裡已經有了大概的人選，只是還需要驗證，可聽裴文宣的意思，他心中的人選，似乎不止一個。

裴文宣笑著沒有回話，往床頭邊上輕輕一靠，閉上眼睛，休息著道：「等今晚上各方打探的消息回來，就知道是誰了。」

李蓉沒說話，她注視著裴文宣，哪怕是這樣的逆境之下，裴文宣也絲毫沒有動怒，反而有種棋逢對手的從容感，整個人輕輕靠在床頭，彷彿是靜聽風雨一般的閒適。

昨夜他輾轉難眠，等事情出了，他反而就安定了。

怕的不是出事，怕的是不知道出了什麼事。

如今對方一出手，裴文宣心中有了底，反而不慌了。

李蓉見他氣定神閒，知他是心裡有了定數，她緩了片刻，猶豫著道：「這件事是我沒辦好。」

裴文宣聽她的話，頗有些詫異。

他睜開眼，就見李蓉低著頭，垂著眼眸，認真許諾：「我會負責，你不必擔心。」

聽到這話，裴文宣笑出聲來，李蓉皺眉抬眼：「你笑什麼？」

「殿下，對方以暗打明，今日就算是換我來操辦此事，也不會比殿下做得更好。殿下何必自責？」

「我若能更小心一些……」

「小心什麼呢？」裴文宣笑著看她，「能做的我們已經做了，我們畢竟不是老天爺，事事都能料到，他們要主動出手，我們也攔不住他們。」

李蓉沒說話，她腦海裡不斷回顧著，如果這一件事能夠重來，她能提前在什麼地方下手把這件事處理乾淨。

裴文宣見她自惱，嘆息著搖頭，伸出手將人抱在了懷裡，寬慰出聲：「我的殿下呀，您就別不高興了，您本來就對不起我，現下還不開心要我哄您，不是更對不起我了嗎？」

李蓉身體一僵，裴文宣放開她，用手抬起她下巴，笑咪咪道：「笑一個。」

李蓉勉強笑了笑，裴文宣見她還是不高興，他想了想：「還是覺得對不起我？」

李蓉沒回答他，她收斂了情緒，起身道：「你若沒事，就先回去吧，把各處消息打聽清楚，再……」

話沒說完，李蓉便被裴文宣一把拉住手，將她整個人往後一拽，便落到了他懷裡，而後他便捏了她的下巴，低頭吻了下來。

李蓉稍稍一掙，就覺這個人長驅直入，她心跳有些快，這裡是朝堂用來安置特殊情況臣子的偏殿，又不是在公主府，萬一被人看到……

好像也沒什麼。

雖是這麼說，可李蓉還是不由自主覺得緊張，這種緊張讓她幾乎忘了之前的情緒，但很快，她就連緊張都忘了。

裴文宣感覺她整個人放鬆下來，他終於才停住。

他抱著她，兩個人什麼話都沒說，裴文宣將下巴放在她的肩上，好久後，他才緩過來，低啞著嗓音，慢慢道：「我知道，妳這個人帳算得清楚，可是蓉蓉……一筆一筆帳算清楚，那是盟友，我是妳丈夫。」

李蓉沒說話，可裴文宣像是住在她心裡一樣，他好像什麼都知道：「妳要是覺得對不住我，」說著，他用手指挑了她下巴：「多給我親幾口？」

李蓉看著他，裴文宣面上帶著笑，似乎真的完全不在意這點事。

李蓉靜默不動，瞧了他許久，裴文宣以為她不會再說什麼，正打算起身，就看李蓉突然伸出手來，捧著他的臉，像一個孩子一般，從額頭到臉頰到鼻子到嘴，惡狠狠親了幾口。

這種親法把裴文宣親得笑起來，李蓉親完最後一口，站起身來，睥睨著裴文宣道：「這幾口是我瞧你好看賞你的，他們今日既然送你到吏部侍郎的位置上，我也不好拂了他們的好意。別躺著了，」李蓉抬手用扇子敲在裴文宣腿上，「起來，回家，搞清楚怎麼回事，看我怎麼收拾他們。」

裴文宣假作被打疼了，「哎喲」叫了一聲，隨後捣著臀起身來，哀怨道：「殿下，妳把我打疼了。」

李蓉冷冷瞧他一眼：「我打的是腿。」

說著，李蓉抬起手，裴文宣低頭看過去：「殿下？」

「不是疼了嗎？」李蓉面無表情，「走不動就扶著。」

「多謝殿下體貼。」裴文宣沒有半點推辭，伸手就拉上李蓉的手，由李蓉扶著走了出去。

兩人走出偏殿，正好也是下朝的時候，大臣陸陸續續從大殿出來，許多人見到裴文宣，就上來給裴文宣賀喜。裴文宣哪裡在這時候接這些賀喜之聲？如今不過是名單初定，要等三月沒有人提出異議，才會確定下來，然後開始辦理調任的各項手續。

可如今擺明有人設坑，這三個月要沒人提出異議才是見鬼。

所以裴文宣也只是寒暄而過，謙虛道：「如今只是個名單，下官資歷淺薄，怕是擔不得大任。」

熟悉的官員都打過招呼後，李蓉便扶著裴文宣走出廣場，剛到宮門前，就看見也正準備離開的蘇容卿。

蘇容卿察覺兩人攙扶而來，便看了過來，裴文宣一見蘇容卿看過來，趕緊整個人往李蓉身上靠了過去，李蓉皺起眉頭，抬眼道：「你怎麼了？殘了嗎？」

「啊，」裴文宣抬起手摀住額頭，「我頭暈。」

「又暈了？」李蓉有些緊張。

裴文宣低著頭：「走吧、走吧，趕緊回家。」

蘇容卿站在遠處馬車上，看著互相依偎著的兩人，許久後，他掀了簾子，坐進了馬車。

李蓉和裴文宣回了公主府，李蓉提前讓人去找了劉春航。

兩人剛回府，就看劉春航已經等在大堂，見李蓉進來，他直接跪了下來，慌忙道：「殿下。」

「就這麼跪了？」李蓉笑起來：「你也知道你做什麼了？」

劉春航不敢答話，李蓉和裴文宣一起落座，看著跪在地上的劉春航，李蓉端起杯子，慢悠悠道：「你做了什麼，說吧。」

吏部侍郎這個位置，比劉春航的位置還要高出許多，這件事按理和劉春航應當沒什麼關係，但才把人叫過來就跪了，李蓉便知他一定做了什麼。

劉春航顫抖著跪在李蓉跟前，額頭上有冷汗冒出來，著急道：「殿下，昨夜有人拿了五品以上吏部調任的名單來給下官，要求下官將裴大人的名字從考功主事上撤了。微臣本不敢違背殿下旨意，但對方說這是為了駙馬好，微臣以為，如果駙馬能當任吏部侍郎，肯定是比當考功主事要好的。加上五品以上的名單會提前呈給聖上，聖上先看了駙馬是吏部侍郎的候選人，再看下官擬的名單，怕是會認為下官做事不周，故而……」

「你就把駙馬的名字從考功主事上刪了。」李蓉輕輕一笑：「這是好事啊，駙馬當上吏部侍郎了，你這麼害怕做什麼呢？」

劉春航不敢答話，李蓉低頭撥弄著茶碗，慢悠悠開口：「找你的人是誰，他們又是怎麼說的？」

「找……找我的人，是華樂殿下。」

聽到這名字，李蓉就停住了動作。

劉春航大著膽子，艱難開口：「華樂殿下說，柔妃娘娘想讓一個人擔任考功主事的位置，讓我安排。下官不敢應下，便告知華樂殿下，考功主事已經定了下來，她問我是誰，下官告知了華樂殿下，華樂殿下便將駙馬已經被定為吏部侍郎的事告知了微臣。」

「下官其實也知道事有蹊蹺，」劉春航整個人都在發抖，「可是駙馬既然已經定為了吏部侍郎，下官再強留也沒有用，讓駙馬同時出現在兩份名單上，反而是奇怪之事。所以下官就按照華樂殿下的安排……」

「安排了她的人。」

裴文宣聲音響起來，劉春航急道：「沒有、沒有，駙馬這就冤枉下官了。下官雖然刪了駙馬的名字，但也只是把原來的名字填了上去，華樂殿下與公主的關係，下官清楚，公主手握督查司，借下官十個膽子，下官也不敢幫華樂殿下和公主對著幹啊。」

「所以，你就刪了駙馬的名字。」

「對。」劉春航急道，「下官只做了這一件事，今日就聽聞駙馬在朝堂上暈了。大臣都紛紛傳言，駙馬是太過驚喜，可下官心裡卻清楚，怕是下官做錯了事，還請殿下恕罪，駙馬恕罪！」

劉春航急急磕著頭，李蓉嘆了口氣，揮了揮手，有些無奈道：「起吧，你先退下吧。」

劉春航聽到這話，舒了口氣，他恭敬行禮後，正要離開，就聽李蓉低聲道：「事既然沒辦成，就將錢送回來吧。很快會有震盪，劉大人怕是跑不了，若有了意外，該說什麼、不該說什麼，劉大人還是要想清楚。」

「殿下放心。」劉春航聽明白李蓉的意思，他恭敬道，「下官心裡清楚。」

「去吧。」

李蓉說完之後，劉春航便退了下去。

等劉春航走後，李蓉抬眼，看向對面正在思索著的裴文宣：「你心裡可有數了？」

裴文宣聽了，抬眼輕笑：「殿下覺得是誰？」

「如今看來，柔妃必然是參與的，只是她想做什麼？」

李蓉思索著：「她怕我和你勢力越來越大，以後幫助川兒，我能理解，所以她阻撓你進吏部，我也能想明白。可是她現在讓你當吏部侍郎，圖什麼？」

「我當了吏部侍郎，殿下想，會發生什麼？」

裴文宣提了棋子，輕輕放在棋盤上，李蓉明白，裴文宣是讓她推導下去，會發生什麼。

「大臣不會同意，會聯名上書，你也當不了。」李蓉下了棋子：「意義何在？」

「陛下會如何想這件事呢？」

裴文宣繼續落棋子，神色從容，李蓉低聲道：「會想，你野心太過，想一步登天。」

「我本是陛下一把刀，完全仰仗陛下，如今卻能直接安排成為吏部侍郎，怎麼做到？」

「是我，」李蓉將棋子扣下，冷了神色，「是我幫你。」

「殿下能如此輕而易舉，把自己丈夫連越八級安排一個吏部侍郎，哪裡來的能力？」

「要麼，靠太子殿下，」李蓉握著棋子，抬眼看向裴文宣，「要麼，督查司的權力，已經可以威懾朝臣。」

「殿下還記得，陛下為什麼允許殿下建立督查司嗎？」

「他想要用我的身分和能力，制衡世家。我和世家爭權，他漁翁得利。」

「上一世，督查司是由柔妃掌管，柔妃藉此最終將太子殿下送入牢獄。如今陛下難道就沒有這個心思了嗎？」裴文宣輕輕一笑：「他不過是將督查司交給殿下，想把殿下當一隻孵蛋的母雞，蛋孵好了，就得把小雞交給別人了。一個能威脅群臣，替自己丈夫謀求六品官位的督查司，陛下看著，您說，這是不是一隻孵化出來的小雞了呢？」

李蓉不說話，沉默片刻後，她將棋子扔進棋盒，站了起來。

「我得進宮一趟。」

裴文宣沒有抬頭，盯著棋局，淡道：「殿下慢走。」

李蓉直接離開，裴文宣摩挲著手中棋子。

方才他其實有一點沒說。

他們所有的考量、所有的角度、所有的決定，都是基於他們早已經預知未來，所以反過來推現在的人在想什麼。

他們知道皇帝如今是一心一意想要平衡世家和皇權，不惜代價到可以廢儲。但其實當年所有人，都以為李明只是太過寵愛柔妃，沒有任何人想到，李明早就有心動世家的根基。

因為世家與李明千絲萬縷，上官家沒有人相信，李明居然會想砍了自己的舅舅、表兄弟、妻子，乃至兒子。

他們知道未來科舉至關重要，所以一心一意想要去當這一年主管科舉的考功主事。

可現在人是不知道的。

無論是柔妃、皇后、世家、朝臣，他們都並不知道李明真實的意思。

但如今柔妃出手就安排自己的人去當考功主事，而後提他當吏部侍郎刺激李明，想倒逼李明懷疑李蓉，將督查司交到柔妃手中。

裴文宣看著面前黑白交錯的棋局，他不由得笑起來。

「有意思。」

這背後，到底有多少個執棋人呢？

第一百〇三章　利刃

李蓉急急忙忙出了公主府，到了門口後，她便轉過頭來，壓低了聲同侍從道：「你立刻去找上官副司主，讓她立刻去查華樂和柔妃近來接觸過的朝廷大臣的名單，到底是誰把駙馬名字放到吏部侍郎那裡的，讓她立刻查清楚。」

侍從低聲應下，李蓉便上了馬車，讓馬車領著她往宮裡趕去。

李蓉急急忙忙往宮裡趕時，柔妃正領著華樂在染指甲。

「裴文宣居然暈過去了，」華樂坐在柔妃旁邊，將手交給丫鬟，由丫鬟修剪著指甲，頗有幾分不解道，「當吏部侍郎不好嗎？他這是氣暈了，還是高興壞了？」

「他若是高興壞了，我可就高興了。」柔妃閉著眼，由著侍從替她捶背、修指甲，懶洋洋道，「但就怕他是氣暈過去。」

「升官了還氣，」華樂皺起眉頭，「這怎麼可能？」

「怎麼不可能呢？」柔妃沒有正眼，慢悠悠解釋道，「他要是聰明些，肯定高興不起來。」

「為什麼？」

「他當吏部侍郎，朝臣不會同意。」柔妃低頭看著手上的指甲被塗上鮮豔的紅色，聲音平穩，「不僅當不上，還會引起陛下懷疑，猜想公主權力有多大。公主權力太大，陛下肯定就要擔心，陛下一擔心，公主的朝堂之路，」柔妃抬眼，輕輕笑起來，「也就走到頭了。」

「以進為退，」華樂高興起來，「還是母妃厲害。劉春航那老匹夫，竟然不選母妃，選了她，簡直是瞎了眼！」

「我如今沒有實權，全靠陛下恩寵，」柔妃聽著華樂的話，倒也不生氣，慢悠悠道，「平樂手握督查司，朝臣自然怕她。不過，朝臣怕，」柔妃抬眼，看向華樂，笑咪咪道，「妳父皇，自然也怕。」她轉過頭去，看向窗外御書房的方向：「平樂啊，還是太年輕。」

「父皇也真是，」華樂聽著柔妃的話，洩氣道，「把督查司這麼重要的事交給平樂，卻什麼都不給我，過分。」

柔妃聽著華樂的話，笑著瞧著她，似如看一個長不大的孩子。

「妳知道妳不如平樂什麼嗎？」

「我不如她？」華樂生氣起來，「我哪裡不如她？」

「平樂這孩子，她想要什麼，她會去爭，會去搶。」柔妃說著，笑咪咪瞧著華樂，「她清楚知道，一個女人最重要的，就是握著權力。而妳這傻孩子，卻只想著找個如意郎君。」

「那要權力，也得嫁個有權力的人啊。」華樂說著，湊到柔妃邊上，拉住柔妃的手，撒著嬌道，「就像母妃，嫁給了父皇，不就成了尊貴的女人了嗎？」

「妳錯了。」柔妃拉開華樂的手，鄭重又溫柔道，「妳要記得，妳的權力是妳搶回來的。男人只是妳的手段，」柔妃聲音越發溫柔，「卻從不該是妳的目的。」

「我才不信呢。」華樂扭過頭去，驕傲道，「父皇最疼您了，要不是有上官家壓著，您早就是皇后了。」

柔妃聽著華樂的話，低頭笑了笑，只說了聲：「傻孩子。」

隨後便轉過頭去，將目光移向庭院中生機勃勃的野草。

春日來了，草木都旺盛起來，從明樂宮到御書房，草木皆為一派欣欣向榮之相。

李明看著跪在地上的王厚文，在大殿裡走來走去，他想罵人，又覺得太掉王厚文的顏面，王厚文畢竟是老臣，他得給這個面子。

「裴文宣是什麼資歷，你也敢把他往吏部侍郎的位置上放？」李明心裡一口悶氣，他盯著王厚文：「這麼重要的位置，你放個平庸之輩，朕都不過問你。你吏部的事，我一向相信，你有分寸。可如今你什麼意思？裴文宣一個黃毛小兒！」李明大喝出聲，「你也敢往吏部侍郎的位置上放？」

「裴御史雖然年紀小，」王厚文似乎有些忐忑，猶豫著誇讚道，「但他畢竟是公主駙馬，公主……」

「公主又怎麼了？」李明大吼出聲：「公主就能越過王法，越過朝綱，越過朕了嗎？我就問你，他裴文宣憑什麼當吏部侍郎？憑什麼！」

李明剛剛吼完，就聽外面傳來通報聲，說是李蓉來了。

李明抬起頭，喝了聲：「不見！」

說完之後，他見太監匆匆下去，又叫住太監：「算了，」李明糾結道，「你把人帶進來。」說著，李明低頭看向王厚文，揮了揮手，無奈道：「木已成舟，你先下去吧，自己反思一下，剩下的事，我讓人查清。」

「謝陛下。」王厚文恭敬行禮，便站起身來，退了下去。

李蓉在門口站了一會兒，思索著等一下見李明，該如何說。

吏部侍郎這個位置留不得，可是她若不留，裴文宣錯過了調任的時間，吏部侍郎當不了，其他位置也去不了，再調任，就只能等明年。

最重要的是，無法調任，今年的科舉就澈底錯過了。

再等一次龍虎榜，怕只能下輩子了。

她得保住裴文宣吏部侍郎的位置，可她若是不放這個位置，李明必然猜忌她。

柔妃現下的盤算，怕就是要她進退兩難——要麼讓李明猜忌，要麼就放棄裴文宣升遷。

她若順著柔妃的思路去，橫豎都是她吃虧，如今她最好的方式，便是以情動人，圍魏救趙。

柔妃讓李明看到的是她私下活動大臣，替裴文宣謀求官位，那她就直接應下這件事來，再告上柔妃一狀。

她勾結群臣，和柔妃勾結世家。

李蓉冷笑起來，她倒要看看，李明覺得這兩者，哪個嚴重一些。

李蓉正思量著，就見王厚文走了出來。

到了門口後，王厚文朝著李蓉恭敬行了個禮，李蓉板著臉，見王厚文行禮，她冷著聲道：「王尚書三品尚書，朝中老臣，這個禮，我受不起。」

「尚書又如何呢？」王厚文嘆了口氣，「謝蘭清刑部尚書，謝家家主，殿下不也說扳倒就扳倒嗎？」

李蓉聽著這話，抬起頭來，冷眼盯著王厚文。

王厚文輕輕一笑，拱手道：「殿下，微臣告退。」

說完，王厚文便轉過身，徑直走了下去。

李蓉進了御書房，恭敬行禮。

李明冷著臉，讓她站起身來，冷著聲道：「妳現下來做什麼？」說著，李明氣不打一處來：「裴文宣官職已經定了，妳還有什麼不滿意？」

「兒臣就是為此事而來。」李蓉慌忙又跪了下去：「兒臣懇請父皇，另擇吏部侍郎人選！」

李明聽到這話，神情緩了緩：「裴文宣當吏部侍郎，是好事，妳為什麼要換？」

「父皇，」李蓉急道，「兒臣向父皇直言吧。此次調任，兒臣其實暗中幫了裴文宣，偷偷私下運作。」

「我知道。」李明冷笑出聲來，「不然他能當上吏部侍郎？」

「但兒臣所求的位置，並非吏部侍郎。」李蓉著急抬頭：「父皇，兒臣求的位置，是六品考功主事啊。」

「考功主事，也需要妳去求？」

李明皺起眉頭，李蓉一聽這話，就紅了眼眶，啞了聲音道：「父皇，您有所不知。自從兒臣擔任督查司主以來，在朝廷得罪之人眾多，因為兒臣的緣故，駙馬做事，舉步維艱。本來按著慣例，他娶了兒臣，不管以前是幾品官，都該直升六品官，他在御史臺打磨了一年，又連著幫著兒臣辦了幾個大案，於情於理，調任當個考功主事，都該是綽綽有餘。但是因為兒臣的緣故，他被朝廷上下左右為難，哪都不肯接受他，可他總不能當一輩子的監察御史吧？」

「御史臺不是上官敏之管的嗎？」李明敲著桌子，思索著道，「妳讓他留在御史臺，不好？」

「這真是為難之處！」李蓉說著話，便落下淚來，「兒臣查辦了多少上官家的人，您也知道。敏之舅舅恨兒臣連親戚都不放過，處處為難駙馬。但凡有一點辦法，我也不會這麼著急替他四處活動。御史臺為難他，其他各部不肯收他，兒臣無奈之下，只能替他遊走，想求一求各路官員，看他們能不能想點辦法，員外郎搆不上，當個主事也好啊。可那些官員都推三阻四，兒臣……兒臣逼不得已，求了人，花了大價錢，才終於給駙馬求了一個主事的位置。但沒想到，今日大殿之上，他竟然就成吏部侍郎了！」

「當了吏部侍郎，這還不好？」

李明觀察著李蓉的表情，李蓉擦著眼淚：「父皇，兒臣是貪慕權力，可是也深知物極必反的道理，我和文宣都還年輕，他入朝也就一年時間不到，直升吏部侍郎，多少眼睛盯著他？他若真當上這個位置，多少人要記恨他，要說我仗著督查司的權勢給他鋪路。他若沒有才華也就罷了，可駙馬明明是個有才之人，要受這種委屈，這哪裡是幫他？這是害他啊！」

李明聽著李蓉的話，皺起眉頭，他沉默許久之後，才道：「妳有難處，怎麼不早些同朕說？」

「兒臣有難處，父皇就沒有了嗎？」李蓉控制著自己，低低啜泣，「兒臣建督查司，本就是為了給父皇分憂。不能幫父皇也就罷了，總不能自己的私事，也要找父皇來操心。這事的確是兒臣的錯，兒臣不該私下想著給駙馬找路子，他們不讓他升遷就不讓他升，欺負他就欺負他，別人笑話我，我忍忍就過去了。我私下這麼去給他找路子，的確應當受罰，還望父皇如今想想辦法，吏部侍郎這位置，我們真的不敢要。」說著，李蓉叩頭下去，哭得上氣不接下氣。

李明聽她哭得可憐，又聽她說有人笑她，畢竟是一手帶大的孩子，以前張牙舞爪、驕縱傲慢，成了今日的樣子，他也有些心疼，於是帶了怒意道：「誰敢笑話妳？朕倒要聽聽，誰這麼大膽子，連妳都敢笑話？」

李蓉不說話，李明頗為不耐：「怎麼不說話了？光哭做什麼？」

「父皇，不是兒臣不說，只是兒臣說了，父皇怕是又要覺得是兒臣搬弄是非。」

李明皺眉，他有些猜出來了：「是宮裡的人？」

李蓉低著頭，似乎有些疲倦。

李明見她不言，便惱怒了幾分：「說話。」

「父皇，」李蓉撐著自己，直起身來，「您如果一定要兒臣說，那兒臣就實話說了。」李蓉盯著李明，帶著眼淚笑起來：「打從兒臣成親以來，就受宮裡其他公主嗤笑。華樂妹妹說了，裴文宣位卑人輕，是父皇不喜歡我，才將我賜給他。」

「胡說八道！」李明怒喝出聲來，臉上青一陣、白一陣：「華樂怎麼會說這種話！」

「父皇這句話的意思是什麼？」李蓉笑出聲來，「是覺得華樂不會說這樣的話，還是覺得華樂不該說這樣的話？」

李明一時說不出話來，李蓉接著道：「父皇以為，我今日為何如此害怕？為何如此倉皇入宮，求父皇把吏部侍郎的位置給摘下來？不僅是以為文宣太年輕。論年輕，蘇容卿也年輕，憑什麼他當得刑部尚書，我的夫君當不得一個侍郎？可我還是得來，因為我知道，如果我不來，」李蓉低頭笑起來，眼淚沾在她頭髮上，「父皇一定會覺得，是我在後面替文宣運作，讓他當上吏部侍郎，我心裡怕啊。」

「朕……」李明面露尷尬，「妳怎麼會覺得朕會這麼想？」

「因為，兒臣怕慣了。」李蓉哽咽，「如果兒臣今日是華樂妹妹，兒臣當然不怕。因為兒臣知道，父皇信我，可兒臣是上官家的女兒。」

「妳上官家女兒怎麼了？」李明著急出聲，「妳上官家的女兒，也是朕的大公主！」

「可華樂妹妹說了，」李蓉盯著李明，「因為父皇猜忌上官家，所以才將我嫁給一個寒族。」

「她混帳！胡說！」李明氣得拍了桌子，「裴文宣乃裴禮之的兒子，當年新科狀元，品貌皆佳，他多好妳不知道？朕是看重他人品！」

「我知道父皇的好意，所以當年我嫁的時候，也是歡天喜地。」李蓉面露疲憊，「可我聽久了……也會害怕。我總是希望父皇覺得我好，多信任我一些，所以我不爭、不求、不搶。我的駙馬不是名門貴族，品級低微，我也不曾說什麼，就連她們背後議論我、笑我，我也當沒聽見。」

「我累了。」李蓉說著，再次叩首：「只求父皇，不要猜忌兒臣。兒臣沒有這麼大的能耐，兒臣費盡心機，也只是……想求一份公道。讓我的夫君不會因為我，連個六品官，都做不到。」

「平樂……」李明聽著李蓉的話，心裡也有些酸澀起來。

「求父皇恩准。」

李明沒說話，許久後，他嘆了口氣，親自走到李蓉身前，扶起李蓉。

「妳先起來。」李明聲音溫和，「這件事，朕會給妳個公道。妳先回去吧。」

「多謝父皇。」

李蓉恭敬行禮，言語中卻帶了幾分疏遠，李明心裡突然難受起來。

李蓉以往一貫都愛同他撒嬌，他原以為自己這麼多孩子，他並不在意這些孩子的來去。可當李蓉真的表露出對他的失望，他才發現，面對這個長女，他內心深處，始終有著那麼幾分作為父親的疼愛。

「先回去吧。」他克制著自己情緒，拍了拍李蓉的肩。

李蓉恭敬行禮，姿態始終優雅端方，她行禮退下後，李明站在原地，靜靜看著李蓉遠去的背影。

福來端了茶上來，恭敬道：「陛下，殿下已經走遠了。」

「福來，」李明突然開口，「朕對蓉兒，是不是不好？」

「陛下怎麼會這麼說呢？」福來答得圓滑，「陛下對所有殿下，都是很好的，是一位慈愛至極的父親。」

「朕覺得，平樂對朕失望了。」

李明緩慢開口，福來笑著道：「陛下說笑了，平樂殿下一貫最信任陛下，陛下無論說什麼，殿下都會相信，您是她最好的父皇，她永遠不會對您失望的。」

「你這麼說，我反而更難過了。」李明說著，轉過身去，嘆息著道：「這宮裡啊，所有想著要把感情當成利刃的人，都會被利刃所傷。」

福來抬手去扶李明，李明重新坐下來，他猶豫了片刻，終於道：「你派人去查吧。裴文宣進吏部這件事，到底是誰操持的。」

「是。」福來說著，一手壓了袖子，一手拿起硯條，開始給李明磨墨，不解開口：「不過陛下，不管是不是平樂殿下插手，裴大人當吏部侍郎，是不是……」

「是不是什麼？」

李明抬眼看向福來，福來艱難笑起來：「是不是……太年輕了些？」

「為什麼你總在說裴文宣年輕，卻從來不說蘇容卿年輕呢？」

「蘇侍郎畢竟世家出身……」

「所以你們都欺負裴文宣寒門出身，父親早逝是吧？」

李明冷笑出聲來，福來慌忙跪到地上，急道：「陛下息怒，是奴才有罪，奴才也只是聽外面人……」

「按你這個說法，是不是許多人當真都在後面笑話平樂？」

福來不敢說話了。

李明深吸一口氣：「好。」他抬手指著福來，點著頭，「好的很。」

福來跪著，連連磕頭求李明恕罪。

李明只拿手指著福來不說話，許久之後，他深吸一口氣：「先去查，查清楚，朕等個結果！」

第一百〇四章　傷心

李蓉從御書房裡走出來，立刻抬手擦了臉上的眼淚，冷下臉來。

她上了馬車，緩了緩情緒，也就過去了，等回到家裡時，裴文宣剛好自己和自己下完一局棋，正收著棋子。

李蓉進了屋來，裴文宣正好抬頭，看見李蓉哭過的模樣，他動作頓了頓，隨後不著痕跡笑起來，只道：「怎麼去了一趟宮裡，就變了張花貓臉？」

「你還有心情關心我這花貓臉？」李蓉嗤笑出聲來：「自己不關心一下自己的官途。」

「我的官途嘛，也不是很重要的事。」裴文宣說著，他目光還是有些無法從李蓉臉上挪開，片刻後，他嘆了口氣，還是朝著李蓉招了招手，溫和道：「殿下，妳過來。」

李蓉有些茫然，她走到裴文宣面前去。

裴文宣拉著她坐下，便去擰了帕子，然後回到李蓉面前，彎下腰來，給李蓉細細擦著臉。

他靠她很近，動作溫柔又緩慢，擦著她臉上的淚痕，好像這是當下最重要的事情。

李蓉由他擦著臉，她不由自主也軟了身段，好像一隻被人撫平了毛的貓兒，低著聲道：「你不問問我去宮裡說了什麼了嗎？」

「吏部侍郎不要就不要了，」裴文宣說得輕鬆，「剩下的考功主事，我再想想辦法就是了。」

「我給你把位置保住了。」李蓉突然出口，裴文宣動作頓了頓。

他抬起眼來，就看李蓉認真看著他：「我同父皇說，你被人欺負，我們日子過得不好，所以我讓人給你調成考功主事，有人把你調到了吏部侍郎的位置上，肯定是有人陷害咱們，讓他為我做主。」說著，李蓉笑起來：「我告了華樂一樁，說她說的，父皇就是猜忌我，所以才讓我嫁給你，然後連個六品官都不給你，讓我總受華樂笑話，大家都在背後暗暗議論我嫁了你。」

「現下父皇肯定讓人去查你背後調任一事，這事不是咱們幹的，父皇硬要查，查到最後估計還是要繞到柔妃身上。到時候他怕就心慌了，為了證明他不猜忌我，這個吏部侍郎他肯定得給你保下來。」

裴文宣聽著她的話，沒有半點表示，他就是看著她的眼睛，久不做聲。

李蓉用手肘撞了撞他：「你看著我做什麼？你說句話啊。」

「微臣就是有些好奇，」裴文宣替她擦好了臉，將帕子放到一邊，又取了梳子給她梳頭，一面梳一面道，「殿下在微臣面前，一輩子沒哭過幾次，但是陛下面前，說哭就哭，這是為什麼？」

「假哭好哭，真哭，有什麼哭的必要？」李蓉說著，嘆了口氣，「而且，被人看見，多難堪。」

假哭哭得再慘烈，那也是假的，真心哭出來的時候，哪怕只落一滴眼淚，也容易被人扎在心窩上。

「話說你問這個做什麼？」李蓉突然想起來，只道，「你覺得我說這話可妥當？父皇不會多想什麼吧？」

「這倒不會。」裴文宣替李蓉梳好頭髮，將梳子放到一遍，扶正了歪了的簪子，隨後道：「殿下不用太過擔心，陛下會聽進去的。」

「你怎麼這麼有信心？」李蓉頗為奇怪，裴文宣笑了笑，卻沒多說。

他想了想：「不過，現下要擔心的，怕是陛下能不能找到將我塞進吏部的人。」

李蓉聽裴文宣的話，便明白他的意思。

以柔妃之謹慎，她要讓塞人，自然會做得天衣無縫，查來查去，都很難查到她頭上去。如果找不到柔妃串通吏部的證據，要讓李明相信李蓉的話，怕是有些難度。

李蓉想了片刻，裴文宣見李蓉在想辦法，便提醒道：「找不到證據，可以製造疑點。」

「疑點？」

「之前華樂戴過謝家的白玉蘭簪，這件事已經讓陛下對於他們與世家的關係起了疑心，如今妳又說柔妃勾結世家陷害我，縱使沒有證據，但依照陛下的性格，怕也會開始有所懷疑。這時候殿下何不添油加醋，給陛下多幾個懷疑的理由呢？」

「有了懷疑，」裴文宣提了紫砂壺，給自己倒茶，「陛下肯定還是要保住柔妃。可他一保，心裡就對妳多幾分愧疚，一切都順利了。」

「好。」李蓉點點頭：「此事我找阿雅商議一下。」

裴文宣應了一聲，李蓉察覺他情緒似是低落，不由得關懷道：「你看上去好似很不高興？」

「倒也沒有。」裴文宣笑了笑：「殿下不必太過敏感。」

「裴文宣，」李蓉湊到他面前，盯著他，「我都給你把官掙回來了，你怎麼還不高興啊？」

「殿下為我出頭，我自然是高興的。」裴文宣嘆了口氣，實話實說：「只是我一想到，殿下雖然哭的是假的，但說的話卻都是真的，我心裡就有些難受。」

「什麼話？」

李蓉有些茫然，裴文宣繼續道：「殿下，我不知道我想得對不對。」

裴文宣說著，單膝跪在李蓉面前，他抬手握住李蓉的手，垂下眼眸：「一個人能哭出來，無論真假，必然都是因為有著傷心事。」

「殿下有很多傷心事，只是從不對我說。」

第一百〇五章　算計

李蓉沒說話，她也不知道怎麼的，聽到裴文宣說這話的時候，居然莫名其妙的，心裡就酸了一下。

只是她覺得這樣的情緒讓她有些不自在，她將手從裴文宣的手裡抽出來，起身道：「多大的歲數了，還談這些？矯情。」說著，李蓉站起身來：「我去找阿雅，你先多休息吧。太醫說了，你這些時日太過操勞了，多睡會兒吧。」

「我同殿下過去吧。」裴文宣跟著李蓉起身，李蓉正要說話，就聽裴文宣道：「早去早回，一起就是了。」

李蓉見裴文宣意志堅決，便知他應當是有事要做，她也不再阻攔，點了點頭，就同裴文宣一起去了督查司。

上官雅早收了李蓉的話，正在調查著此次吏部調任裡擬名單的官員，李蓉到的時候，上官雅聽著下面的人報告了情況，等李蓉和裴文宣進來，上官雅忙站起來：「殿下、駙馬，你們怎麼來了？」

「我來問問情況。」李蓉進了屋中，同裴文宣一起坐下來：「如今父皇要去查將裴文宣調入吏部侍郎位置的人是誰，妳如今可有頭緒？」

「方才我已經讓人將此次吏部調任主事的人都看了一遍，目前並沒有查到可疑的人。」

上官雅皺起眉頭：「他們既然敢做，怕就是有備而來，如今事後來追查，不太好查。」

「如果查他們帳目往來呢？」李蓉皺了皺眉頭：「他們不可能白白給柔妃做事吧？」

「查帳，是可以查。」上官雅斟酌著道：「可無憑無據，也不搜府，這種內帳，目前怕是拿不到。」

上官雅說的也是現實的難度。如果說接觸的人裡找不出可疑人員來，要查出是誰決定了裴文宣調任一事，就十分困難。

上官雅難查，李明怕也難查。沒有提前盯著，回頭來查人，就是難事了。

「是我大意了，」李蓉輕敲著桌面，「該把吏部上下的人都盯著的。」

「殿下說笑了。」上官雅給李蓉倒茶，「別說根本想不到他們居然會把駙馬往上拱，就算想到了，我們也沒這麼多人，頂多盯幾個重點的人物罷了。決定吏部五品以上官員升遷的官員有七個，咱們也不可能全都盯著。」

上官雅一面說，一面打量著李蓉和裴文宣：「事就這麼個事，現下殿下打算怎麼辦？」

李蓉沒說話，她摩挲著茶杯，似在思量。

裴文宣看了李蓉一眼，直接道：「直接找證據，不好找，但陛下是需要證據的人嗎？」

上官雅有些茫然，李蓉解釋道：「父皇多疑，如今我既然告了華樂，他心裡其實早就有想法。我們不需要鐵證，需要的，只是證明他心裡想法的蛛絲馬跡。」

上官雅沒說話，她思索著，裴文宣緩聲道：「送他一個，就好了。」

「我明白了。」上官雅定下心神，只道：「你們覺得，如果說蘇家大公子和吏部左侍郎夏文思一起招妓被參，這個證據，足夠陛下去確信他心中所想嗎？」

蘇容華是肅王的老師，一向不問朝政，在完全找不到到底是誰安排裴文宣進入吏部的情況下，蘇容華突然和夏文思一起招妓被抓，就引人遐想了。

李蓉思索著皺起眉頭。

裴文宣果斷應聲道：「夠。」說著，裴文宣抬眼看向上官雅：「只是不知道，上官小姐如何做到此事？蘇大公子雖然頑劣，但向來遠離朝堂，鮮少結交朝臣，更別提在這種風尖浪口和能決定吏部侍郎位置的左侍郎一起招妓。」

「這我有辦法。」上官雅抬手，直接道：「既然駙馬還在御史臺，那就剛好，我現在先去找人，將事情確定下來。我負責製造讓蘇大公子和左侍郎一起招妓的事，怎麼捅到陛下那裡去，就是殿下的事了。」

「妳先去辦。」李蓉果斷道：「只要當真有這件事，我便能安排人告狀告上去。」

「行。」上官雅點頭，她想了想，隨後道：「殿下和駙馬先去休息，此事我去安排。」

李蓉應了一聲，便同裴文宣起身一同回去。

等出了門口之後，李蓉頗有幾分不解：「你說阿雅會怎麼安排？蘇容華會聽她的？」

裴文宣面色平淡，他雙手攏袖，也看不出喜怒，只道：「您放心，阿雅小姐自己會安排的。」

兩人走了之後，上官雅便讓人去打聽吏部左侍郎夏文思最近空閒的時間，然後她坐下來，給蘇容華寫了紙條：

有事相求，願酒樓共宴，望蘇大公子賞臉。

寫完之後，她就讓人給不遠處辦公的蘇容華送了過去。

蘇容華平日在督查司就是裝裝樣子，打個哈欠、睡個午覺，上官雅的紙條一送過來，蘇容華便覺得找到了事做。他一看上官雅的紙條，就知道上官雅肯定是要請他向那些士子要詩詞簽名，他輕輕一笑，提筆回覆：

何時何地？

上官雅見蘇容華回覆了，趕緊又寫了紙條讓人送回去：「你定」。

蘇容華看著上官雅的紙條，他想了想，和姑娘吃飯，自然要在一個浪漫些的場所。

於是他大筆一揮，直接寫上：

明日酉時，望燈樓

這望燈樓是京中男女約會之聖地，上官雅一看見這個地點就犯了難。在這個地點安排被抓招妓，怎麼看都有點奇怪。

但她若推辭，又怕讓蘇容華起了疑心。

蘇容華這人萬事不在意，但並不是傻，上官雅左思右想，只能回覆了一句：「明天見」。

蘇容華得了這回覆，他看著上官雅清秀的字，輕輕低笑了一聲。

上官雅這個姑娘，有意思，好玩，他閒來無事，逗樂一番，倒也讓生活多了幾分生機。華京太枯燥，偶然來了這麼一個鮮活的人，便讓人忍不住側目幾分。

蘇容華閉上眼睛，自己都沒察覺，自己竟然笑了起來。

酉時是大多數朝臣在外交際的時間，上官雅得了蘇容華的確認，便將他的紙條和之前他送她的畫像折起來，加上了一兩銀子，一起讓人給夏文思送了過去。

等辦完事後，上官雅便主動去了公主府，將她的安排和李蓉都說了一遍。

「明日酉時，我會提前將望燈樓的房間用蘇容華的名字定下來，然後安排姑娘在房間裡等著，只要兩個人一來，就直接抓人。」

大夏律中，官員可以在舞會上交換舞姬，但不得在外招妓，只是這事不痛不癢，鮮少有人查管。

李蓉聽了上官雅的安排，皺起眉頭：「妳用蘇容華給妳的紙條送給夏文思，蘇容華可落了名字？」

「帶紙的紙條沒落，可畫像落了。」

「妳如何篤定夏文思會赴約？」

「我給他的東西裡，除了畫像，還有銀子。」上官雅提醒李蓉，「蘇家本就和各大世家交好，蘇容華的面子，夏文思應當是會給的。就算不給，蘇容華如今在督查司，他突然邀約夏文思，還送了銀子，殿下覺得夏文思會怎麼想？」

朝堂上許多話是不明說的，但如果一個貪贓過的人突然收到督查司副司主的邀約，還夾雜了銀子，那自然會猜想，這是蘇容華私下與他說他貪汙相關的事。

「我明白了。」李蓉點點頭。

事關自己官途前程，夏文思一定會赴約。

「我這邊安排好了，不知殿下那邊，打算如何安排？」上官雅見李蓉已經確認她的計畫無誤，便直接開始詢問起李蓉來。

李蓉笑起來：「什麼都不必安排。」

「嗯？」上官雅有些不解，李蓉面上帶笑，「陛下的人盯得比咱們緊，妳放心吧。」

上官雅被李蓉一點，頓時明白過來，抬手道：「那明日見了，殿下。」

李蓉點了點頭，上官雅告辭起身，轉身離開。

李蓉和裴文宣等了一日，李明的人也開始在暗中嚴查吏部此次調任前後過程和經手相關人員。只是上官雅查不出來，李明的人也查不出什麼來。

他們查不出東西沒法交差，便也只能盯著關鍵人員不放。一干暗探盯著夏文思，等到了申時，便看見夏文思從後門悄悄走了出去。

兩個暗探對視一眼，趕緊跟了上去。

夏文思穿著黑色斗篷上了馬車，等坐下來後，侍從有些不解，小心翼翼道：「大人，為什麼蘇大公子要把地點定在望燈樓這樣的地方？」

夏文思聽侍從的問話，也有幾分不解，但想到蘇容華的性格，幹什麼都正常，他想了想，只能低聲訓斥：「這正是蘇大公子高明之處，在望燈樓會面，也是一種掩人耳目。」

侍從愣了愣，兩個大男人去情侶吃飯的地方開包房吃飯，怎麼看都更引人注目。

夏文思往望燈樓趕過去時，蘇容華也在家中換好了衣服。

這衣服他已經選了將近一個時辰。

他平日穿得吊兒郎當，今日想著和姑娘吃飯，便把衣服全拿了出來，挑挑揀揀。最後選了一身湛藍色華服，戴上鑲著寶石的銀冠，手上握了一把摺扇，戴上香囊玉佩，便春風得意出了門。

臨到門口，蘇容卿正從外面回來，看見蘇容華哼著小曲往外走，他不由得笑起來：「大哥這是去哪裡，穿得這樣鄭重？」

「鄭重嗎？」蘇容華張開雙手，自己朝著身上一打量，隨後擺手道，「也就還好。」

蘇容卿低笑，只道：「是和姑娘吃飯吧？」

「你和姑娘交往沒什麼經驗，一雙眼睛倒是毒辣得很。」

「那就不打擾大哥了，」蘇容卿笑著讓了路，「免得讓姑娘久等。」

「行，等我回來再和你仔細說說。」蘇容華想了想，低笑出聲來，「說不定，能給撈個嫂子回來呢？」

「那我預祝大哥旗開得勝。」蘇容卿說著，抬手行禮。

蘇容華高興起來，他突然想起來：「唉，話說你年紀也不小了，家裡都看著你呢，現在都沒有個中意的姑娘嗎？」

蘇容卿聽著這話，但笑不語。

蘇容華「嘶」了一聲，擺了擺手道：「不說就算了，這副樣子我看著牙酸，走了。」說著，蘇容華便高高興興往外走了出去。

蘇容卿站在原地，看著蘇容華高興的背影，眼神裡帶了幾分溫和。

旁邊小廝看著蘇容華遠去的方向，嘆了口氣道：「大公子比二公子年長，但像個孩子一樣，也不知道什麼時候，才能讓老爺別操心。」

「這樣也好。」蘇容卿回過頭來，溫和道：「哥哥和父親，所有人都能好好活著，做自己喜歡的事，那就足夠了。」

「可蘇家……」

「蘇家不有我嗎？」蘇容卿往前走去，笑裡帶了幾分破石開山的決絕，「大哥愛如何便如何，我一個人就夠了。」

蘇容卿說著，想起刑部的公務，便同侍從詢問起刑部的公務來。

如今刑部尚書調任在即，半點差池都不能有。

蘇容卿同旁邊人商談著進了書房，過了許久之後，他才緩過神來，喝了一口茶後，看見天上有陰沉之色。他想了想，轉頭同旁邊人吩咐道：「記得讓人去接大公子。」

「二公子放心吧。」小廝笑道，「這點小事，下人醒得。」

蘇容卿點點頭，他想了想，得了閒事，才關心起來：「今日大公子是同誰去吃飯？」

「聽大公子說，是上官大小姐。」小廝說著，磨著墨笑起來：「聽說大公子上心得很，挑衣服就挑了一個時辰。」

蘇容卿笑起來，正要說些什麼，突然反應過來，急道：「快！去將大公子叫回來！」

小廝愣了愣，隨後趕緊應聲道：「是，奴才這就過去。」

小廝急急往外趕去，蘇容卿又叫住他：「不必了。」

蘇容卿捏著拳頭，他思索著：「如今再過去來不及了。」

小廝不敢說話，蘇容卿想了許久，終於道：「備馬車，我要出城。」

「是。」小廝應下來，趕緊離開。

蘇容卿離開華京時，蘇容華剛剛到望燈樓門口。

他一出現，暗處所有人都警惕起來。

夏文思已經提前到了，他由侍從領著進了屋內，便看見舞姬早已在裡面恭候，這樣的場面夏文思也習慣，甚至還放鬆了幾分，思索著蘇容華今日應當不是來找他麻煩，或許還是來幫他的。

夏文思忐忑等著蘇容華，沒多久，就聽外面傳來了喧鬧聲，他趕緊到了窗邊，就看見蘇容華從馬車上走下來。

蘇容華一下馬車，小二便認出他來，他在華京吃喝玩樂，是所有相關店鋪的熟臉，小二上前來，笑著道：「蘇大公子，這邊請。」

「人到了？」

「到了，等著您呢。」

聽到這話，蘇容華笑起來，頗有幾分高興，他沒想到上官雅會提前過來，畢竟姑娘都要矜持些，喜歡拿翹，可上官雅不僅不故意遲到，還提前等他，可見誠心。

雖說是有求於他，但也是個態度，想到這裡，蘇容華不由得更高興幾分，他抬手賞了小二一塊碎銀，便往望燈樓裡走去。

他這樣大方的態度，讓不遠處茶樓上的上官雅嘖嘖稱奇，轉頭同一起來看戲的李蓉道：「妳瞧瞧他那樣子，怕是沒少同姑娘出來吃飯。」

李蓉笑著嗑著瓜子：「他有沒有來同人吃飯，關妳什麼事？」

「就說說嘛。」上官雅說著，又轉過頭去，觀察著望燈樓的動向。

蘇容華一上樓去，立刻就有幾個人跟著進了望燈樓。

那些人身形挺拔，步履輕盈，明顯是練家子，與旁人不同。

蘇容華拾階而上，跟著小二到了門口，才在門口，他便聽見裡面隱約有絲竹管樂之聲，他挑了挑眉，頗有幾分不解，可小二已經恭敬行禮，懂事退下了。

他想了想，也不多猜，乾脆推門進去。

一推開門，便見夏文思坐在屋中，他腿上還坐著個姑娘，旁邊一堆姑娘吹拉彈唱，好不熱鬧。

蘇容華頓覺尷尬，趕緊拱手道：「抱歉，走錯了。」

蘇容華正要退開，夏文思急忙起身，叫住蘇容華：「大公子，不是您叫我來的嗎？」

聽得這話，蘇容華頓住了步子，他回過頭去，皺起眉頭：「我叫你來的？」

這話一出，兩人面色巨變，蘇容華急道：「你當沒見過我。」

說著，他掉頭就往外走去，只是一回頭，就看見一個人將刀橫在他面前，冷聲道：「卑職奉旨查案，還請蘇大公子、夏侍郎隨我等走一趟。」

夏文思面色極其難看，蘇容華面對著面前的侍衛，面色幾變，最終終於道：「你憑什麼抓我？」

「二位大人違背夏律，公然招妓，」侍衛神色平靜，「蘇大人，隨我們走一趟吧？」

蘇容華面色幾變，夏文思跪得極快，馬上道：「這位大人，我什麼都不知道，是蘇大人讓我來的，我有他親筆書信為證。」說著，夏文思便將上官雅送過去的兩張紙攤開來。

蘇容華一見得那紙頁，他目光死死釘在上面，侍衛上前去拿那紙頁，蘇容華快他一步，抬手一把抓了那紙頁，隨後在眾人尚未反應過來之前，提步直接跨上桌子，翻過窗戶，便從二樓拽著屋簷往下跳了下去！

侍衛急急追過去，只看見蘇容華留下一個背影，他們回頭看向自己的長官，皺眉道：「長官，他跑了。」

「無妨。」領頭的人冷靜道，「先帶夏侍郎回去，我們去蘇家等他。」

說著，兩個侍衛便拖起了夏文思，將人帶了出去。

而蘇容華在路上一路狂奔，沒了片刻，就看見自家小廝等在胡同裡，看見他，頗有幾分奇怪道：「大公子，你這麼快就出來啦？」

蘇容華一言不發，直接將馬從馬車上拆了下來，二話不說，駕馬就走。

小廝有些茫然，急道：「大公子，你去哪兒？大公子！」

蘇容華沒有說話，他騎著馬，朝著上官府邸疾馳而去。

上官雅正和李蓉告別完，往上官家回去，她坐在馬車裡，自己哼唱著小調，沒了多久，就聽外面車夫「吁——」的一聲，隨後馬車猛地停下。

她頭直接撞在車壁上，她捣著頭，倒吸了一口涼氣，正要開罵，就見車簾被人猛地掀開。

一雙漂亮的鳳眼帶著怒意死死盯著她，上官雅愣了愣，隨後就看蘇容華半蹲在車外，冷笑出聲來：「上官雅，」他語調裡頭一次帶了冷意，「妳好大的膽子！」

第一百〇六章　理由

「呀。」上官雅看見蘇容華，從短暫的驚詫中回神，「蘇大公子怎麼在這兒啊？」上官雅優雅將裙子理了理，見左腿壓在右腿上，翹起二郎腿來，撐住下巴，笑咪咪道：「蘇大公子逃出來的？」

「妳算計我。」

蘇容華直接開口，上官雅輕笑了一聲：「蘇大公子何必這麼說呢？這叫周瑜打黃蓋，一個願打，一個願挨。」

蘇容華聽得這話，氣得笑出聲來：「妳倒是不怕得罪我。」

「說得好像我不做這事，就是不得罪你一樣。你來督查司做什麼，大家心知肚明，」上官雅面上雖然是笑著的，眼裡卻帶了幾分冷意，「你我立場本就不同，又何必裝什麼好人？我約你你就出來，我算計你，你難道不是算計我？」

「我算計妳什麼了？」

蘇容華捏緊了拳頭，上官雅自己給自己倒了茶，悠然道，「這可得問你自己了，這麼殷勤接近我，為的是什麼？」

這話把蘇容華問愣了，他不由自主反問了一句：「我殷勤？」

「賭場裡跟著我，督查司纏著我，寫書信打鬧同我調笑，」上官雅一件一件說著蘇容華幹的事，隨後似笑非笑轉眼看他，「我若是尋常姑娘，怕還真就得想，你是不是喜歡我了。可惜啊，我腦子清醒得很，你乃肅王老師，被陛下安插進督查司擔任副司主，無論是公主被刺殺，還是平日調查案子裡的阻力，後面都有你的影子，你要是喜歡我，」上官雅嘆了一口氣，「那可真是好笑了。」

蘇容華沒說話，他盯著上官雅。

他自己才頭一次知道，原來無形之間，他在這人身上花費的精力，有這麼多。

他看著上官雅不帶半點感情的眼神，他覺得有種難言的酸澀在心中蔓延開來，他不由自主問了一聲：「妳不信感情的嗎？」

上官雅愣了愣，隨後詫異開口：「話都說到這裡，你還當我很好騙嗎？」

蘇容華盯著上官雅，他看著她，許久之後，他突然出聲，緩慢道：「真可憐。」

「什麼？」

上官雅聽不明白，蘇容華一字一句，重複了一遍：「我說妳，和這華京其他人一樣，都是一隻可憐蟲。」

「你們有腦子，但是沒有心。」

「你難道不是？」上官雅覺得自己彷彿是被他罵了，冷笑出聲來，「大家四斤八兩，你裝什麼裝？」

「誰和妳四斤八兩？」蘇容華提了聲：「我和妳一樣，我早在賭場遇見妳的時候就把妳告了！一個姑娘家在這種地方出入，妳名聲還要不要？」

「那你說啊。」上官雅笑起來，「你說了，你就接觸不了這個上官家的大小姐，我不過就是沒了名聲，我沒了名聲待在家裡不是更好？你以為我想嫁人？可你就不一樣了，你就可就錯失了一個接觸我、利用我的好機會。」

蘇容華點著頭，他一個勁兒的笑：「厲害，厲害得很，是我看錯妳了，我還以為妳和華京的人有什麼不一樣。」

「都是吃糧食長大的人，能有什麼不一樣？」上官雅面帶嘲諷：「您別給自己貼金，也別給我貼金，要咱們是什麼心地善良的公子、小姐，駙馬不會當吏部侍郎，你也不會在督查司。不過一報還一報，你身邊的人打了我身邊的人，我回你一巴掌，你喊什麼冤？」

「妳說得是。」蘇容華點頭應下：「不冤。我倒要看看，就妳這伎倆，還能真把我怎麼了？」說完，蘇容華從馬車上跳下去。

上官雅沒抬頭，揚聲道：「慢走不送。」

聽到這聲慢走不送，蘇容華在馬車前頓了頓，突然開口：「我只是，不想折了妳的羽翼。」

上官雅倒茶的動作停下來，蘇容華在馬車外的聲音很小：「我覺得妳在外賭錢、罵人、潑茶的時候，是活的。」

蘇容華說完，便自己翻身上馬，駕馬離開。

上官雅茶壺在空中懸了一會兒，許久後，終於才倒了下去。

「回吧。」她平靜開口。

上官雅往上官府趕過去時，李蓉的人已經一層一層安排下去。

這件事她不能插手太過，最好全是李明的人經手。他們要的目的，並不是要把蘇容華怎麼樣，官員在大夏公然招妓算不上什麼大罪，關兩天罰點俸祿就過了，以蘇容華的家底，李明再發火，也不能把他們怎麼樣。

他們要的，只是李明知道蘇容華和夏文思有接觸。

這件事做得算不上精緻，蘇容華和夏文思完全可以反咬自己受人陷害，但他們拿不出證據，舞姬是蘇容華喜歡去點的紅顏知己，茶樓也是蘇容華的名義定下，蘇容華邀請的紙條還在，加上李明猜忌在先，不需要多說，李明自己會有自己的決斷。

李蓉算著李明的想法，一路打聽著蘇容華的消息。

沒有多久，蘇容華回蘇府被捕的消息就傳了過來，李蓉和裴文宣正在下棋，她慢悠悠地道：「蘇容華怎麼說的？」

蘇容華肯定要爭辯，但是他要如何爭辯，就是關鍵。

靜蘭猶豫了片刻，慢慢道：「蘇大公子什麼都沒說。」

「什麼意思？」李蓉皺起眉頭，她抬起頭來，「什麼叫什麼都沒說？」

「蘇大公子駕馬回府之後，直接跪下請罪，說自己在外招了幾個舞姬，被蘇相當場責了十鞭，直送進牢裡了。」

李蓉得了這話，猶豫許久，終於道：「下去吧。」

靜蘭恭敬行禮，便退了下去。

等靜蘭走後，裴文宣抬眼看了李蓉一眼：「殿下在想什麼？」

「我在想，」李蓉緩慢道，「蘇容華為什麼直接認下來？」

「因為他知道如今否認也是無用。」裴文宣落下棋子，「他解釋不了紙條，他若承認這個紙條是寫給上官雅的，陛下要想的，便不是他勾結吏部陷害殿下，而是他和上官家之間的關係了，倒不如認得明明白白。」

裴文宣平靜道，「柔妃與蘇家的關係，是陛下一手搭建的。柔妃許可他去接觸吏部找我們的麻煩，並沒有根本破壞陛下想要的平衡。陛下頂多只是惱怒幾分，但，也不會真的怎樣。」

「畢竟，在陛下心裡，蘇家是柔妃的支撐，對抗的是太子身後的上官家、柔妃哥哥在西北的軍權，對抗的是太子手裡世家的兵權。等三年後，肅王……」

裴文宣說著，話語停了下來，李蓉見他不再說下去，抬頭看他，頗有些奇怪：「怎麼了？」

「就是覺得這些妳都知道，」裴文宣笑起來，他猶豫了片刻後，慢慢道，「我再重複，怕妳傷心。」

李蓉撚著棋子，她想了片刻，輕聲道：「我不傷心，都過去這麼多年了。」

「當年可能會埋怨，會厭惡柔妃、肅王、華樂，覺得他們噁心，」李蓉說著，將棋子放在棋盤上，緩慢道，「可後來就覺得，他們也可憐。」

「父皇為他們鋪路，從來不是因為愛他們；父皇打壓我和川兒，也從來不是因為恨我們。他誰都不愛，也誰都不恨，只是帝王之心，不願意世家一家獨大而已。」

裴文宣聽著，李蓉將話題繞回去：「那你這個說法，其實蘇容華也是在以退為進，他招越快，父皇對他的懷疑就越小？」

「是。」

「不過，其實還有一點，」李蓉想了想，「蘇容華怎麼來得這麼莽撞呢？我記得，他也是個聰明人。」

裴文宣摩挲著棋子，似乎是在猶豫。

李蓉見他不言，不由得道：「你在想什麼？」

「殿下，」裴文宣遲疑著道，「今日蘇大公子來時，特意打扮過。」

「所以呢？」

李蓉不解，裴文宣笑起來，提醒道，「蘇大公子，大約沒想過上官小姐會設計他。」

「這不是開玩笑嗎？」李蓉被裴文宣的話逗笑，「蘇家哪個不是人精，他就算對阿雅有幾分好感，還能真的傻了以為阿雅不會算計他？」

裴文宣將棋子扣在棋盤上，神色溫和：「殿下，妳覺得我是個聰明人嗎？」

「那自然是的。」

李蓉肯定開口，撚了棋子落在裴文宣棋子的旁邊，裴文宣笑著抬眼：「可當年，在最後一刻之前，我都信殿下不會對我出手。」

李蓉沉默下來，裴文宣和她交錯落子，聲音平緩：「您和阿雅小姐，都把人心看得太壞，但許多時候，其實人並不是像殿下和上官小姐所想的那樣，完完全全理智。一個人內心深處，總有那麼幾分莫名其妙對他人的依賴和信任。蘇大公子雖然與我們立場不同，但卻是個真性情之人，他將感情看得極重，為了喜歡的人，赴湯蹈火，在所不辭。他欣賞上官小姐，沒有提防她，不很正常嗎？」

「你這麼說，你好像很瞭解他。」李蓉挑眉，他記憶裡，裴文宣和蘇容華的關係並不好。

裴文宣將袖子按在一旁，將棋子放到棋盤最遠處：「我與他雖然不曾親近交往，但當年蘇家的案子，我有參與。」

李蓉聽到這話，動作僵了僵，裴文宣察覺到她的異樣，假作不知，端了茶道：「殿下可知，當年太子殿下，為何一定要殺蘇容華？」

李蓉沒想到裴文宣會突然說起這些往事，她遲疑了一下，她有些不敢詢問，卻又知道，這或許是她終有一天要去邁過的坎。

她垂下眼眸：「為何？」

「也因為太子殿下懷疑，秦真真死於蘇容華之手。」

李蓉聽到這話，豁然抬頭，震驚看著裴文宣：「這怎麼可能？蘇容華為什麼殺她？」
當年有無數人想殺秦真真，諸多理由，但是怎麼都和蘇家搭不上邊。
蘇家沒有女子進入後宮，蘇容華毒殺秦真真，又是哪裡來的理由？
「我以前也想不明白，所以我一度以為，是太子殿下弄錯了。」裴文宣抿了口茶，抬眼看向李蓉：「直到今日，我才終於確認，蘇容華，或許真的有理由。」
李蓉不敢開口，裴文宣將答案徑直公布：「這一世，蘇容華與上官雅就在同一個賭場，此事發生與殿下介入他們關係之前。那上一世，他們就沒見過嗎？」
「秦真真死於毒殺，本該母子斃命，但那孩子僥倖活了下來，殿下想，此事最大受益者是誰？」
無需裴文宣再說，李蓉已經明白。
「阿雅……不是這種人。」李蓉艱難出聲。
「上官雅不是，蘇容華呢？」裴文宣平穩道，「依照那時候秦真真受寵的程度，以及陛下對世家的態度，上官小姐的孩子，立為儲君的機率太小了。」
「蘇容華上一世至死未曾娶妻，我查他時，所有接觸過他的舞姬，都說他只賞歌舞，不談情愛。如果不是心中有人，又為何獨守其身至死？」
李蓉久不說話，她握著棋子，看著經緯交錯的棋盤，彷彿是呆了一般。
裴文宣抬眼看她：「殿下為何不說話了？」
「裴文宣，」李蓉苦笑了一下，「我突然覺得，上一世我活得像個笑話。」

「我幫著世家，這一世你告訴我，世家作惡多端；我覺得川兒上一世暴戾無德，你說他是被逼無奈；我覺得蘇氏無辜，如今你告訴我，秦真真死於蘇容華之手。重活一輩子，」李蓉覺得有幾分嘲諷，「我是回頭來認錯的嗎？」

「那我呢？」裴文宣抬眼看她，眼裡也帶了幾分似覺人生荒誕之感的無奈，「我以為妳驕縱無禮，心思狹隘，但哪怕是秦真真，妳也願意給她一片天地；我以為妳心中只有權勢，妳卻也為民請命，徹查軍餉案；我以為世家無藥可救，爛到根裡，妳卻可以帶著上官雅告訴我，世家也有好人；我以為妳一生不會低頭，妳卻肯告訴我，讓我等一等。要說認錯，」裴文宣笑起來，「我才是真的回來認錯的。」

「妳看，回來才多久，」裴文宣嘆了口氣，「我對妳說過多少次對不起了？」

「殿下，一個人若是一陣子過得不好，可以說是別人的錯，是上天的錯。如果一生過得不好，多多少少，總與自己相關。」

「所以說，」李蓉端起茶杯，似乎是認命一般道，「我們都是來認錯的。」

「殿下，這不是認錯。」裴文宣伸過手去，拉住李蓉的手，「這是給我們一個機會，讓我們重頭來過。」

李蓉頓住，她端著茶杯，裴文宣的話在她耳邊，她猶豫了很久，才抬起頭來：「那，阿雅的事，我們是不是該管管？」

「管什麼？」

裴文宣有些奇怪，李蓉說得有些艱難，她語句顛三倒四：「就，蘇容華和她，如果……

如果上一世錯過了，這輩子沒在一起，」李蓉抬眼看向裴文宣，「不是很可惜嗎？」

裴文宣愣了愣，他似乎是沒想到李蓉會這麼想，李蓉徵求著他的意見：「如果蘇容華喜歡阿雅，阿雅利用他，他不是會傷心嗎？」

「殿下覺得上官小姐不該傷蘇大公子的心嗎？」

裴文宣認認真真看著李蓉，李蓉皺起眉頭，理所應當道：「若他不誠心，那是相互利用。可若他有真心，便該有其應有的尊重。」

裴文宣沒說話，李蓉見裴文宣目光灼灼看著她，她被看得有幾分不好意思：「你這麼看著我做什麼？」

「沒有。」裴文宣笑起來，似乎有幾分狼狽地低頭，「我就是才知道，我錯過妳多少年。」

「現在知道我的好了？」李蓉聽他誇自己，有幾分高興，她站起身來，「好了，我給阿雅帶信，趁著蘇容華還在牢裡，亡羊補牢，為時不晚。」

李蓉說著，便讓人去給上官雅帶了口信，讓她去看看蘇容華。

上官雅正打算睡覺，就收到李蓉帶來的口信，她在床上坐了很久，終於還是站起身來，換了身衣服，去了刑部大牢。

蘇容華已經自己在刑部牢獄裡睡下了，他睡到一半，就聽見外面的腳步聲，他假裝沒聽到一般，背對著上官雅沒有回頭。

上官雅在牢房門口站了片刻，許久後，她終於道：「蘇容華，我奉殿下之命前來看看你。」

「看我做什麼？」蘇容華閉著眼睛，背對著上官雅，「我是生了三隻眼還是五隻手，還需要妳這麼大半夜過來看？」

上官雅抿了抿唇，不說話。猶豫許久，她才道：「其實你說的話，我今晚回去仔細想過了。」

「我覺得你可能說得也是真的。」

「你今日打扮得這麼花枝招展，的確也是將這頓飯放在心上，我這麼利用你，的確是我的錯。你看這樣行不行，這次就算了，下不為例。」

蘇容華不說話，上官雅頭一次見他這麼冷淡的態度，便有幾分難以言說的不舒服，她悶著聲：「你別不理人啊。要不這樣吧，我們賭一把？」說著，上官雅從懷裡摸出一副牌來：「要是我贏了，你就別生氣了。」

「要是妳輸了呢？」

蘇容華終於出聲，上官雅摸了摸鼻子：「那……那你就繼續再氣一會兒吧？」

第一百〇七章 人刀

看著上官雅的樣子，蘇容華覺得有些生氣，又覺得有些好笑。

上官雅賭技爛成什麼樣他能不知道？她要賭，無非是把輸贏都交給他。

上官雅見他不說話，便把牌遞了過去：「你來賭一把呀。」

蘇容華坐起身來，回頭看向牢房前的人。

上官雅伸著手，眼神裡全是討好，她將牌往前探了探：「要不要？」

蘇容華猶豫了許久，終於站起身來，拿過上官雅的牌。

「你覺得你的牌面大，還是我的大？」上官雅笑咪咪問他。

蘇容華摩挲著牌面，他看著面前人，許久後，他垂下眼眸，慢慢道，「妳的大。」

「那就看看咱們的運氣吧。」上官雅說著，將牌翻開，露出自己牌面上的虎面。

蘇容華翻了牌面，露出了他牌面上的狗頭。

「呀，」上官雅高興起來，「這好像是我頭一次贏你啊？」

蘇容華沒說話，他從容坐下，背靠在牆上，曲起一條腿來，將手放在膝蓋上，緩慢道：

「行了，我不生氣了，妳回去吧。」

上官雅想了想，從旁邊取了個小凳，拂開上面的灰塵，坐在凳子上：「咱們聊聊天吧？」

「不敢聊。」

蘇容華果斷回絕，上官雅笑了：「怎麼，還怕我坑你不成？」

「我不該怕嗎？」蘇容華冷冷掃了她一眼，「被妳坑得還不夠？」

「不是，我不是道歉了嗎？」上官雅厚著臉皮，「其實吧，我這個人也沒這麼壞，我只是對敵人很壞。那咱們既然說開了，咱們也算不上敵人，那以後我不坑你就是了。」

「我說，我不是敵人，妳就信了？」蘇容華冷眼看她，用她的話回他，「妳當我傻子呢？」

「你是有點傻。」上官雅不好意思笑起來，蘇容華氣得起身就要走，上官雅一把抓住他的袖子，急道，「你等我說完呀，咱們好不容易這麼深刻交流一下，你別這麼容易走啊。」

蘇容華聽這話，他動作頓了頓，最後深吸一口氣，又坐了回來。

上官雅將身子前傾，兩手放在膝蓋上，撐著下巴，看著面前的蘇容華：「其實，你也別怨我，以前我也真沒見過你這樣的人。你看，你出身大家世族，人又聰明，還這麼多身分，所以我只能猜忌你。我打小啊，家裡就和我說，這世上第一不能信的是政客，第二不能信的是男人，你可兩樣都占全了。」

「這還怪我了？」蘇容華嗤笑出聲，「自己學了一堆歪理。」

「是你異類。」上官雅立刻回聲，蘇容華沒有搭理她，上官雅想了想，小心翼翼道：「話說，我聽你的說法，你也不像是個追求名利的，為什麼要當肅王老師，還來督查司？」

「陛下指名，我又能推辭？」蘇容華用她腦子壞了的神情看她。

上官雅更好奇了：「可你當了他的老師，就同他綁在一塊了，你就不擔心自己的前程嗎？」

「前程？」蘇容華笑出聲來，「妳看我是有前程的樣子？要我想要前程，當年就會好好讀書，像我弟弟一樣，接受家裡悉心栽培，然後承擔起家族責任，步入朝堂。我為什麼會是肅王老師？因為陛下需要一個蘇家的人當肅王老師，蘇家不好推辭，又不想和肅王扯上太大關係，就把我這個棄子扔出來。我是個狂徒，從來不代表蘇家的態度，妳看不明白嗎？」

「以前我明白，」上官雅靠在牢門前，「可後來你進督查司，我就不明白了。你來督查司做什麼？」

蘇容華不言語，他仰著頭，看著天空，好久後，他緩聲道：「弟弟讓我過來，我就過來了。但其實內心深處，可能也是想看看。那妳和殿下，」蘇容華轉頭看著上官雅，「到底想做什麼？」

「從小大家就說我是個異類，說我沒有擔當。可是我經常想，擔當是什麼？家族是擔當，官位上的百姓就不是擔當？百姓是擔當，妻子、孩子、朋友，他們的情誼，就不是一個人肩上的擔當？我看過無數人，少年時黑白分明，輕狂肆意，但慢慢的，就好像變了個人，總談著身分、擔當、責任，然後做著陰暗齷齪的事。一個人能活好，在其位謀其職，管好自己，上照顧父母，下撫育孩子，為友而義，為臣而忠，循朝廷法度，遵禮義仁信。在此之上，他想做什麼就做什麼，有什麼不可以？」

「我厭惡那些偽君子，不希望自己也在這個城池裡，活成他們一樣的怪物。我想活得像個人，想自由喜歡自己喜歡的人，自由選擇自己喜歡的事。」

「可我這樣的，太少了。直到去年七夕宮宴，我在宴會上聞到了一份調香，」說著，蘇容華笑起來，「那香有我熟悉的味道，我投了那香一票，後來我本想尋找香主，結果發現這一爐香是秦氏二小姐調的，可我繼續查下去，卻發現秦二小姐根本不善調香。最後我才發現，原來是有一個姑娘不想進宮，原來，平樂殿下，在幫著太子拖延他婚事。」

「妳看，」蘇容華攤手，「原來大家都在這宮城裡，苦苦掙扎。所以我很想來看看，妳和殿下，到底要想個什麼呢？」

上官雅聽著蘇容華的話，她抱著膝蓋，蘇容華轉頭看她：「妳進督查司，是為了什麼呢？」

「歸根到底，或許和你一樣吧。」上官雅笑起來，「想活得像個人。」

「我也不想改變，可我知道，自己其實也不是什麼聖人，如果我進了宮，和如今我看到的那些長輩，怕也沒什麼兩樣。為了家族利益不擇手段，什麼都能讓步，可我不想這樣。」

「所以我得有用，」上官雅認真看著蘇容華，「我得為家族提供不能替代的價值，比嫁一個人聯姻更重要的價值。只有這樣，」上官雅笑起來，「我才永遠是上官雅。」

「以後可以同你賭個錢，喝個小酒，吵個架，」上官雅笑著說著想像中的未來，「一輩子不嫁人，有自己的莊園，收養幾個家族裡的男孩兒，女孩兒也成。當一輩子的老姑婆，然後培養許多像我一樣的姑娘。」

「還能想到和我賭個錢、喝個酒，」蘇容華挑眉，「看來妳對我印象不錯啊。」

「大約，」上官雅聳聳肩，「我們都是異類？」

「蘇容華，」上官雅想了想，她伸出手，「我和你拉個勾吧。」

「嗯？」

「以後，我不會利用你對我的好給你挖坑。」上官雅注視著他，「你也不要騙我，行不行？」

「好。」蘇容華伸出手來，和她勾住小指。

肌膚觸碰之時，上官雅不由自主一顫，她說不清這是什麼感覺，只聽外面傳來了喧鬧之聲，上官雅忙站起身來，緊張道：「我先走了，改天請你吃飯。」

說著，上官雅便趕緊從另外一條路上離開。

沒了片刻，一列侍衛便走了進來，那些人一看便是宮裡出來的人，蘇容華斜睨了他們一眼，淡道：「做什麼？找幾個舞姬，要關要罰就罰，別審來審去的，鬧心。」

「帶走。」侍衛徑直開口，便進了牢房，將蘇容華拉出來，開始審問。

蘇容華就大大方方承認，自己請了夏文思吃飯，叫了幾個舞姬，只說自己並非招妓，沒有其他。

侍衛審了他和夏文思的口供之後，就將口供送進了宮裡，李明將口供細細看完，放在桌上。

福來端了柔妃送的安神湯進來，見李明眉頭緊鎖，不由得道：「殿下，夜已經深了，柔妃娘娘剛讓人送了安神湯過來，您喝了早些休息吧。」

李明抬眼將目光挪到安神湯上，他緊鎖眉頭，福來見他神色不悅，忐忑道：「陛下？」

「你說，柔妃是不是有些太過了？」

「陛下是指……」

福來猶豫著沒說出口來，李明將口供往地上一扔，閉眼靠到椅背上，煩躁道：「你自己看。」

福來將安神湯放在桌上，彎腰拿了口供，他仔細閱讀了一遍後，不解道：「陛下，這蘇大公子……怎麼會做這種事啊？」

「怎麼會做這種事？」李明嘲諷出聲來，「他一個世家公子，不要名聲的嗎？怕是招妓為假，謀私為真。」

福來沒敢說話，李明心中將前後捋了一遍。

有人故意抬了裴文宣當吏部侍郎，就是為了讓他猜忌李蓉。他猜忌李蓉後，不放心督查司在李蓉手中，最大的受益人是誰？

李蓉如果要讓裴文宣當吏部侍郎，不可能不驚動他，這樣大的位置，李蓉直接找他求就是了，何必這麼偷偷摸摸的？

而如今蘇容華還和夏文思見了面，蘇容華什麼人物？他在朝堂裡，這麼多年單獨宴請過誰？單獨和夏文思見面，若沒什麼暗中的謀劃，這才見了鬼！

李蓉哭訴華樂嘲笑她的話歷歷在目，李明閉上眼睛。

他其實不是容不得柔妃耍小動作，柔妃若是能自己培養出一股勢力來和皇后鬥，他也樂見其成。

他容不得的，是柔妃超出他的掌控。

先帝已經養出一個上官氏，他不想再養一個蕭氏。柔妃只能是朝堂平衡的工具，她若超出他的控制之外打著算盤，那就不可原諒。

李明越想越覺不妥，他站起身來，直接往明樂宮走去。

柔妃沒想到李明這麼晚還過來，便同華樂百無聊賴聊著天。

李明正在氣頭上，一路疾行進明樂宮，宮人甚至來不及阻攔，就見李明大步跨了進去。剛進內院，就聽見華樂和柔妃在屋裡逗笑的聲音。

宮人一見李明，當下就要跪下，李明抬手止住他們出聲，整個院子裡都安靜下來。

李明不讓任何人出聲，也不讓任何人動作，只聽母女兩人在房間裡玩笑，華樂頗為高興道：「我若嫁人，絕不能嫁裴文宣那樣的。除了好看些，什麼本事都沒有，寒族出身，娶了大姐，現在連個考功主事都當不上。妳說大姐驕縱了一輩子，嫁了這麼個人……」

華樂笑得停不下來，李明怒火中燒，一腳踹開大門衝了進去，柔妃見得李明進來，和華樂一起瞬間蒼白了臉色。

「陛下，」好在柔妃趕緊反應過來，笑著起身道，「您怎麼來了？」

「妳教妳的好女兒。」李明抬手指著華樂，盯著柔妃，「一個公主，就是這麼在後面搬弄口舌是非的？」

「是瓊兒錯了，」柔妃認錯認得乾脆，趕緊道，「華樂，快給父皇賠罪。」

「賠罪，」李明點著頭，「該賠罪的是她嗎？出去！」

李明看向華樂，華樂看了一眼柔妃，柔妃給她使了個眼色，華樂趕緊起身，恭敬退下。

等房間裡只剩下李明和柔妃兩人，柔妃給李明倒了茶，柔聲道：「華樂年紀小，不懂事，被宮人教壞了，我正要罵她呢……」

「是不是妳讓裴文宣擔任吏部侍郎的？」

李明果斷開口，柔妃面露驚恐之色：「陛下何出此言？臣妾常年待在後宮之中，怎能決定這樣重大之事？陛下是哪裡聽了風言風語，這樣誤會臣妾？」

「風言風語？」李明冷笑出聲來，「妳的本事朕可清楚得很。要不是看妳有本事，妳以為這螻蟻之身能在這個位置上？」

柔妃面上笑容不減，只恭敬道：「陛下說的是，不過此事的確與臣妾沒有關係，陛下是聽哪些小人陷害，不如叫出來與臣妾對峙……」

話沒說完，李明抬手一巴掌重重搧到柔妃臉上。

柔妃被他整個人打得一個踉蹌，她跪坐在地上，一動不動。

李明站起身來，冷眼看著她：「朕可以允許妳耍心機，也允許妳在這後宮中玩手段，可是朕不能允許妳騙朕。朕能一手把妳扶上來，就能一手把妳拽下去。」

「朕不喜歡撒謊，今日朕給妳這個面子，此時朕不追究下去。」李明半蹲下身，盯著柔妃，「可蕭柔，記住妳當年同朕說的話。妳願意當我的一把刀，別忘自己的身分。」

「臣妾銘記在心。」柔妃輕聲開口，李明見她乖順，火下去不少。

他站起身來，定定看著柔弱如花的女子坐在地面，裙擺似如盛開的蓮花一般，哪怕此時此刻，她也依舊帶著一種令人心折的美麗。

李明沉默許久，終於轉身離開。

等他走之後，華樂急急衝了進去，急得失了禮數，直接道：「娘，妳沒事吧、娘？」

柔妃捏緊了拳頭，她緩緩抬頭，面上露出笑容來：「沒事。」

她是一把刀，她永遠記著呢。

華樂見得柔妃的笑容，心裡放鬆下去，她趕緊上前，扶起柔妃：「母妃，父皇方才說了什麼？」

柔妃面色不動，她正要吩咐什麼，就見一個侍從從長廊外急急走了進來。

他趕到柔妃邊上，在柔妃耳邊低聲說了什麼，柔妃詫異抬頭，帶了幾分急切道：「當真？」

侍從點頭，輕聲道：「千真萬確，人已經在宮外了。」

「好極！」柔妃高興出聲，「我這就去找陛下。李蓉敢做這事，」柔妃笑起來，「這次怕得褪一層皮。」

第一百〇八章　妻子

李蓉和裴文宣下完了一局棋，便傳來下人傳回來的消息，說上官雅已經從牢裡出來了，還讓人給她帶了口信，說任務完成，和蘇大公子化敵為友。

李蓉聽到這話，忍不住笑了，抬眼看了裴文宣一眼，溫和道：「這話要是讓蘇容華聽見，怕又要多心。」

「上官小姐就是這麼個性子，蘇大公子後面會習慣的。」說著，裴文宣看了看天色，提醒道：「殿下，該睡了。」

「你自己不怎麼睡覺，管我倒是管得寬得很。」

李蓉嘴上埋汰，但人卻起了身，裴文宣順勢上前去，幫著她脫了外衣。

兩人一起洗漱後上了床，李蓉躺在床上，有些睡不著。

裴文宣察覺她似乎並不打算即刻睡覺，便睜了眼睛，側過身去，看著李蓉道：「殿下在想什麼？」

「想今晚宮裡會發生什麼。」

「殿下無需擔心，」裴文宣安撫著李蓉，「陛下多疑，柔妃本只是他的一把刀，您如今是陛下謀劃中用來對付世家的籌碼，您還有用，柔妃擅自謀害您，是陛下的逆鱗。」

「嗯。」

李蓉應了一聲，裴文宣想了想，突然道：「過幾日民間有燈會，殿下想去看嗎？」

「燈會？」李蓉知道裴文宣是想轉移話題，她也配合，她學著裴文宣的模樣，側過身來，抬起手指搭在裴文宣胸口，嬌滴滴道，「裴大人，您這是在約我啊？」

裴文宣聽李蓉這麼說話，忍不住笑出來，他笑聲很低，笑起來時，李蓉能清晰感覺到自己指尖之下，他胸腔所傳來的微微震動。

李蓉見他笑，慢悠悠瞪了他一眼：「還笑？再笑本宮可就沒時間了。」

「那我不笑，」裴文宣收了笑聲，嘴角的弧度卻保留在臉上，「殿下就有時間了？」

「你先備著吧，」李蓉隨意道，「有沒有時間，到時候再看。」

「行。」裴文宣點頭道，「我租了條船，到時候，我給殿下划船。我打聽過了，那晚上會放天燈，岸上人多，我帶妳去湖心上看。」

「你不說我都忘了，」李蓉聽裴文宣的話，竟有了幾分期待，她抬手枕在耳下，「你還會划船。」

「廬州多水，」裴文宣想起年少時光，慢慢道，「守孝那三年，我很喜歡一個人划船出去，隨便找個地方停下來，曬曬太陽，睡個懶覺，醒了划船回去，路上摘些蓮子。」

李蓉聽著裴文宣說這些，這是她完全沒體會過的世界。

她打從出生，就活在華京這一方天地，她從沒體會過裴文宣所描繪的安寧時光，隨意走在街上，有一條自己的小船，夏日午後，就是大片大片的荷花。

隨便找個地方睡個午覺，看看書，又或者尋個地方釣魚，一釣一下午，釣不著也沒什麼關係。

「有時候會帶些荷葉回去，有個大娘教我，用荷葉包著糯米，放些雞塊、板栗加上香料，蒸在一起，別有一番風味。」

「你學會做了？」李蓉被他說得餓起來。

裴文宣笑起來：「想吃？」

「想啊，你說得這麼好，」李蓉坦蕩道，「我豈止想吃？我都想去廬州了。」

「那等以後，咱們老了，我告老還鄉，我們就去。」

「老了，我怕我走不動，」李蓉嘆了口氣，「我腿腳不好。」

「沒事啊，我背妳。」裴文宣抬起手來，撫摸在李蓉頭髮上，他看著她，像看個孩子似的：「而且，這輩子，我會好好照顧妳的。妳就算老了，也不會像上輩子一樣難受了。」

裴文宣說著，想到李蓉上輩子最後病痛的時光，他忍不住伸出手去，將人攬在懷裡，嘆息道：「睡吧。」

李蓉被他抱著，頭靠在他胸口，她便不由自主有些睏了。

這是一種難言的安全感，像是倦鳥歸巢，旅人回鄉。

李蓉驟然發現，她對這個人，也不知道什麼時候，就有了這樣的安全感。

裴文宣抱著李蓉，過了許久後，他便聽到李蓉均勻的呼吸聲，他低頭親了親她，終於閉上眼，也睡了過去。

兩人睡到半夜，裴文宣便聽見門口傳來急切的敲門聲，李蓉動了動身子，裴文宣便按住她，聲音平穩道：「我去看看。」

裴文宣站起身來，披了件衣服到門口，打開門來，便見到童業站在門口，他壓低了聲音，快速和裴文宣說了幾句。

裴文宣眼神一冷，只道：「可確定？」

這時李蓉也披了衣服，走到門口，就聽童業小聲道：「確定，柔妃帶著弘德法師進的御書房，這老禿驢倒也說的是實話，他只說是公主府去的人，讓他改太子的婚期。」

裴文宣不說話，童業繼續道：「陛下本來怒極，打算立刻傳召殿下，可傳話的人才出宮門，又被叫了回去。」

「還有嗎？」裴文宣問得很沉穩，這件事似乎對他不存在任何影響，童業被裴文宣話中的沉穩所感染，方才的慌張也慢慢消失，鎮定下來，繼續道：「沒了，陛下似乎不打算追查此事。」

裴文宣點點頭，想了片刻後，他低聲道：「你今夜立刻出城，去隔壁清水縣，找一個叫田芳的洗衣女工，給她三百兩白銀，告訴她，她相公找到了，讓她帶著婆婆一起入華京來認親。」

「是。」童業應下聲來，李蓉在旁邊聽了一耳朵，立刻明白裴文宣在做什麼，直接道，

「你要找弘德法師的醜事？」

「對。」裴文宣轉頭看她，「馬上就能找到證據那種。」

李蓉徑直轉身，就回到桌邊，寫下一個名單，這名單上有名字和具體位址，並交給了童業：「你按著名單去找，直接告訴他們，以前騙他們的那個江湖術士找到了，讓他們來認人。」

童業愣了愣，他沒想到李蓉會給這麼一個名單，李蓉見童業呆著，將名單往前送了送，催促道：「拿著啊。」

童業這才反應過來，趕緊拿了名單，便退了下去。

等人走之後，李蓉轉頭看向裴文宣，拉著衣服，平靜道：「怎麼了？」

「方才宮裡傳來消息，說柔妃娘娘傳召了弘德法師進宮面聖。」

李蓉面色不變，她注視著裴文宣：「他進宮面聖，你慌什麼？」

「春節之後，我派人找過他。」裴文宣實話實說。

李蓉皺起眉頭，「你找他做什麼？」

「我同殿下說過，如果想徹底解決太子殿下婚事的問題，讓這個人出來為太子婚事做出預言，是一勞永逸的辦法。」

「我不是也同你說過，」李蓉克制住情緒，「川兒已經答應選妃，你還操這個心做什麼？」

裴文宣沒有說話，李蓉盯著他，短暫的靜默之後，李蓉閉上眼睛，深吸了一口氣，隨後道：「你有沒有留下什麼證據？」

「沒有。」裴文宣果斷道，「我讓暗衛去找的他，沒有告訴他我是誰，也沒有直接告知太子之事，我只是讓人試探了一次，發現此人膽子太小，便沒有繼續。」

「那如今他為何進宮？」李蓉迅速詢問。

如果當初裴文宣只是試探一次，沒有做出任何實際的行為，柔妃怎麼找到這個人，怎麼讓他進宮？

「這也是我想知道的問題。」裴文宣冷靜出聲：「宮裡的人說，這老禿驢進宮之後，告了妳一狀，說公主府的人讓他推遲太子婚期到五年後。」

李蓉震驚看著裴文宣，裴文宣繼續道：「我並非莽撞去找這禿驢，此事本不該有第二個人知曉。」

李蓉沒說話，裴文宣見著她的神色，他不自覺握緊拳頭。

他有些話想說，可是看著李蓉的神色，他又不敢說。

他不希望這件事被她知道，甚至於，如果可以，他希望能隱瞞一輩子。

他有信心贏過這一輩子的蘇容卿，可是如果是陪伴了李蓉二十多年的蘇容卿呢？

他不敢比。

這一輩子他才和李蓉剛開始，他不想在這時候，去冒任何險。

李蓉在短暫驚愕之後，她迅速克制了情緒，只道：「如今怎麼辦？」

「陛下如今還未傳召殿下，是因為顧忌殿下手中的督查司，」裴文宣分析著道，「但如今陛下如果心裡已經有了結，必然會忌憚殿下。我們現在能做的，就是最大程度上打消這件事的影響。」

「如何打消？」

「過兩日，殿下就去護國寺抓人。」裴文宣看著李蓉，分析著道，「如今陛下暫時不會把人從宮裡放出來，妳去護國寺抓人，就把這弘德法師的老底抖出來，說自己在查辦這位騙錢害命的妖僧。這樣一來，公主府的人到護國寺去這件事，妳就直接說成是查案即可。而具體公主府同他說了什麼，一口咬死沒說過，不知道就是了。」

「如今這些人證物證，都需要許多時間，但如果我們能在這兩天把這個案子辦理妥當，所有人都很難相信我們是臨時辦案。如果妳不是臨時辦案，妳明知道弘德是妖僧，那公主府的人之前找弘德就順理成章，反而是妳找一個江湖騙子去幫妳宣傳太子，是一個愚蠢至極的舉動。」

「也只能如此了。」李蓉冷靜點頭，等說完之後，兩人又沉默下來。

其實他們都有無數話想說，可所有的話到唇齒時，都說不出口來。

兩人彷彿同時觸及了一個不能言說的話題，李蓉沉默了許久，終於道：「睡吧，父皇現在沒有宣召，應當便打算是把這件事忍下去。」

面上不動聲色忍下去，可暗地裡，李明大約便不會再留給她這麼多權力了。

柔妃這一出，如果不是裴文宣在宮裡的人埋得深，這種消息也探聽回來，這個悶虧，她大概就得自己吃。

以柔妃的能耐，她設計不了這一出。

其他不說，光是為什麼找到弘德法師，這一條，便足夠奇怪。

李蓉思索著，腦海裡曾經有過的念頭再次清晰浮現起來。

她忍不住想起這一世嫁給裴文宣那天，蘇容卿來迎親。

她突然那麼清晰的記起他念駢文的語調。

『相思兮可追日月，許期兮來年桃花。』

她才意識到，那個翩然公子，在念這句話之前，那麼奇怪、不平凡，甚至有些失態的，停頓了那麼片刻。

李蓉下意識捏起了拳頭，在她克制著情緒轉身那一剎，裴文宣猛地抓住她的手，一把將她拉進懷裡吻了上去！

李蓉被他驟然的動作驚到，幾乎是本能式的推他，但在推出去的那片刻，她又意識到什麼想要收手。

可裴文宣來不及察覺她後面的情緒，他只在她去推他的時候死死抓緊她的手，將她猛地推到柱子之上，啃咬一般吻了下去。

他身體微微顫抖著，緊緊閉著眼睛。

他心裡有說不出的惶恐翻湧上來，惶恐中夾雜的，是憤怒和隱約的痛苦。好像前世今生的情緒都交疊在一起，似乎在這一刻統統發洩出來。

李蓉看似張揚，但在重大情緒之上，卻是極為內斂，內斂到哪怕面對那樣驚世駭俗的可能性，她都難以讓人察覺她真正的思緒。

可饒是如此，裴文宣卻還是在她轉身捏緊拳頭的那一剎那，感覺到了她克制的憤怒與震驚。

於是他驟然意識到，他害怕。

他不怕蘇容卿同他們一樣未卜先知，甚至還站在他們之前出手的謀算，他害怕的是李蓉和蘇容卿之間，拋下他的二十多年。

二十多年啊，一個人的大半生。

他在二十多年裡，像遊魂一樣苦苦遊走，等待，憎怨，一次又一次遙望著那兩個人的背影，成為他揮之不去的夢魘。

他用親暱的動作去安撫內心那些無言的恐懼，少有的失態讓他帶了幾分放縱，咬得李蓉幾乎疼了起來。

李蓉皺起眉頭，她知道這時候不能刺激裴文宣，她就靜靜站著，將所有疼痛忍下來。

裴文宣動作慢慢緩下來，等了許久後，李蓉才平靜開口，提醒他：「裴文宣。」

裴文宣雙手按在她的肩上，他拉開了他們的距離，低低喘息著。

他們什麼都沒說，許久後，裴文宣直起身子，轉過身，低啞著嗓音道：「睡吧。」

李蓉還沒有緩過來，她靠在柱子上，閉著眼睛，沒有回聲。

裴文宣往前走了幾步，在床前又停下步子。

他背對著她，月光透過紗窗落在他身上，拉長了他的影子，他一個人站在銀輝裡，好久後，他才出聲。

這是他第一次這樣要求她。

他說：「李蓉，妳要記得——」

「妳是我的妻。」

第一百〇九章　符紙

李蓉在暗夜裡聽著裴文宣的話語，看著裴文宣上了床。

李蓉閉著眼緩了片刻，才終於回到床邊上，她在床邊坐了一會兒，終於才出聲來：「你別多想，我記得的。」

「你沒辜負我，」李蓉的帳算得清楚，「我也不會辜負你。」

裴文宣沒有應她，只是等她重新回了床上，裴文宣才伸出手來，將李蓉環在了胸口。

兩人一覺睡到天亮之後，一起上了朝，朝堂上彷彿什麼事都沒發生過一般，官員各司其職，李明面上神色看不出半分異樣。

等下朝之後，李蓉便親自令人去查上一世與弘德法師有關的人事。

弘德法師這個人，原來不過是清水鎮一個算命的，一次爭執不小心犯了人命案，便逃了出來，在外跟著一個天竺和尚學了幾年佛法之後，回來就說自己乃天竺高僧，有累世功德，在華京招搖撞騙。

上一世這人就是被李蓉揭發的罪行，被她親自驅逐出京，他信徒眾多，直接殺了他會引起動盪，於是在他離開華京前往西南的路上，李蓉找人暗殺了他。

有上一世的幫忙，李蓉很快就確定了這些人的去處，開始採集他們的口供，等李蓉忙活出來，差不多已經到了第二天下午，但她還是馬不停蹄上了護國寺，然後如她所料，護國寺的主持戰戰兢兢告訴她，弘德法師已經被請到宮裡去了。

李蓉得了話，便立刻往宮裡趕過去。

她剛一動身，消息已經傳到了宮中。

柔妃得了李蓉要抓弘德的消息，原本還在午睡，瞬間驚醒過來，她坐在貴妃椅上，緩了片刻後，立刻吩咐下人道：「妳馬上去問先生，告訴他，李蓉找到弘德把柄，要進宮抓人了！讓他想辦法，馬上想辦法！」

侍女得了話，趕緊趕了出去。

等人都走出去後，華樂上前來，有些慌張道：「母妃，她如今抓弘德是做什麼？」

「她現下抓弘德，那之前我們說的話，怕都不作數了。」柔妃抿緊了唇：「弘德告訴陛下，說李蓉暗中讓他為李川推遲婚期，這些都是空口白牙，口說無憑的事。唯一可以證明的，只有公主府的人去找過他。這件事有人證，所以能證明，可若李蓉在查弘德，那她去找弘德，也沒有什麼奇怪。李蓉這人一張嘴顛倒黑白，怕到時候她哭一哭，陛下又覺得她受了委屈。」

「之前的事陛下已經對我們心懷芥蒂，」柔妃有些不安皺起眉頭，「若此事再被李蓉翻盤，日後李蓉的事上，我們怕是再多不了嘴。吏部侍郎這個位置，裴文宣怕就要坐穩了。陛下覺得裴文宣是他的人，可萬一裴文宣和李蓉一夥兒，那李川便是如虎添翼……」

「那這怎麼辦？」華樂慌起來，「我們等一下要怎麼做？」

柔妃不說話，她閉上眼，緩了片刻後，她深吸了一口氣：「先等等，若先生沒有什麼好的辦法。」柔妃遲疑片刻，才道：「那就只能靠我們自己了。」

兩人等了一會兒，等聽見李蓉入宮時，華樂一把抓住柔妃袖子，急得快哭起來：「母妃，她已經入宮了，怎麼辦？父皇是不是又要罰我們了？母妃……」

「娘娘。」華樂正說著，侍女便趕了進來，急急將一張符紙交給柔妃。這是一張淺杏色的符紙，上面畫著繁雜的花紋，花紋之下，寫著李蓉和裴文宣的生辰八字。

柔妃愣了片刻，將符紙拿到手中，抬眼道：「這是什麼？」

「先生送過來的，讓您交給弘德法師。先生說了，弘德法師如今保不住了，現下最重要的，就是不能讓裴文宣當上吏部侍郎。」

「那這符紙有什麼用？」

柔妃皺起眉頭，侍女上前來，靠在柔妃耳邊，低聲念叨了許久。

柔妃認真聽著，等聽完之後，柔妃忍不住讚了一聲：「先生果然足智多謀。」她將符紙交回去，吩咐了人道：「把東西暗中交給弘德法師，該說的措辭一併說了，讓他牢記。」

侍從恭敬應下，取了符紙，便退了下去。

等柔妃的人安排好一切，李蓉也到了御書房。

她提前已經通報過，等到了御書房，她長驅直入，而後朝著李明恭敬行禮，朗聲道：「見過父皇，父皇萬歲萬歲萬萬歲。」

李明抬眼看了她一眼，只道：「聽說妳入宮來抓人？」

「是。」李蓉抬頭迎向李明的目光，「兒臣如今正在查辦妖僧弘德一案，收集證據近三月，如今終於將證據收集齊全，上護國寺抓人，沒想到這妖道居然進了宮。父皇沒有聽他什麼讒言吧？」

李蓉說得意有所指，李明神色不動，他看著摺子，只道：「是柔妃帶進來的，說想聽他講佛。讒言倒是沒有，但趣事有一件。」

「什麼趣事？」李蓉似乎什麼都不知道。

李明抬眼看向李蓉，聲音低沉，平淡的語調裡帶了若有似無的幾分警告，「聽說妳讓人找他，要他撒謊，推遲太子婚期？」

「推遲川兒婚期？」李蓉面露驚詫，「他一個僧人，如何能關係太子婚期？」

李蓉說得太自然，李明盯了她好一會兒，李蓉坦坦蕩蕩迎著他的目光，挑眉道：「父皇這麼看我作甚？」

「沒什麼。」李明見審視沒有給李蓉帶來任何影響，便解釋起來，「他在民間威望甚重，隨便一個預言，就能得到很多人的支持。他若當真說川兒不宜近年大婚，聽信的百姓多了，到時候為了穩固民心，川兒的婚事，也就不得不延後了。」

「原來如此，這樣一位高僧，」李蓉恍然大悟，隨後頗為奇怪道，「為何要誣陷我？」

「他誣陷妳？」李明笑起來，眼中帶了深意，「不如朕將他叫來，你們對峙一番？」

「那再好不過了。」李蓉高興開口，「我倒要看看，這妖僧打算如何自圓其說？」

「去吧，把弘德法師請來。」李明見李蓉同意，轉頭吩咐了身邊的小太監，去將弘德叫來。

小太監領了命，便急急退了下去。

房間裡只剩下李蓉和李明後，父女倆都沒有說話，各自做各自的，各自思量著自己想要的東西。

沒了一回兒，柔妃和弘德就進了宮來。

弘德雖然出身鄉野，但極善偽裝，他一進屋，便是一派高僧名士風度。

柔妃和他一起向李明行禮，李明抬手讓兩人起身，直接道：「今個兒平樂說你犯了事，前來拘你，若有誤會說清楚，若沒有誤會……」

李明抬眼看向柔妃，柔妃趕緊起身，恭敬道：「若是沒有誤會，被平樂殿下帶走也是應該的。不過平樂殿下，」柔妃抬起頭來，看向李蓉，笑著出聲道，「找人幫忙，現下過河拆橋，您這是哪一出啊？」

「找人幫忙？」李蓉笑起來，「我找誰幫忙了？這老禿驢？」

李蓉轉眼看向弘德法師，將他上下一打量，隨後笑起來：「憑什麼說我找他幫忙？憑著他空口白牙隨便一說？」

「弘德法師，」李明聽著李蓉的話，將目光落到李明身上，「平樂說得對，不能光給你一個人說，你說公主府的人找你商議太子的事，可有證據？」

聽到這話，弘德法師動作頓了頓，許久後，他緩慢出聲道：「殿下做事細緻，老僧未曾留下什麼信物。但當時平樂殿下告知了老僧太子的生辰八字，不知這算不算得上是證據？」

生辰八字是一個人最機密之事，尤其是太子這樣的身分。大多數人可能知道太子具體出生的年月日，但很難精確到具體的時間，他能說出李川的生辰八字，這倒的確是個證據。

「知道太子的生辰，就能說我與你見過面？」只是這證據不算充足，李蓉笑起來，徑直反駁，「萬一是有人故意告訴你來陷害我的呢？」

李蓉這暗示得已經很明顯，柔妃臉色瞬間有些難看起來。

李明輕咳了一聲，暗示李蓉不要太過，隨後又開口安撫了李蓉的情緒，維護著她道：「平樂說得不無道理，你可有其他證據？」

「知道太子殿下的生辰八字也就罷了，」弘德嘆了口氣，「若我還知道駙馬和公主殿下的生辰八字呢？」

「我說了，只是知道……」

「若不僅是知道呢？」弘德打斷李蓉的話，李蓉一時愣了。

不僅是知道，那弘德就是有證據在手裡？

可弘德哪裡來的證據，是裴文宣做得不夠乾淨？

李蓉心亂如麻，但她面上不顯，反而坦蕩一抬手，笑道：「那大師不如把證據呈上來？」

弘德聞言，便從袖中掏出一張符紙，而後雙手捧著符紙，跪在了李明腳下。

「陛下，這是公主府的人讓我製的一張符紙，說是駙馬特意吩咐，這上面的生辰八字，都是駙馬寫給老僧，和太子殿下的生辰八字一起送過來的。老臣應承下來，近日來才將符文畫好，正打算送回公主府去。」

李蓉不說話，她盯著符紙，看著侍從將符紙遞上去給李明，李明匆匆看過後，皺起眉頭。

的確是李蓉和裴文宣的生辰八字，當初李蓉嫁給裴文宣時，兩個人的八字他都看見過。

李明沉默許久，將符紙交給了李蓉，淡道：「平樂，這妳作何解釋？」

「這有什麼好解釋？」李蓉笑起來，將符紙拿到了手裡，一面看著符紙上的內容，一面拖慢了聲音道，「誰知道這妖僧哪裡來的符紙，誣陷駙馬與兒臣，兒臣既然在查他的案子，怎麼可能還信他的鬼話，專門去求籤？」

李蓉一面說，一面確認了符紙上的內容，的確是他們的生辰八字，而字跡，也似乎就是裴文宣的字跡。

李蓉嘴巴上雖然說得強硬，但是內心已經有些慌了。

柔妃在旁邊端詳著她，笑起來道：「殿下查弘德法師，也不知道是什麼時候開始查的，或許，就是這幾天呢？」

「柔妃娘娘怕是不知道查一個案子有多難。」李蓉打量著手中的符紙，抬眼看了柔妃一眼，「如果這麼幾天我就能查到這麼多證據，那督查司還需要查什麼案子？我算命得了。」

李蓉一面說著，一面強行讓自己冷靜下來。

裴文宣知道弘德是個騙子，他不可能去找弘德算姻緣，這個符紙必然是假的。

「也是，這真真假假，也說不清楚。」柔妃步步緊逼，「不如把這符紙拿過去，一驗字跡真偽便知了。」

李蓉聽到這話，抬頭看了柔妃一眼，柔妃笑咪咪瞧著她，李蓉攥著手裡的符紙，正要開口說話，突然聞到這紙上有一股寺廟裡的香火味。

李蓉鬼使神差摸了一把符紙的紙張，摸到上面特有的稜紋。她瞬間反應過來，華京護國寺用的符紙和其他寺廟不同，護國寺用的是皇家特貢的紙張，而這種淺杏色帶著明顯紋路的符紙，其實是普通寺廟的符紙！

柔妃敢驗，是因為這上面的字跡的確是裴文宣的。

而裴文宣躲著她去寺廟裡求個籤，然後被柔妃的人截獲下來，倒也正常。

不過只要能證明這張符不是弘德的東西，一切也就迎刃而解。

「其實驗不驗又有什麼關係呢？」李蓉反應過來後，她瞬間定神。揚起嘴角，抬眼看向弘德，笑咪咪道，「反正，這符咒並非弘德法師的東西，也證明不了什麼。」

「殿下什麼意思？」弘德皺起眉頭。

李蓉抬手將符紙夾在指尖，甩了甩道：「護國寺用的，是皇家特貢的紙張，而這張符紙是普通寺廟的紙張，不知弘德法師是從哪裡偷來的？還是說，弘德法師在護國寺，不用護國寺的紙張製符，反而要到其他寺廟求符紙來畫符？」

弘德聽聞這話，臉色瞬間變了。

李蓉笑起來，面向李明，恭敬道：「父皇，這不過是駙馬遊玩時在廟求的符罷了，我們將符留在了廟裡，不知這妖僧怎麼拿到這符紙，如今這般刻意陷害兒臣。」

「陛下，老僧說的都是實話。」弘德急急開口，慌忙叩首道，「老僧對天發誓，絕無半句……」

「虛言？」李蓉笑起來，「你這老禿驢說的假話還少嗎？你這種人，下雨天都得離遠些，」說著，李蓉加重了語調，「免得被雷劈著！」

「殿下，老僧與您無冤無仇，您為何要如此誣陷於老僧？」弘德憤然起身：「老僧自幼修行……」

「自幼修行？」李蓉笑起來，「你怕不是忘記你是誰了吧，王才善？」

聽到這話，弘德臉色巨變。

李蓉觀察著他的表情，圍著弘德打著轉，慢悠悠道：「王才善，清水鎮人士，以前算命擺攤當江湖騙子，口角和人爭執後犯了案，丟了妻子、老娘流浪在外，因長相特異自稱天竺僧人，招搖撞騙數十年，最後混進了護國寺。」

李蓉說著，弘德漲紅了臉要起身：「妳胡……」

話沒說完，侍衛就將他重重按了下去。

李蓉抬手擊掌，傳了外面人來：「傳王夫人。」

說完，一個婦人哆嗦著被領進大殿，她似乎侯了許久，左右張望著，在看到弘德的一瞬間，婦人眼神大亮。

「相公！」婦人急急衝上來，激動道，「相公，你竟還活著嗎？相公，你怎麼成了和尚了？你……」

話沒說完，弘德一把推開她，大喝出聲：「誰是妳相公！」

被推開的婦人愣了愣，隨後她一掃弘德法師身上華麗的袈裟，她猛地反應過來，一把從地上撐著自己站起來，抬手指向弘德，哆嗦著道：「你……原來你不是在外面出了事，你就是不想回來！好，好的很，王才善，虧我在你家侍奉你老母十餘年，你在外過得舒舒服服從不回家也就罷了，如今還想和我裝？王才善，你就算是化成灰，老娘也認得你！」

「妳……妳胡說八道！」弘德被突然出現的妻子驚到，話都結巴起來。

王夫人聽到這話，一時激動，便朝著弘德撲了過去，嘶吼著道：「王八蛋，我殺了你！我要殺了你！」

只是她話剛出口，根本沒來得及動作，就被旁邊的侍衛按在了地上，王夫人和弘德被按在地上，兩個人在地上掙扎著叫罵，李明聽得頭痛。

李蓉看向李明，恭敬道：「父皇，請問兒臣可能將人帶走了？」

事已至此，哪裡還有不清楚的？

李明揮了揮手，嘆了口氣道：「罷了、罷了，妳帶走吧。」

李蓉笑了笑，她轉身看向柔妃，意有所指：「柔妃娘娘，王才善此人劣跡斑斑，稍作打聽便能清楚。柔妃娘娘過往也鮮少出入與佛堂，怎麼突然就領了個法師聽佛？父皇，」李蓉轉頭看向李明，「兒臣以為，柔妃娘娘協管六宮，卻連這點小事都打聽不清楚，是否有些不妥當？」

李明被李蓉問住，他聽出李蓉話語裡的意思，柔妃在這種時候把弘德領進宮來，擺明是要看害她。柔妃用吏部侍郎陷害裴文宣在前，現在又要用弘德害她在後，如果李明不拿出些態度來，李蓉哪裡會讓步？

柔妃也聽出李蓉話語裡的脅迫，她面上不顯，目光卻是一直盯著李明。

李明猶豫了許久後，緩慢道：「平樂……」

「平樂殿下說得是。」柔妃見李明已經有了決斷，趕緊出列，急道：「是臣妾不是，臣妾疏忽，臣妾自請禁足罰俸，以示懲戒。」

禁足罰俸，這是最輕的罪責了。

李蓉聽得這話，嘆了口氣：「娘娘說笑了，這畢竟也不是什麼大事，哪裡需要禁足罰俸？只是柔妃娘娘一面教養皇子、公主，一面又要操心六宮之事，看上去頗為疲憊。父皇，要不您還是體諒一下柔妃娘娘，」李蓉放輕了聲音，「協管六宮之事，還是讓柔妃娘娘休息一段時間吧？」

聽到這話，柔妃抬眼朝著李蓉看了過去，李蓉笑咪咪迎著她的目光，只道：「畢竟，柔妃娘娘如此辛苦，才會帶這樣的妖僧進宮。父皇，不是麼？」

李明沉默許久，終於開口：「平樂說得是，妳平日要教養誠兒，還要管教瓊兒，過於操勞，還是休息一陣子吧。協管六宮的事，讓皇后挑一個人出來就是了。」

柔妃聽到這話，恨得牙癢，面上卻還是得順從跪下，恭敬道：「臣妾叩謝陛下體諒。」

李蓉知道這是李明的讓步，李明還需要用著她，便會小心翼翼去維護她與柔妃之間的平衡。柔妃連著兩次來找她的麻煩，李明必須給她一個說法。

奪了柔妃協管後宮的權利，李蓉高興起來，恭敬道：「父皇，既然妖僧已經伏法，那兒臣就先回去了。」

李明應了一聲，似乎有些疲憊。

「那兒臣告退。」

李蓉笑著行禮，隨後朝著旁邊招了招手，侍衛便衝上去，壓著弘德和王夫人就出了宮。

「妳這婆娘，」一出宮門，弘德就大罵起來，「沒有腦子，妳把我毀了！毀了！」

「你這王八羔子，還要什麼前程？」王夫人冷笑起來，「都說男人負心漢，以前老娘不信，現在我算是知道了。你這雜種，等出了宮，看老娘不剝了你的皮！」

兩個人都出身市井，罵起來毫無底線，甚至於弘德經過了十幾年上層人的薰陶，還有些罵不贏王夫人。

兩人被侍衛壓著跟著李蓉身後，一面走一面叫罵。

而李蓉雙手負在背後，聽著兩人的罵聲，感覺月朗星稀，前路一片光明。

然而她走了沒幾步，便突然意識到一個問題，寫著兩個人生辰八字的符紙，到底是做什麼用的？

她領著人進宮抓王才善，以柔妃的聰明，不去質疑她帶去的證據，然後刻意拖延時間從中做鬼，怎麼就弄一張符來試圖作為證據力挽狂瀾？一張隨時可以查證是來自哪裡的符咒，在這種場合出現作為證據，柔妃是不是太過兒戲了？

李蓉意識到這件事的片刻，立刻覺得有冷汗從背後浸出來。

她不由得加快了腳步，往宮門外疾步趕去。

她得去找裴文宣，她得立刻去確認，這張符到底是不是出自他的手筆，是做什麼的！

李蓉急急趕出宮外，就看見裴文宣等在門口。

裴文宣沒穿官服，只著了一身藍色外套、白色單衫。

春日已近，華京也熱了起來，如裴文宣這樣注重外表的人，早已撿著機會就換上春衫。

他靜靜站在宮門外，眺望著遠方高山在黑夜中的輪廓，身形修長，如松如鶴。

裴文宣聽到李蓉出宮的聲音，轉過頭來，正要笑著開口，就看李蓉疾步行到自己面前，將一張符紙遞在他身前。

「你可知這是什麼？」李蓉壓低了聲，急促出聲。

裴文宣原本笑著，但將目光落到寫著兩人生辰八字的符紙上時，他臉色巨變，一把抓住李蓉的手，急道：「妳哪兒來的？」

第一百一十章 書信

李蓉剛一出宮，柔妃就慌忙跪了下去，急道：「陛下，陛下恕罪，我真的不知道那個弘德……」

「罷了。」李明有些疲憊，「妳該受罰也受了，回去好好休養生息，別管太多了。」

「陛下……」柔妃聲音忐忑，似乎在猶豫該不該說話。

李明抬眼看她，淡道，「還有什麼事？」

「陛下，臣妾知道此時不該多言，可是臣妾為陛下憂心，還是忍不住想多說幾句。」柔妃抬眼，看著李明，緩慢道：「陛下可知，今日弘德法師拿出來那張符，是什麼符？」

「這是三生姻緣符。」裴文宣和李蓉坐在馬車裡，宮門不是談話的地方，裴文宣便趕緊帶著李蓉，上了馬車。

李蓉聽到裴文宣的話，心裡就有些發沉，她只能再一次確定：「不是你寫的？」

「不是。」裴文宣摸著紙上的字跡，緩慢道，「這些字看上去像我，但的確不是我寫的。對方不過是找人仿了我的字跡，然後將殿下置身於一個情景中談判，讓殿下專注在弘德法師的事情上，失去了對其他的判斷而已。」

「所以他們今夜，早就已經把弘德法師這個人捨了，甚至於，柔妃一早就做好了被我打麼的打算，目的就是為了讓我承認這張符的確是我們的。」李蓉立刻明白過來，她深吸了一口氣：「這張符到底是做什麼的？」

「城東月老廟高僧特製的符紙，請這一張符，要沐浴齋戒，誦經四十九日，然後才能許下願望。這一張符的意思，是符咒上的兩個人，」裴文宣抬眼看向李蓉，「結三生姻緣，生死不負。」

「結三生姻緣，生死不負。」

柔妃跪在地上，給李明解釋著這張符紙的含義：「這張符紙上是駙馬親筆，也就是駙馬去求的符紙。這天下有幾個男人，能對妻子有這樣的感情？一世不夠，生死不負，還得三世姻緣，生生世世相見。臣妾記得，陛下曾說過，裴文宣出身寒族，是陛下用來平衡世家的一把刀，他與殿下看上去雖然恩愛非常，實際上不過是他操控平樂殿下的一種手段而已。」

「可陛下，」柔妃抬眼，看著李明，「如今您說，到底是平樂在操控裴文宣，還是裴文宣在操控平樂？」

「若是裴文宣心許平樂，又如何？」李明問得很淡，但柔妃知道，李明其實心中已經有了答案，不過是要她說出來而已。

她笑了笑，溫和道：「那，駙馬公主兩人就是夫妻一體，等日後駙馬擢升為吏部侍郎，公主為督查司司主，一個負責抓人，一個主管升遷，這朝堂之上，可就是他們說了算了。」

「這樣大的權利，若是盡歸陛下所用也就罷了，若公主內心，是向著太子的呢？」

「那妳覺得要怎麼辦？」

「陛下。」柔妃俯身叩首，「養虎為患，駙馬既然已經心屬平樂殿下，那就好好當個駙馬就是了。日後平樂殿下當真是虎，」柔妃抬眼，冷靜出聲，「陛下也有能力斬得。」

柔妃的聲音很冷，一貫柔美的音線，帶了幾分少有的鏗鏘。

像是初春的夜風，吹得人背上發涼。

李蓉聽著裴文宣的解釋，感覺夜風從窗戶一陣陣吹來，他們靜靜對視，她一瞬間便明白了柔妃的用意，甚至於，柔妃身後人的用意。

她不由自主捏起拳頭，克制著所有思緒，讓自己盡量冷靜下來：「是我大意了。」

裴文宣不說話，他摩挲著符紙上的字跡。

他不意外李蓉會失手，畢竟，沒有任何人能提防得了曾經最親近的人在暗處的刻意算計。

他有種說不出的憤怒在翻湧，在他所有遭遇過的算計裡，從未有一場，讓他覺得這麼噁心、這麼惡毒、這麼憤怒。

可越是如此，他面上越是什麼都不顯，甚至於他還希望李蓉不要太聰明，她能將一切都歸咎在柔妃身上，什麼都不曾發現。

這樣，李蓉至少不會傷心。

裴文宣思索著整件事情的來龍去脈，李蓉在旁邊等了一會兒，見他不說話，她緩慢道：「你……不要生氣，我以後小心一些。」

「嗯？」裴文宣笑起來，他抬起頭來，溫和道，「殿下說笑了，我怎麼會生氣呢？」

裴文宣說著，看著李蓉全是懷疑的神色，他猶豫了片刻，終於還是伸出手，將李蓉攬進懷裡。

李蓉的溫度貼在他身上那一刻，裴文宣便感覺自己內心中那些躁鬱像被清泉徐徐澆過，他抱著這個人，什麼話都沒說。

李蓉感覺他的情緒，她一時也不知道該說什麼，等緩了一會兒後，她才道：「如今已經走到這一步，父皇看到你求的這張符紙，怕是不會再信你之前的話，若不做點什麼，川兒登基之前，便到頭了。」李蓉閉上眼睛，靠著裴文宣：「你可做好打算？」

裴文宣沒有回聲。

蘇容卿這一步，走得太狠，釜底抽薪，澈底動了他的根基。

這一步，要解決簡單。

畢竟，如今李明可用之人不多，他這步棋走了這麼久，直接拋棄可惜，只要他對李明表忠表得足夠，那也無妨。

如果蘇容卿這一步走得早一點，他倒是可以肆無忌憚。

李明怕他被李蓉控制，那他直接和離，和李明表足了決心就是。

他和李蓉只是盟友，以何種形式，都無所謂。

可現在不一樣。

他做不到用感情去鋪墊他的官途。

他的妻子、他的愛情、他的李蓉，那都是他心中，不該染上半分塵埃的東西。

他低著頭，說不出話。

李蓉靜靜等候了許久，終於道：「你是父皇最趁手的一把刀，現下所有的證據，都只能讓父皇產生懷疑，以他的性子，大約還會再來試探你一次。」

李蓉低下頭，用額頭觸碰著他的額頭，彷彿誆哄一般道：「到時候，你就順著他的意思，該如何表忠，就如何表忠吧，嗯？」

李蓉沒有直接把那兩個字說出來，裴文宣卻是完全聽明白了。

他抬眼看向李蓉，李蓉表情坦坦蕩蕩，沒有半點其他神色，既沒有為難，也沒有難過，看著這樣輕而易舉談著和離的人，他有種說不出的無力感升騰起來。

「殿下，」裴文宣扭過頭去，他不想看李蓉此刻的表情，他竭力克制著情緒，緩慢道：「您不要抱著我，和我說這種話。」

李蓉動作頓了頓，她緩了片刻，直起身來。

他們之間拉開距離，裴文宣緩了片刻，似是在平復情緒。

許久之後，他轉頭看她，平靜道：「殿下的意思是，若到不得已時，我可以與殿下和離是嗎？」

「對。」李蓉果斷開口，分析著道，「符文一事，字跡既然不是你的，你大可向父皇解釋清楚，我的話，我們想個合理的理由搪塞過去就是。但父皇認為我們干涉吏部升遷在前，弘德法師供我與川兒關係在後，現下又加上符文，就算我們一直解釋，但事情多了，父皇必然疑心，所以如果他在這時候試探你，你不出錯。」

裴文宣沒說話，李蓉看了他一眼，她動作頓了頓，猜想依著裴文宣的性子，他或許並不樂意，她猶豫片刻後，緩慢道：「你同父皇證明了決心，和離也未必就真的和離。就算真的和離了，我們在不在一起，也不是一份婚契來決定的。」

「所以殿下是覺得，我們是不是夫妻，並不重要對嗎？」

裴文宣抬眼看向李蓉，目光平穩。

「殿下，妳有沒有想過，」裴文宣平靜出聲，「妳我和離之後，我若心有他人，殿下如何？」

李蓉愣了愣，片刻之後，她勉強笑起來：「若……若你心有他人，你同我說一聲就是了。」李蓉捏著扇子，克制著情緒：「我不是不講道理的人，沒誰應當同誰綁在一起一輩子，你若心有他人……那……那不回來就是了。」

裴文宣沒說話，他靜靜看著李蓉，李蓉想了想，緩慢道：「我知道此事於你可能比較難以接受，但是這是最簡單不過的法子。你若有什麼想說的，不妨說出來，我們好好商議。」

「沒什麼好商議。」裴文宣果斷出聲，斬釘截鐵：「殿下，我不會和離。」

「那你說怎麼辦？」李蓉見裴文宣油鹽不進，頗有些煩躁起來。她不由得加重了語氣，皺起眉頭：「你有其他辦法？吏部侍郎的位置你不要是不是？」

「是！」裴文宣見李蓉語氣不善，他忍耐著的情緒有些控制不住，直接冷下聲來：「我不要。」

「不僅是吏部侍郎，」李蓉見他冷了臉，她不由得來了氣性，迅速道，「你可能再也坐不到實權位置上，甚至這個監察御史，你也坐不了！」

「那又怎樣？」裴文宣盯著她，「我不當官了不行嗎！」

「然後呢？」李蓉抬眼，嘲諷笑開，「你不當官，你沒有實權，難道你還要我養你？」

「你就這麼窩窩囊囊過一輩子，回你的廬州划船、摘蓮子去？裴文宣，你要搞清楚，」李蓉忍不住將扇子拍打在桌子上，「談感情是要講資格的，你現在算什麼東西？一個八品監察御史，你還有選擇嗎？」

「你出身寒門，你步入朝堂這樣晚，你若是有蘇容卿的出身，你今日大可放肆，可是你有嗎？你憑什麼和我說你不和離？」

裴文宣沒說話，他感覺李蓉的話像刀刃一樣劃過他的心。

她說的都是實話，每一句，都在控訴著他的無能，他的卑微，他的不堪。

「你和川兒最大的問題，」李蓉看著他的表情，心裡帶了不忍，卻還是落不下面子，只能是緩了語調，慢慢道，「就是總在自己沒有能力的時候，去渴求不該渴求事。」

「所以，」裴文宣嘲諷笑開，「我希望妳我的感情能離這朝堂遠一點，我希望不要讓我的感情去為權勢讓步，我希望我的妻子和我一樣，不要這麼輕易的去放棄我們的婚姻，也是不該渴求的事，對嗎？」

李蓉動作僵了一下。

她知道裴文宣是在指責她，她想要辯解，卻又不知從何開口。

裴文宣似是覺得荒唐，他扭過頭去，有些狼狽看向馬車外的青石街道：「李蓉，妳今日但凡遲疑片刻，我都會覺得，妳心裡有我。」

「可妳沒有。」

「所以呢？」李蓉不由得笑起來，她望著裴文宣的目光帶了幾分涼意：「你失望了？」

「對。」裴文宣果斷出聲，「我失望了，我此刻心裡只想著一件事。」

「妳若要和離，」裴文宣聲音打著顫，可他還是咬牙出聲，「我也無所謂。」

李蓉聽到這話，不由得愣住。

她呆呆看著裴文宣，完全沒想過，裴文宣竟然會說這種話。

他一貫包容她、忍耐她，她從來沒想過，有一日竟然會從裴文宣口裡，先聽到這種話。

「我不想要一個，能隨時把感情當做武器的妻子。」裴文宣扭過頭去，他沒有看李蓉，也就沒有察覺到李蓉此刻面上的異常。

他牙齒輕輕碰撞著，捏緊了拳頭：「妳可以嘲笑我天真，嘲笑我幼稚，嘲笑我無能，可是妳不該嘲笑我的真心。」

「我不願意和離，是我在意這份感情，哪怕為此給權勢讓步一點，我也不捨得。可妳沒有半點遲疑，甚至沒有想過其他辦法。妳之前同我說，若有真心，便該給其尊重。但到這樣抉擇的時刻，李蓉，妳從來都這麼毫不猶豫，選擇了權勢。」

李蓉聽著這樣的話，她感覺自己彷彿是被裴文宣按進了水裡。

周邊都緩慢安靜下來，她整個人被水浸泡著，奮力掙扎，無法呼吸。

她聽著裴文宣的話，像上一世的最後十年，他一次次罵她：「李蓉，妳簡直是黑心爛肝，蛇蠍心腸。」

而李川也會在偶爾酒後，端著酒杯若有似無問她一句：「長公主，妳說若我不是陛下，我還是妳弟弟嗎？」

以前她不在意，她可以和他肆意對罵，甚至於直接大大方方告訴他，對，我就是這麼個蛇蠍心腸、黑心爛肝的毒婦，怎麼了？

她可以對李川笑一笑，似是聽不懂一樣轉過話題，只道：「陛下說笑了。」

她以為她習慣了。

可這一世重來之後，當她以一個全新的李蓉和裴文宣相處，當她得到過李川真心實意的一聲「阿姐」，當她得到過裴文宣鄭重那一聲「我等妳」，她感覺自己人生終於有了光，光芒沖刷了她滿身泥濘，讓她仰起頭來，也開始渴望著那些早已被這宮廷溺死的、那些不該擁有的念想。

因為仰頭見過陽光，於是在有人再一次把她按進水裡時，她感覺到了一種從未有過的痛苦湧上來。

她靜靜聽著裴文宣的話。

他說：「我要的李蓉，值得我守候的李蓉，不該是這個樣子。」

李蓉聽得笑起來，她沒有回聲，沒有應答。

她覺得有種說不出的委屈升騰在心裡，這種委屈讓她憎惡自己，憎惡自己為什麼要巴巴期望著他回應，為什麼要去想著希望他注意自己的付出。

他覺得她貪慕權勢，他覺得她冷漠寡情，他就這樣覺得，與她又有什麼關係。

反正她就是這麼一個人，也應當是這麼一個人。

可她的手還是止不住顫抖，甚至覺得無端又幾分眼酸。她覺得這副模樣太過狼狽，便低下頭去，克制著自己的顫抖，撚起一顆棋子，像是什麼都沒有發生過一樣，聲音平靜道：

「我不過是提個建議，你願意接納就接納，不想當官了，想去送死，被蘇容卿按在地上踩，我也無所謂。」

「你以為我多在意你？」李蓉將棋子放在棋盤上，她知道自己不該說這樣的話，可還是控制不住自己，低啞出聲，「你要是沒用，去死我也沒什麼關係。」

裴文宣聽到這些話，他知道這是李蓉的氣話。

李蓉這人若是惱怒起來，多狠的話她都說得出口。他明明知道，可是他還是覺得疼。

大約是和李蓉平和相處的時間太長，都忘了這個人若是挖起人心來，能鑿得多疼。

好在馬車到了公主府，馬車一停，裴文宣片刻都無法忍受，徑直從馬車上跳下去，直接往公主府裡進去。

「今晚我不回去。」李蓉下著棋，沒有抬頭，繼續「規勸」著裴文宣，「你好好想想，裴大人，我奉勸你──情愛無益，前程要緊。反正我不在乎，」李蓉看著棋子經緯交錯，「您自個兒掂量。」說完，李蓉便直接吩咐了車夫：「走。」

裴文宣聽著李蓉的譏諷，他背對著李蓉，閉上眼睛。

他告訴自己，不要去和李蓉計較，可是李蓉的每一句話，都來來回回刮在他心口，等聽到李蓉馬車離開，裴文宣終是忍不住。

他想他是被她逼瘋了，他轉過頭去，朝著馬車遠去的方向，大吼出聲：「李蓉，妳有本事別回來！妳今日不回來，我立刻寫休書。」

「寫！」李蓉聽到「休書」兩個字，氣得顫抖了手，一把捲起車簾，不顧車夫勸阻，探出頭去，看著站在公主府門口氣急敗壞的裴文宣，冷笑揚聲，「我這就去花船上喝酒，找上個十個八個的美男子，你明天不和我和離，你就是孬種！」

李蓉說完，「唰」一下放下了簾子，而後她抬起捏出了甲印的手摀住額頭，整個人都失去了力道，依靠在桌邊。

不當同他計較。

李蓉告訴自己，裴文宣這個人，從來把感情放得重，他失態，他在感情裡失了理智，她不應該同他計較。

她必須穩住自己，為他們尋求一個最優解的方向去。

裴文宣任性，她不能，她不可能真的讓裴文宣為她折了前程。

裴文宣說的都是氣話，他鬧他的，一會兒會好的。

她不是十幾歲的小姑娘，她沒有任性的資本。

李蓉在不斷的自我安撫中，讓自己冷靜下來。

過了許久後，車夫見李蓉久不出聲，終於忐忑詢問：「殿下，去哪兒啊？」

李蓉緩了片刻，才低啞開口：「去湖邊，找條船，去南風館裡找幾個長得好的公子，會吹拉彈唱的最好。」

車夫聽了李蓉的話，也不敢多說，只能按著李蓉的吩咐安排下去。

李蓉閉上眼睛，閉眼調整著情緒。

不當如此，何必如此。

李蓉朝著湖邊趕去時，裴文宣自己回了公主府。

離開李蓉，他情緒便平緩了許多，他徑直去取了摺子，低頭想要批著摺子冷靜一些。

他不能把李蓉吵架的話當真，他也不能真的放棄李蓉。

李蓉雖然罵得難聽，但有一點說得沒錯，他需得找出其他的法子。

他把摺子鋪開，一面看著文書，一面思索著方法，同時想要讓自己冷靜下來。

他不能總和李蓉這麼爭執。

只是沒過多久，童業就衝了進來，急道：「公子，不好了，殿下去了湖邊，租了一條花船，叫了許多南風館的公子過去。」

裴文宣動作頓了頓，片刻後，他垂下眼眸。

「不妨事。」裴文宣冷靜開口，「人多出不了什麼事。」

「不是。」童業跪下來，震驚道，「公子你什麼毛病？就算出不了什麼事，您也不能這麼看著公主亂來啊?有一就有二，今日人多，明日人少了呢?」

「出去。」裴文宣聲音冰冷，他不想在這時候聽李蓉這些是非。

童業見裴文宣不理，不由得著急起來:「公子!」

「出去!」裴文宣大喝出聲，童業震驚看著裴文宣，裴文宣捏緊了筆，眼中帶了幾分克制著的怒意:「還要我說多少遍?」

童業呆了呆，便知裴文宣是怒到極致，他抿了抿唇，也不說話，跪在地上行禮叩首，便退了下去。

等屋裡再沒了他人，裴文宣轉頭看著摺子。

可他看不下去，他滿腦子都是童業的話。

她去花船上，她叫了許多南風館的公子。

她要做什麼他不是不知道，她就是在逼他!

她欺他忍讓，便步步緊逼，他不和離，她就逼到他的底線去。

她寧願逼走他，也不想讓他失了皇帝的恩寵。

他算什麼?他在她心裡算個什麼東西?就是一把好刀，一把有那麼幾分喜歡、又有用的利刃，有需要她留著，沒有用就扔掉。

無數極端的想法迴蕩在他心頭，他一時都記不起李蓉平日的好來。

周遭無人，他再也克制不住情緒，一把推翻了案牘不算，回頭便抽了掛在旁邊柱子上的劍，便朝著屋中一頓胡亂揮砍下去。

李蓉每一句話，她做的每一件事，都是割在他心上的利刃。

她從來沒有他所想的那麼喜歡他，而他遠比自己以為的無能。

他卑微，他無用，他無能，他憑什麼想要一份感情？

而她也沒有不在意他，要不是他裴文宣還有幾分才華，她還會嫁給他嗎？

他為什麼要困在這裡，為什麼要去守一個反覆傷害著他的人？

為什麼不辭了官去，回到廬州，為什麼還要在華京這一攤淤泥裡，陪著她苦苦掙扎？

她不過篤定他捨不得她，她又憑什麼讓他捨不得她？

他從未這樣憤怒失態，一劍一劍揮砍過屋內的東西，把屋內的書桌架子砍得一片狼藉。直到最後，他將書架上的盒子砍成兩半，一堆紙頁從被鎖著的盒子裡散落開去，他一眼看見那些紙頁的字跡，驟然停住了動作。

紙頁緩緩飄落而下，像是雪一般散落到地面，裴文宣站在原地，呆呆看著地面上的紙頁。

每一張紙上都寫了許多字，是與平日書信完全不一樣的口語，書寫之人似乎並沒有想過要將信件送出去，所以寫得格外隨意，不僅沒有敬稱、落款不說，句子與句子之間甚至還有些毫不連貫的隨意。

裴文宣半蹲下身去，撿起紙頁來，目光落到上面的字上。

第一張寫——

裴文宣，你還好嗎？

我在宮裡等著你回來，你要是不回來，我雖然也覺得無所謂，但還是會害怕。

算了，其實這信也寄不出去。我同你說實話吧。你不回來，我怎麼可能無所謂呢。

第二張寫——

裴文宣，其實有點後悔讓你出華京了，

督查司不要也就罷了，你不回來，我去哪裡找你呢。

第三張寫——

裴文宣，他們都說你死了，我不信。

他們不知道你這個人，有多厲害，多聰明，那些出身於雲端的人，怎麼能知道，破開石頭的嫩草，有多麼驚人的生命力。

而且，我還在華京呢。

第四張寫——

裴文宣，我想你了，你怎麼還不回來？

一盒子的信，雖然沒有落款，沒有日期，可裴文宣卻還是一眼認出來，這應當是李蓉被關在北燕塔時寫的。

她被關押的時間並不長，可信有這樣多，可見這個姑娘，每日耗費了多長時間，在給他寫信上。

他一時不由得想起李蓉平日的模樣，她在他受傷時給他餵湯，幫他穿衣服，同他一起包餃子，在酒後為他配一碗養胃的醒酒湯……

她其實一貫不像普通姑娘那樣，會把感情的事放在口頭上，甚至於在書信之間，她都鮮少提及。但她會為他被刺殺怒而設計蝴蝶峽，逼走謝蘭清，為了討好他去四處找人，為他求個考功主事的位置。

他怎麼能說她只愛權勢呢？

意識到這件事的剎那，他猛地驚醒，慌忙起身，提著劍就衝了出去。

等靜蘭回屋找裴文宣時，還沒到門口，就看靜梅急急上前，慌道：「姐，不好了。」

「怎麼了？駙馬呢？」靜蘭見靜梅的模樣，便知不好，提了聲道，「他人在哪裡？」

「駙馬、駙馬，」靜梅喘著粗氣，「方才提著劍，提著劍衝出去了！」

第一百一十一章　花船

裴文宣來不及多想，抓著劍衝出屋外，去馬廄搶了一匹馬，翻身上馬，直接朝著湖邊狂奔而去。

他不確信李蓉會做什麼，但不管做什麼，他都要攔著，他不能讓李蓉在這種時候昏了頭，萬一做出什麼事情來……

他一想到李蓉可能做什麼，他便覺得慌亂，於是縱馬疾馳而去，根本顧不得周遭人的目光。

去湖邊的路算不得短，李蓉在馬車上緩了緩，情緒便緩了下來。

她有些疲憊，也不想再去想同裴文宣爭吵之事，不由得開始思索柔妃一連串的動作。

從故意抬裴文宣到吏部侍郎到弘德法師，再到這個三生姻緣符，柔妃這一連串的出手，目標都是打在李明的信任上。

她建立督查司也好，裴文宣升遷也好，其實最根本的依仗，還是在李明身上。

李明對她和裴文宣，都是又愛又怕，所以他容不得半分差池，這麼一連串的事情，哪怕有再合理的解釋，也會讓李明心悸。

李明要試探裴文宣，和離就是必然的一步，而以裴文宣的性格，他本就對她沒什麼信任，如今又得知蘇容卿已經重生，加上看重感情，林林種種加起來，根本不可能和離。

而那個背後的人，便是算著這一切——無論是一而再、再而三提醒李明，讓李明產生懷疑，還是自己主動暴露出重生的可能性，激怒裴文宣。

一步一步，都是陷阱，就是要裴文宣往裡跳，而裴文宣還真的願意跳。

李蓉閉上眼睛，覺得有些疲憊。

那人對她太瞭解，對裴文宣也太瞭解，他本就擅長謀劃人心，如今也是把他們都算了進去。

裴文宣固然聰明非常，但於感情之事，還是太過在意，在意就會成為軟肋，失了分寸，讓人抓著一步一步往前逼著，直到不得翻身。

她不能容著裴文宣任性。

李蓉心裡一番盤算，覺得有些累了，便捲了簾子起來看向車外，這才發現街上與平日有些不同。

男男女女人來人往，比起平日熱鬧了許多。

等到了湖邊更是如此，平日還算寬敞的湖邊，早已停滿了各家馬車。

李蓉下了馬車，不由得皺起眉頭，有些疑惑道：「怎麼這麼多人？」

「回稟殿下，」跟著李蓉的侍衛立刻上前道，「今日放天燈，人員繁雜，還望殿下小心。」

李蓉聽得這話才想起來，原來這便是裴文宣之前說的燈會。

李蓉想到裴文宣，心裡便湧起有幾分酸澀來，她扭過頭去，故作平靜，只道：「花船安排好了嗎？」

「安排好了，安排的都是嘴嚴的伶人，殿下戴好面紗，屬下這就領殿下過去。」

李蓉應了一聲，便由侍從護送著，往人少的地方過去，登上了包下來的花船。

今日人多，大大小小的船也不少，岸邊有許多男男女女，趁著天燈還沒放起來，便在湖邊放著河燈，湖面上的河燈似如星光點點，大大小小的船穿梭在湖面之上。

李蓉這艘船不大不小，在一堆船裡也不算顯眼，她上船之後，船便朝著湖心劃去，侍從一面領著李蓉往船艙走下去，一面介紹道：「今個兒適合看燈的地方，都被各家提前定下，讓家奴劃出了位置來，咱們來得晚，只能同這些老百姓擠在一片湖裡，可能有些嘈雜，殿下不要怪罪。」

「無妨，」李蓉淡道，「人在就好。」

李蓉說著，侍從推開了船艙的門，隨後李蓉就看見船艙之中，一干清俊男子跪在兩排，見李蓉進來，紛紛叩首，恭敬道：「見過大小姐。」

李蓉在外，自然是不可能用自己真的身分來接見這些伶人的，於是編了個大小姐的名聲，便將人帶了過來。

這樣的陣勢李蓉以前不是沒見過，今天可是重生來第一次，這些男人比不上裴文宣、蘇容卿那樣頂尖的相貌，但勝在人數。

一個好看的人放在面前，覺得只是好看。

一群好看的人放在面前，那便是好幾倍的視覺衝擊。

饒是別有目的而來，李蓉也在看見一群美男跪在地上抬著頭深情款款看著她那一瞬間，心裡忍不住跳了一下。

她突然覺得自己選擇還是很對的，她笑起來，往裡面走去，抬手道：「各位起吧。」說著，李蓉便直接走上主座，她一坐下，那些男人便立刻懂事上前來，給李蓉倒酒捶肩。

這些人不知道李蓉的分寸，也不敢過多動作，李蓉抬手一揮，灑了幾粒碎銀在地上，揚了揚下巴：「會彈琴的彈琴，會唱曲的唱曲，會跳舞的跳舞，什麼都不會的，自個兒耍玩也不要緊。熱鬧一點就是了。」

李蓉開了口，又撒了銀子，所有人頓時高興起來，船艙內一時歡歌笑語，往湖心駛去。

李蓉在一片絲竹管樂聲中，半身斜倚在枕上，笑咪咪看著所有人，時不時就著別人的手喝一口酒，吃一顆葡萄，聽著伶人說笑話，一時氣消了不少。

她也不想再想裴文宣的事情，反正她上了這條花船，明日消息就會傳到宮裡，裴文宣只要冷靜下來，還是要順著由頭去和李明說明他們之間感情並沒有那麼好。

要是冷靜不下來，他估計也真想和她和離。

也好，總不至於折了前程。

李蓉一面想著，一面鼓掌，高聲道：「好，賞！」

正說完，就見伶人下去，換了一個人上來，李蓉正低頭吃旁邊伶人餵的葡萄，隨後就聽一個有些熟悉的聲音傳來，笑著道：「殿下，在下不會彈琴、跳舞，不如給殿下說個故事吧？」

李蓉聽到這個聲音，覺得似乎在哪裡聽過，她心生警惕，一抬頭，就看見一個面如玉冠的白衣青年站在原地，正笑咪咪看著她。

李蓉一看見這人，嚇得被葡萄一口噎住，急促咳嗽起來。

她一面指著那人，一面咳嗽著：「你……你……」

青年笑容不同，似乎知道李蓉在害怕什麼。

旁邊伶人見李蓉噎住，趕緊給她拍著背，急道：「大小姐，您怎麼了？」

「出……出去……」李蓉快速揮手，急道，「都下去。」

伶人愣了愣，看了一眼李蓉，又看了一眼中間的白衣青年，片刻後，伶人才猶豫著站起身來，一起走了下去。

等所有人都走了，李蓉才緩過氣來，白衣青年慢悠悠到她身前來，半蹲下身子，舉了一杯茶，笑意盈盈道：「殿下，喝杯水？」

李蓉沒接水，緩了片刻後，她才扭過頭來，皺眉道：「你怎麼在這裡？」

李蓉的小船往湖心駛去時，裴文宣已經趕到岸邊。

裴文宣找到奉命守在岸邊等候的公主府家丁，喘著氣道：「殿下呢？」

家丁看著裴文宣，似乎沒想到裴文宣會來，一時僵住了，竟不知道該不該答。

裴文宣見家丁還在發愣，便知他是在想要不要替李蓉遮掩，他克制住情緒道：「我知道殿下叫了南風館的人，我不是來找她麻煩的，人呢？」

家丁沒說話，只是意有所指低頭看向裴文宣手裡提的劍。

怎麼看，都不是來好好談話的樣子。

裴文宣見得家丁的眼神，也不想糾纏，直接把劍抵在家奴的脖子上，喝道：「說話！」

家奴這次確定了，駙馬真的是來拚命的，他不敢隱藏，當即跪下身去，磕著頭道：「駙馬，公主的船已經開出去了。」

「哪條？」

「就，就湖心上那個畫了花，有兩層那條。」家奴抬手，指了湖心的方向。

裴文宣得了話，也不再管他，趕緊到了湖邊，找了自己原來安排的人，直接道：「我的船呢？」

「公子，就你一個人啊？」船夫看見裴文宣，奇怪道：「不是說帶夫人嗎？」

「事情有變，我自己去就行了。」

裴文宣跳上船，船夫解了繩子，擔憂道：「公子會划船嗎？」

裴文宣沒說話，將劍掛在腰上，船杆一划，便朝著湖心方向划了過去。

裴文宣往著湖心行去，李蓉看著半蹲在她面前的青年，聽對方有些無奈道：「下官想同殿下說話許久，但一直沒有機會，今日看見殿下來湖邊，趕緊跟著人混上了這花船，沒想到是殿下設宴。殿下之風流，真是令下官大開眼界。」

青年一面說著，一面坐下來，李蓉見他放肆，冷笑出聲來：「既然知道是本宮還不行禮，崔玉郎，你膽子大得很。」

「殿下不想暴露身分，下官不過是尊重殿下的意思罷了。」

崔玉郎搧著扇子，說得漫不經心，李蓉也不想和他多說，直接道：「找本宮何事？」

「想求殿下辦一件事。」崔玉郎說著，面色認真起來：「下官想替下官好友，青城學子陳厚照求一個公道。」

「什麼公道，」李蓉淡道，「要到本宮這裡來求？」

「陳厚照乃下官舊時好友，極有才華，此次科舉，他本在鄉試中奪得魁首，為鄉貢士子，入京參加春闈。不想當地鄉紳蕭平章勾結官府，將他名額奪去，讓自己的兒子蕭順文成為鄉貢，參與春闈。我這好友一路赴京告狀，沿路被人追殺，到京城之後，又無官員肯受理此案，下官久聞殿下之名，知殿下俠肝義膽，善惡分明，還請殿下，為草民好友做主！」

李蓉聽著崔玉郎的話，並沒有立刻接話。

案子不清楚，她不會隨便回話，她仔細思索著這案子的價值，正思考著，就隱約聽到外面傳來喧鬧之聲。

此時裴文宣的小船已經停靠在李蓉花船邊上，李蓉早已經找到位置固定挺穩，裴文宣便將小船一靠，直接跳上船來。

守在船頭的侍衛看見裴文宣，臉色巨變，急道：「駙馬……」

「讓開。」

裴文宣一把推開侍衛，直接朝著裡面走去，侍從慌忙攔著裴文宣，裴文宣見到這樣的陣勢，心裡更慌，他乾脆徑直拔劍，指著眾人，怒喝了一聲：「讓！」

見得裴文宣氣勢，這本又是駙馬，一時之間誰都不敢攔，只能讓裴文宣一路進了船艙，直上二樓。

李蓉正遲疑想著崔玉郎的話，崔玉郎見李蓉猶豫，他嗤笑了一聲，悠然道：「殿下是不是覺得，這案子沒什麼好處？」

李蓉抬眼看向崔玉郎，不由得笑起來：「怎麼，你還有好處給我？」

「崔某能給殿下的，殿下大多看不上，只有一樣東西，倒看看，殿下要不要了？」

「你且說說？」

李蓉挑眉，崔玉郎笑了笑，身子往前探了過去，一面靠近李蓉，一面解開衣帶，低聲道：「殿下位高權重，如今夜遊花船，不知可是缺個入幕之賓？若殿下不嫌棄，玉郎願自薦枕席……」

話沒說完，就聽見門口被人一腳踹開，崔玉郎和李蓉同時回頭，便見裴文宣提著劍站在門口。

崔玉郎和李蓉都愣了，崔玉郎的手還放在解了一半的腰帶上，肩上本已有些寬鬆的衣服因著他傾斜的動作從肩頭滑落下來。

裴文宣見得這樣的場景，不由得氣得笑起來，話他聽得半截，卻也是明白了。

「入幕之賓，自薦枕席。」裴文宣重複了一遍，冷笑出聲來：「崔玉郎，你好得很。」

話音剛落，裴文宣手起劍落，朝著崔玉郎直直就劈了下去。

李蓉反應得快，急道：「攔住他！趕緊攔著他！」

裴文宣被人一攔，崔玉郎嚇得就地一滾，趕緊開始繫腰帶。

裴文宣追著崔玉郎滿屋亂砍，崔玉郎慌忙道：「駙馬，你聽我解釋……」

裴文宣不說話，追著崔玉郎揮砍過去，屋裡雞飛狗跳，李蓉盡量讓自己冷靜下來，她不能亂，她得冷靜一點，她深吸了一口氣，大喝出聲：「統統給我停下！」

聽得這一聲大吼，裴文宣的動作終於停下，李蓉緩了口氣，正要說話，就看裴文宣似乎是反應過來什麼，三步作兩步上前，一把拽著她就往外走。

李蓉不想在外人面前鬧得太難看，被他拽著下樓，一路走出花船，眼見著要離開花船，李蓉有些慌了，急道：「裴文宣，有什麼話你船上說！你放開！放……」

「上船！」裴文宣將她往自己的船上直接一拉，就逼著李蓉上了自己小船。

所有人被裴文宣氣勢所懾，誰都不敢上前，裴文宣拖著李蓉進了小船的船艙，李蓉當即掙扎起來，怒喝道：「裴文宣你發什麼……」

話音剛落，裴文宣的劍「哐」地一下砸在李蓉手邊，他狼一樣盯著她，警告道：「妳再鬧，今晚妳或我，一定死一個。」

「瘋……瘋了。」李蓉嚇得結巴。

裴文宣站起身來，捲了簾子就跨了出去，舉起船杆，同船上侍衛吩咐：「人我帶走了，去岸邊找童業，他會安排。」說著，裴文宣竹竿一划，領著李蓉的小船離開了原來的位置，往湖心深處划了進去。

他沒進船艙，在外面划著船，李蓉聽著周邊人聲越來越小，慢慢只剩下蟲鳴鳥雀之聲混雜著水聲，她心裡不由得慌了起來。

她打量了一眼周邊，這小船不大，但布置得十分溫馨，精緻的小桌上放了新鮮的花束，茶水、酒水、點心、被子一應俱全。

船兩側開了兩個大窗戶，可以看見外面的景色，她也就可以清晰看到，周邊越來越荒涼，船離岸邊越來越遠。

李蓉告訴自己，她要冷靜一點，裴文宣是個有分寸的人，瘋起來也是講道理的，他今晚就算發了瘋要和她同歸於盡，也會有個同歸於盡的章法。

她先不要慌，先倒杯茶，喝口酒，吃點點心，壓壓驚。

她一面想，一面吃著東西，這動作分散了她的注意力，讓她平靜下來，思考著裴文宣的意圖。

她叫南風館的人來，就是為了激他。

裴文宣這個人，雖然平日做小伏低，但骨子裡其實傲得很。她這樣羞辱他，他也不會賴著臉皮求著她回去，明日只要李明試探，他氣在頭上，順勢應下就好。

可如今他竟然親自來了，不僅來了，還將她綁上船，這是要做什麼？

還是說，她刺激太大了？可她叫南風館的人遊湖也不是第一次幹，上一世也幹過，他激動成這樣？

李蓉一面思索著等一下裴文宣可能做的事，一面吃著梅花糕。

這是她最愛的點心，從味道上來看，還是出品於她最喜歡那家點心店。

李蓉忍不住多咬了一口，正巧裴文宣就進來了，李蓉迅速抬頭，裴文宣就看見李蓉嘴角沾著點心，眼裡帶了幾分驚慌，又故作鎮定看著他。

此刻已經到了他包下的一片湖域中心，四周空無一船，只有他們孤零零一艘小船飄在湖面上，映著江月和水上的寒氣，看上去彷彿自成一個世界。

裴文宣盯著李蓉，李蓉看著裴文宣。

過了好久後，李蓉終於咽下了她嘴裡的梅花糕，挺直腰背，故作冷靜道：「駙馬大半夜不好好在屋裡寫和離書，跑來找我做什麼？」說著，李蓉挑起眉頭：「莫不是想來想去，發現自個兒始終是個賤骨頭，捨不得我？」

李蓉一開口，裴文宣就覺得自己好不容易平息下去的火氣瞬間升騰上來。

他皺起眉頭：「妳能不能好好說話？」

「那你可以別和我說話呀。」李蓉嗤笑出聲，「好像是我求著過來同你說話一樣。」

裴文宣被嘲諷得氣不打一處來，他讓自己冷靜一些，他是來道歉的，不是來吵架的。

他往前過去，坐到李蓉對面，李蓉將他上下一打量，自己倒了茶，優雅開口：「有什麼話趕緊說吧，還有好多小哥哥等著我回去呢。」

裴文宣聽得這話，他感覺李蓉簡直是踩在他炸點上跳舞，還是來來回回精確踩在點子上的跳，就怕他不發火。

他氣得笑出聲來：「回去？」

他一把搶了李蓉倒好的茶，一口灌了下去，企圖讓自己冷靜，但嘴上還是停不下來，徑直回懟：「別想了，做妳的春秋大夢去吧！」

「你……」

「哦、不對，」裴文宣見李蓉怒得起身，立刻改口，「不是春秋大夢，夢裡妳都不要想！以後老老實實待在公主府，當好妳的裴夫人！」

第一百一十二章　千燈

這一通罵，罵得李蓉有些懵了。

她緩了半天才反應過來：「你說什麼？」她覺得不可思議：「你再說一遍？」

裴文宣居然還不和離，不僅不和離，他還敢說讓她老實一點，以後當裴夫人？

裴文宣見她滿臉震驚，眼都不抬，只道：「先坐下吧。」

「坐什麼坐？」李蓉冷喝出聲，「回去，我不想同你待在一起。」

「想回去？」裴文宣抬手指了船艙外面，「自己走。」

李蓉得了這話，毫不猶豫起身。

她一出船艙，發現這裡是湖心深處，與其他船都隔得極遠，小船飄蕩著在湖心，與遠處繁盛的燈火像是兩個世界。

裴文宣在裡面倒了酒，喝著酒道：「您不是水性好嗎？跳。」他一抬手，頭也不抬，慢悠悠道，「自個兒一路游回去，您可以的。」

「裴文宣！」李蓉回過頭去，聽著他冷嘲熱諷，有些怒了：「你給我把船划回去！」

裴文宣不說話，看著窗外夜色，自己喝著酒。

李蓉見他不動，就自己去找船槳，圍著船頭轉了一圈，又衝回船尾轉了一圈，完全沒看到船槳之後，李蓉回過頭來，怒道：「船槳呢？」

「扔了。」裴文宣端著酒杯，感覺夜風輕輕拂過自己面頰，緩慢出聲：「您別白費力氣了，今晚妳和我就在這小船上，」說著，他轉過頭來，看向李蓉，「誰都別回去。」

「你到底發什麼瘋？」

李蓉皺起眉頭，裴文宣替她倒了酒，輕聲道：「等到子時就會放天燈了，這裡能看到天燈放起來的全貌。殿下，外面冷，回來坐吧。」

李蓉沒說話，她在船尾站了一會兒，終於還是走了進去。

李蓉進了船艙，裴文宣便起身來，關了船艙的小門，開了邊上的窗戶。

等做完這一切後，李蓉冷著臉：「你這是做什麼？」

「殿下，」裴文宣坐回位置，平靜出聲，「妳同我說幾句好話吧？」

「你要我說什麼好話？」李蓉嗤笑，「不管我說什麼，不都難聽嗎？」

「方才崔玉郎是什麼意思？」裴文宣沒有理會李蓉的挑釁，他垂著眼眸，問出他所在意的問題。

李蓉反應過來裴文宣憤怒所在，她不由得笑起來，從旁邊取了瓜子，漫不經心道：「就你聽到的意思啊。」

裴文宣喝著酒，他喝得很慢，但是卻沒有停歇，一杯接一杯，接著喝酒的動作，在平復他的內心。

他一面氣著李蓉所做的一切，一面又覺得自己應當多體諒她。

她也是生氣，她也是無心，她有許多好，他應當先同她道歉。

可是那份道歉說不出口，明明來的路上準備了許多，可在看到崔玉郎、看到一船伶人、看到始終高傲不肯低頭的李蓉，他說不出口。

誰沒點傲骨呢？

哪怕是為愛情低頭，誰又能低一輩子呢？

截然不同的情緒混雜在一起，讓裴文宣只能用喝酒的動作控制著一切情緒的爆發，他聽著李蓉滿不在意的回應，抬眼看她：「殿下。」他認真詢問：「您不能同我說句好話嗎？」

聽到這話，李蓉動作頓了頓。

她抬眼看著面前人，片刻後，她不由得笑起來：「你要什麼好話？」

「妳同我解釋一下。」裴文宣看著她，言語中帶了幾分難以遮掩的懇求，「好好同我說一說。」

「說什麼？有什麼好解釋？」李蓉語氣很淡，「你若相信我，何須我解釋？」

「妳若在意我，」裴文宣將酒喝下去，「解釋幾句，又何妨呢？」

「我不樂意啊。」李蓉聽他說這樣的話，原本壓抑著的情緒又彈了回來，「我終歸又不在意你，我管你怎樣？」

李蓉說著，將桌上酒杯拿過來，一飲而盡：「況且我也沒什麼好說，花船我讓人包的，男人我讓人請的，崔玉郎說的也不假，他就是自薦枕席了，這種事我遇上也不是一次、兩次，又怎麼了？」

裴文宣聽著李蓉說著這些，他忍不住捏起了拳頭。

李蓉見他不說話，她覺得酸楚和憤怒一起湧上來，她喝著酒，繼續罵著：「都是事實，我解釋什麼？你不高興，你明日就和離去！」

「李蓉！」裴文宣扭頭看她，他的聲音有些發抖：「妳怎能這般辱我？」

李蓉盯著他，她覺得難受，她覺得整個人像是被裴文宣抓著頭按在水裡，她喘不過氣來，她想掙扎，於是她張牙舞爪，盯著他：「我就是辱你了，你要怎樣？」

裴文宣不說話，他盯著她，胸口劇烈起伏著。

他一貫隱忍，自持。

他一貫包容，忍讓。

他一貫堅守這君子風度，想著敬她、愛她、憐她。

可她呢？

她給他的是口口聲聲的和離，是放縱，是蘇容卿虎視眈眈，是為了逼他帶著南風館的人花船夜遊，是崔玉郎這樣的小人逮著機會就「自薦枕席」，是她明知他難堪還要刻意羞辱。

而他拿她毫無辦法。

因為他知道這是她的口是心非，知道這是她盛怒之下的無心之言。

她從不曾對自己展示利爪，於是抓得他滿身傷痕。

他恨自己這份軟弱可欺，恨自己這份無能為力。

「妳再說一遍。」

他語調裡全是克制，李蓉聽出他的憤怒，嗤笑出聲：「我就是辱你了，你要……」話沒說完，裴文宣一把按住她的頭就吻了上來，李蓉還沒來得及反應，就覺裴文宣整個人往前傾倒，壓著她就撞到了地板上。

他一隻手護住她的頭，一隻手壓著她的手，饒是這樣的時候，他仍護著她，怕撞疼了她。

但李蓉哪裡察覺這些，她被裴文宣這麼一逼，當即一腳狠狠踹過去，裴文宣整個人壓在她身上，用腿死死壓住她的腿，加深了這個吻。

李蓉氣得發瘋，掙扎著用手去抓他。

裴文宣乾脆直起身來，將她兩隻手腕用一隻手抓住，拉著扯過頭頂，死死壓在船板上，一把撤了腰帶，抬手將李蓉的手腕一圈一圈繞過綁起來。

李蓉奮力掙扎著，又踢又抓又咬，大罵著他：「裴文宣你這老畜生，你卑鄙！你下作！」

裴文宣根本不理她，他只是按住她的手，低頭就狠狠吻了上去。

李蓉一口咬上他的唇，疼痛讓激惱了他，他吻得更深更狠，血的腥氣交纏在唇舌之間，李蓉嗚咽著叫罵：「王八蛋，混帳東西……」

裴文宣沒有言語，他閉著眼睛，李蓉越是反抗，觸碰越是密集，於是所有感官隨之放大，各種感覺都升騰起來。

「罵。」裴文宣終於覺得自己找到了什麼發洩的方式，他和李蓉糾纏在一起，低啞出聲，一貫清朗的聲響帶了幾分難言的情欲，低聲道：「繼續罵，我聽著。」

裴文宣的吻從來都是她受不得的，李蓉拚了命讓自己神智清醒一些，思考著她所有認識罵人的話去罵這個人，只要得了半點機會，就又抓又咬又打又踢。

兩個人在船艙裡幾乎是廝打，所有憤怒和狂躁都在撕扯之間混雜著欲望發洩出來，李蓉一口咬在裴文宣肩頭，裴文宣疼得倒吸一口涼氣，在李蓉幾乎咬下一塊血肉終於鬆口時，他捏著她的下巴又吻了上去。

她給他疼痛，他便用欲望填滿。

而他滿足於自己的過程，帶給李蓉的卻是一種無法控制的、滅頂的快感。

它像她對裴文宣的感情，她無法掌控、無法遮掩，只能在受到傷害那瞬間唾棄、厭惡、噁心、痛苦全部浮現而上，極致的快感和痛苦同時迸發，李蓉終於控制不住，痛哭出聲。

裴文宣動作僵在原地，他聽著李蓉的哭聲，一時之間，絕望和茫然一起湧上，他感覺自己像是走在一條沒有前路的絕路之上。

李蓉在他身下低低嗚咽，裴文宣低頭看著。

她每一滴眼淚都是刀刃，一刀一刀刮在他心上。

他終究拿她沒辦法。

其實她說得也對，她就是欺他、辱他，他又能怎樣？

巨大的無力感將他包裹，有那麼一瞬間，他幾乎是認命。

他喜歡她，他就該認命。認了她就是這麼個人，認了她給他的所有悲喜。

「你怎麼能這麼欺負我……」李蓉哭著出聲，「裴文宣……你怎麼能這麼欺負我……」

裴文宣聽著她控訴，他靜默著不說話，好久後，他抬起手來，一圈一圈解開她手腕上的腰帶，然後低下頭去輕輕吻了吻她的額頭。

「莫哭了。」他躺到她身後，將人攏到懷中，「是我的錯，我不碰妳了，妳別害怕。」

李蓉沒有回聲，她只顧著自己痛哭。

她多少年不曾這麼哭過，她一直自持、一直高傲，她所有的教育裡，軟肋不該曬出，眼淚毫無意義，抱怨沒有價值，痛苦皆為軟弱。

她不該哭的，可是她停不下來，尤其是裴文宣溫柔抱住她，說出那一句「是我的錯」時，她便像是一個找到了家長的孩子，受盡了天大的委屈，哭得停不下來。

裴文宣一言不發，他從她背後抱著她，兩人偎依在一起，裴文宣就聽著她的啜泣聲、蟬聲、水聲，好久後，他終於開口：「我看了妳寫的信，在北燕塔上的那些。」

李蓉哭聲頓了頓，聽著裴文宣慢慢出聲。

「妳寫了好多，我都看了，我想妳在意我、喜歡我，我誤會了妳，所以我來找妳。」

「我知道妳只是想逼我，妳沒有做什麼，可是我也會難過。我會嫉妒、會痛苦，我沒有那麼大方的。」

「我不喜歡妳身邊有其他男人，也不喜歡妳對我似乎可以隨時離開的態度。可我喜歡妳，妳說的也沒錯，我是個賤骨頭，我喜歡妳，離不開妳，可我又忍不下去。」

「想聽妳對我說幾句好話，證明妳還在意我，聽不到，就惱羞成怒欺負妳……」裴文宣閉上眼睛，有些痛苦，「李蓉，我也不想這樣。」

「我不想這樣難堪，不想這樣嫉妒，不想這樣下作，不想自己成為這種樣子。」

「對不起，我以後不會這樣。」

李蓉沒說話，她聽著裴文宣沙啞的聲音，似乎也是哭了，可他不想讓她看見自己的模樣。

他抱著她，給予著她寒夜裡的溫度，在憤怒消退，疼痛治癒之後，有一種無端的心疼泛了上來。

是她把他逼成這樣子。

他本是多好一個人，他有著最恩愛的父母，對愛情最美好的嚮往，他對自己喜歡的人這樣赤誠又溫柔，怎麼就被她逼成這種模樣？

「我沒有只想要權勢。」李蓉突然出聲，裴文宣慢慢睜開眼睛。

李蓉看著窗外，有河燈緩慢從遠處隨水飄過來，她目光落在那逐漸靠近的燈火上，艱澀開口：「權勢和你，並沒有說權勢更重要。我同你和離，也是為你著想。」

「蘇容卿是算計著你過來的，我不能讓你進了他的圈套。我或許不像你這麼純粹，所有感情相關都不能交換，但不是我沒有心。」

「我也付出，也在意，也喜歡。只是我覺得，我喜歡一個人，我希望他過得好，哪怕不同我在一起，也無妨。」

「你總說我只在意權勢，說我冷漠寡情，所以你也好，川兒也好，你們總覺得隨便怎麼說都不會傷害我，但不是的。」李蓉閉上眼睛：「我也會在意。」

「我會希望，我對一個人好的時候，對方能認可我、喜歡我，覺得我是世界上最好的人。」

「我也會希望，我喜歡那個人，不管我多醜陋，多討厭，都會一直喜歡我。」

「我大概很自私，可我又能怎麼辦呢？」李蓉痛苦出聲：「我喜歡你，我又能怎麼辦呢？」

裴文宣沒說話，他聽著李蓉少有的軟弱，他感覺自己的傷口，像是驟然被什麼靈丹妙藥塗抹上，在她的言語裡，緩緩癒合。

他不知道是自己要的太少，還是李蓉給的太多，偶然的一次傾訴，於他而言，就感覺已經足夠。

他忍不住俯身上前，低頭吻了吻她的頭髮，輕輕出聲：「那就喜歡。」

「妳喜歡我，對我有要求，希望我一直喜歡妳，這不可恥。」

「莫要說妳，我也這麼想的。」裴文宣伸出手，將人緊緊抱進懷裡：「我也希望無論我是怎樣的人，妳都覺得我是最好的人。我也對妳有許多要求，其實方才我還在想，咱們這樣多累啊，要不分道揚鑣算了。」裴文宣說起來，忍不住笑了，「可是現在我就想，我不想算了。」

「我想我為妳改變，也想妳為我改變。不管付出多大的代價，我都想同妳在一起。」

李蓉沒說話，她聽著裴文宣的話，莫名就覺得，自己彷彿是漂泊了千里，尋到一處港灣，她停靠在此處，無風無雨。

她覺得自己當說些什麼，卻又覺得任何話語在此刻說起來，都顯出那麼幾分矯情。

於是她撐起身，半靠在窗邊，想著自己該怎麼樣，才能說些好聽的話。

河燈隨著流水飄來，環繞在小船邊上，她一隻手百無聊賴搭在窗邊，伸手撥弄著水紋，一隻手放在窗臺上，給自己下巴枕著。

她看了一會兒，便感覺旁邊有什麼東西送了過來，李蓉回過頭去，看見一盞河燈放在裴文宣手心，他見她轉身看來，便將河燈往她面前送了送。

他此刻算不上體面，方才一番廝打，他的玉冠被她撕扯下來，頭髮散亂在兩側，衣服也早已散開。

他脖子、胸口都是她抓的血痕，肩上也是她咬的牙印，唇上也是她咬出來的齒印，就差臉沒被抓花。

她自己也好不到哪裡去，髮簪什麼的早就被他拆了，青絲散披在身後，只是相比裴文宣，她還是要規整得多。

畢竟她是不管不顧全力撕扯他，他卻得小心翼翼，就怕傷著她。

他們終究是把自己最不堪的模樣交給對方。

李蓉看了他的模樣一會兒，裴文宣見她不接燈，只盯著自己的臉，不由得笑起來：「看什麼？莫不是臉也抓花了？」

「這倒沒有，」李蓉也笑，「我下手還是有分寸的。」

「聽妳這話，哪裡還有點公主樣子？」裴文宣嘆了口氣，搖了搖頭，語調裡帶了幾分無奈卻又暗藏喜歡，「小潑婦。」

他將河燈放到她手上，又轉身從旁邊籃子裡取了一盞，解釋著道：「知道妳想放，我準備了許多，把河燈放下去，有什麼願望就許吧。」

「你也信這個？」

李蓉有些意外，裴文宣轉頭笑著看了她一眼，「這種糊弄小姑娘的東西，我一個大男人，怎麼會信？」

「那你……」

「只是遇到了妳，」裴文宣垂下眼眸，一手壓著袖子，一手將河燈放入水中，「漫天神佛，我都想信一信。」

他的手生得極為好看，十指纖長，骨節分明，捧著蓮花河燈放入河中時，似如神佛捧蓮，漂亮得不帶半分煙火氣。

李蓉忍不住抬眼看他，夜風裡，男人的側顏清俊溫雅，洗了平日朝堂裡的端正威儀，散披的衣衫掛在身上，裹著清瘦的身形，同這一夜遠山近水、湖面繁燈交襯，多了幾分難言的仙氣。

這種氣息，美麗中帶著禁欲式的清雅，李蓉瞧著他放出去的河燈，忍不住問了一句：

「你不想和離，是不是怕我和離以後，另生變故？」

裴文宣不言，他側過身子，輕輕靠在窗邊，一手搭在窗戶上，一手隨意垂在身周。

「是也不是，其實最重要，是我希望妳不對感情失望。」裴文宣說著，目光跳向遠方，遠方是隱約連綿的山頭，在夜色中保持著一種沉穩莊重的靜謐。

「我知道，妳身邊的人，都習慣為了權勢放棄感情，妳雖然覺得我為了前程與妳和離沒什麼關係，可我若當真這麼做了，妳便永遠不會知道，有人的感情，是不可為權勢所交換的。」

「我當官，我爭奪權勢，是為了走到妳身邊。所以如果讓我用離開妳來換取權勢，」裴文宣轉頭看她，如玉的面上浮現起笑容，「哪怕只是一時的離開，口頭的離開，我也不願意。」

「可這只是小小的交換，」李蓉皺起眉頭，似是不解，「又有何妨？」

「我若毫不猶豫答應了這小小的交換，妳真的一點感覺都沒有嗎？」

「蓉蓉，妳雖然生於宮廷，可妳從不屬於宮廷。」

「妳內心深處所要的感情，遠比妳所以為的要乾淨。而妳想要的，妳要，我便需給。」

「於我而言，最重要的便是，」他聲音微頓，他似乎隱約聽到有人的歡呼聲，他靜靜聽了片刻，繼續道，「妳所得到的一切，都不當有半點將就。」

李蓉沒有說話，她注視著面前這個男人。

他散披著頭髮，衣衫半敞，夜風夾雜著水氣吹來，髮絲在夜風中輕舞，歷經歲月的穩重加諸於青年俊朗的儀容之上，映襯著湖光水月，似如謫仙夢境，美不勝收。

無聲不過片刻，遠處傳來撞鐘聲，沒了一會兒之後，數千盞天燈在遠方山上緩緩升起，裴文宣仰頭看著，眼裡落滿燈火，帶了笑意。

「蓉蓉，妳看，」裴文宣仰頭看著天空升騰起來的燈火，「點燈了。」

李蓉捧著河燈，緩慢抬頭，她就看見無數燈火在遠處緩緩升騰，和星光一起交織，倒映她身前的水裡。

這樣美好的場景，是裴文宣帶她看見的。

以往她一貫不屑於這些風月矯作的約會，覺得那是情人之間無用的消磨，然而當這千燈升起之時，她才察覺，當有一個人願將世間的美好都獻於你，你也會想將這世上一切美好獻於他。

李蓉收回目光，落到手中花燈之上，片刻後，她似是下了一個極為不凡的決定。

她身子往前，將河燈放入水中，裴文宣察覺她的動作，把目光收回來，落到她放出去的河燈上。

蓮花河燈在水裡穩穩飄遠，裴文宣靜靜看著。

「許了什麼願？」

「你呢？」

「保密。」裴文宣笑著回頭看她，「妳也要保密嗎？」

李蓉沒說話，她看著青年帶了幾分玩笑的目光。

願望本是該保密的，但她卻想告訴他。

「我許願。」

「我想和裴文宣，一輩子，都在一起。」

裴文宣愣住，他呆呆看著李蓉，他沒想過李蓉竟會這麼直接告訴他這些。

李蓉看一向老謀深算如他也會露出這樣呆傻的神情，她忍不住笑起來。

她跪直起身，將身子往前微壓，用手捧住裴文宣的臉，閉眼吻了下去。

遠處的燈火升騰到了半空，如星辰一樣點綴於夜空，裴文宣閉著眼睛，感受著李蓉主動給予的美好。

過了沒有片刻，他就想起李蓉腿不好，他怕跪疼了膝蓋，便抬手扶在她腰間，將她抱移到自己身上跨坐著，他整個人後仰，將半個背都靠在窗邊，撐在著兩個人的力道。

整個過程裡李蓉都配合著他，唇沒有離開他超過片刻，從他的臉到脖頸肆意妄為，又啄又親。等坐下來後，手便主動穿過他的肩頭，環住了向他的脖子，將唇貼到他的唇上。

自然得彷彿做了無數遍。

裴文宣被她輕輕舔舐過舌尖，感覺自己的心像是被浸在蜜裡，裹了糖。

他不由自主彎起嘴角，抬手拂過李蓉臉上的髮，而後將手按在她後腦勺的髮絲之中，用力加深了這個吻。

裴文宣對於李蓉熟悉的程度，遠高於李蓉自己本身。

他愛李蓉，愛著李蓉的一切，並願意為之鑽研和付出，最後精於此道。

起初不過只是一個再單純不過的吻，而後便是手段百出，等到最後時，李蓉軟軟抱著裴文宣，整個人靠在他身上，裴文宣一手搭在窗邊，撐著自己的額頭，一手攬著坐在身上靠著他休息的人，手一下一下順著她背上的脊骨。

李蓉早已癱軟在他身上，他卻依舊一派朗月清風的君子模樣，在她耳邊輕聲發問：「要回去嗎？」

李蓉不說話，她抱著他，感覺這人雖問了話，卻沒有停手。

她也不想放開他，她是真的希望，和他一直、一直在一起。

她想讓他高興，想讓他安穩，想同他骨血不離的融在一起，想他擁抱她，想他一直這麼喜歡她。

她想要的這麼多，許久之後，她終於啞聲開口：「裴哥哥……」

裴文宣聽得她的稱呼，不免笑出聲來，他往前探了探身子，抬手抱住她，在她耳邊最後確認了一遍：「就在這兒嗎？」

李蓉用鼻音應了一聲，裴文宣親了親她的耳垂。

「好姑娘。」

說完之後，他將她輕輕放在墊子上，他抬手抽了旁邊的腰帶，覆上李蓉的眼睛。

李蓉只聽得周邊水聲，蟬鳴之聲。

滿天星河，千燈映水，小船浮在水面上搖搖晃晃，在夜色中為薄霧遮掩。

情到深處時，裴文宣將十指與她糾纏在一起。

他輕喚她的名字，有著與平時截然不同的狂浪，直至最後，隱約嗚咽出聲。

李蓉才終於明白，其實情欲二字，終究需得有情，才得喜樂人間。

第一百一十三章　和離

等一切結束時，已是半夜了。

裴文宣壓在她身上，李蓉累得睜不開眼睛，裴文宣緩了一會兒，低下來親了親她的額頭，柔聲道：「妳睡吧。」

李蓉用鼻音應了一聲，裴文宣為她穿好了衣衫，取了毯子，蓋到她身上。

而後他走到船頭去，用盆打了些水，用本是煮酒的小火爐煮著的水兌入盆裡，調成合適的溫度以後，重新又煮了一盆，將已經調好的水端回船艙，揉了帕子替李蓉擦過臉和其他出汗出得多的地方。

李蓉沒有睜眼，就感覺身上逐漸清爽起來。

她嗓子有些啞了，便不願開口說話，裴文宣酒足飯飽，雖然什麼都沒說，卻是心裡高興得很。

第二盆水是煮沸後又涼下來的，他取來給她擦洗，李蓉本想拒絕，就感覺裴文宣抬手輕輕搭在自己肩頭，安撫性的吻了吻之後，低啞著聲說了句：「無礙，妳好好睡。」

這樣是睡不著的，甚至更清醒了些，李蓉感覺臉紅的厲害，又不想示弱，就抬手用袖子遮了眼睛，似乎是在擋光。

等渾身乾淨利索後，裴文宣自己出了船艙，他似乎是用湖水清理了身上，就聽在外的水聲。

過了一會兒後，他便走了回來，他躺到她身側，替她拉好被子，而後將人攬到懷裡來，溫和道：「別著了涼。」說著，他將頭靠在她肩頭，便與她依偎在一起。

被子都是給了李蓉的，他就穿了一件單衫，好在船艙裡關了門窗，便很是暖和。

李蓉感覺他似乎是睡了，悄悄睜開眼睛，一睜眼就見他躺在她對面，帶著笑意溫柔注視著她。

李蓉臉上瞬間升騰起火熱來，卻還要故作淡定：「你看我做什麼？」

「本只是想瞧一會兒妳睡著的模樣，誰曾想妳就睜眼偷看我。」

「誰偷看你？」李蓉皺起眉來，有種被人抓包的尷尬氣惱，「我睡不著，睜個眼，也叫偷看？」

「好。」裴文宣抿唇輕笑，「不是偷看。殿下怎麼睡不著，同我說說？」

李蓉難言，她又怎麼能說自己是被他折騰清醒的？剛好身體裡又覺得有些異樣，她動作僵了僵，裴文宣便知道發生了什麼。

他克制著自己，什麼都沒做，只往前過去，溫柔地親了親她的額頭，用低啞的聲線安撫她：「一會兒他們就來接我們了，妳回去就能洗了。」

李蓉聽出他聲音裡的異樣，知道他是什麼都明白，一時也囂張不起來，紅著臉、悶著頭低低應了一聲，過了片刻，還是忍不住小聲埋怨：「怎麼弄進去了啊？」

「我的錯。」裴文宣果斷認錯。他聽她抱怨，也覺得心裡歡喜，他覺得自個兒好像是被李蓉放在了最適宜的溫泉裡，此刻無論李蓉同他說什麼，他都覺得極好。

兩人靜靜靠著，這樣安靜的場合，李蓉不一會兒又覺得睏了，她枕著裴文宣的手，靠在他胸口，裴文宣抬手像是在順貓兒的背一樣，一下一下輕輕安撫著她。

沒過一會兒，李蓉便睡了過去，也不知是過了多久，她隱約聽見旁邊水聲有了變化，似乎是有船在靠近。

李蓉輕輕抬了眼皮，裴文宣便察覺她的動作，他給她拉了拉被子，溫和道：「妳先睡，我去看看。」

說著，裴文宣便起了身來，披了外套站到船頭，看見他安排的人划著船到了邊上。那人正要開口說話，裴文宣抬起手放在唇上，往船艙方向看了看，小聲道：「夫人睡著了，你直接送到岸上去吧。」

那人笑著點頭，也不敢說話。

裴文宣回了船艙來，重新合上了小門，李蓉聽他坐到自己身邊，含糊不清詢問：「幾時了？」

「寅時。」裴文宣替她拂開臉上的髮，聲音很輕，似乎是怕擾了她：「妳睡這一路，回去洗個澡，也差不多該上朝了。」

李蓉低低應了一聲，裴文宣想了想：「要是身子不舒服，我去同陛下告了假就好。」

李蓉沒說話，她閉眼睡著。

裴文宣看著她，他見她眉頭緊鎖著，似是睡不安穩。

其實他知道，李蓉哪怕此刻不說，內心深處終究是不安的。

感情是他最大的軟肋，而他將這種軟肋毫不遮掩放在對手面前，李蓉害怕。

然而她不敢再說，她照顧著他的感受，於是將自己的擔憂都放在心裡。

裴文宣抬手摸著她的頭髮，想著她心裡是在想些什麼，許久之後，他嘆了一口氣，俯下身來，溫柔親了親她的額角：「別想了，好好睡，我都聽妳的。」

聽著裴文宣的話，李蓉便知是他的妥協，她緩慢睜了眼睛，抬眼看向他，帶了水霧的眼似乎是想說些安撫的話。

可她不會，也怕自己不小心又說錯了什麼傷人的言語，猶豫片刻後，她伸出手去，抓住了裴文宣的衣角。

「回去再來一次吧？」她低低出聲。

她所有想到能夠討好他的方式，都是實實在在的。

權勢、地位、金錢、欲望。

裴文宣聽著她的話，哭笑不得，他無言片刻，終於只能道：「先記帳吧，以後慢慢還。不過妳的心意……」裴文宣覆在她的髮上，放柔了聲音，「我知道了。」

其實確認她的心意，也讓她明白自己的想法之後，所謂方式，也就並不重要了。

終歸讓李蓉舒服的，才是最好的。

若一份感情讓她戰戰兢兢，再乾淨、努力，又有何用？

裴文宣坐在李蓉身邊，注視著李蓉的模樣，看她像貓兒一樣依偎在自己身側，在他的安撫下，緩慢睡去。

李蓉一路睡回了公主府，裴文宣替她用衣衫蓋著，從馬車到府邸，悄無聲息便將她抱了回去。

回了府中後，李蓉又賴了一會兒床，這才起身來，沐浴洗漱，而後跟著裴文宣上了朝。裴文宣臉上是白白淨淨的，但脖子上的抓痕卻是遮掩不住。他穿了官袍，在門口等著李蓉。等李蓉出來了，他冷著臉走到她面前，恭敬道：「殿下。」

李蓉看見他臉色不善，先是愣了愣，隨後就反應過來裴文宣這是演戲，她忙調整了神色，似是有些心虛上前，討好式的拉住他，「駙馬。」

裴文宣面色不動，同李蓉一起往外走去，兩人靠在一起，從旁人看來，裴文宣似乎十分冷漠，而李蓉面帶討好。

而在僅有兩人能聽到的距離範圍內，裴文宣語氣卻十分溫和：「有沒有不舒服？」

「又不是生孩子，」李蓉挽著他，笑著靠在他手臂上，「哪裡有這麼精細？而且，托裴大人耐心照顧，」李蓉一面說著，一面在他被袖子遮掩的手心用小指輕輕漫無目的地勾畫著，放軟了聲音，「比起上一世，好得很。」

歡愛一事，其愉悅的程度，最重要就在於男方的耐心。

上一世的第一次，李蓉其實也沒有傳說中那樣劇烈的疼痛，就在於裴文宣絕對的自持和忍耐。而如今裴文宣不僅有耐心，還積累了對於她的無數經驗，又克制得當，縱有不適，對於李蓉而言，也是可以忽略不計的。

裴文宣聽著她的誇讚，面上冰冷如霜，語調裡卻帶了幾分無奈：「別惹事。」

李蓉低頭輕笑，也不再招惹他。

兩人一路行到宮裡，下了馬車，李蓉想去拉裴文宣，裴文宣卻就將她的手一甩，直接走了進去。

這一幕被許多官員看到，李蓉面上露出幾分尷尬和羞惱，也不想站在原地，趕緊往前去。

對於朝廷而言，三月最重要的事無非兩件，科舉與人事調動。

相比於後者，科舉的分量，幾乎可以忽略不計。吏部說明了今年生源報名情況，便退了下去。

等到早朝結束，裴文宣剛剛走出大殿，李明便遣了人過來，恭敬道：「裴大人，陛下請您過去。」

裴文宣得了這話，恭敬行禮，便跟隨著太監一起去了御書房。

李蓉默不作聲看了一眼，便移開目光，轉身提步出了大殿。

她剛走出大殿，就看見蘇容卿在前方，他同幾個官員一起，手裡拿著笏板，正皺著眉頭同那些官員吩咐些什麼。

蘇容卿這個人，與人處事脾氣溫和，但實際在正事之上，卻是手段強硬，極為嚴苛。當初沒有注意，如今認真觀察，便發現如今的蘇容卿，比起她當年記憶裡那個清俊出塵的少年郎，早在眉宇之間多了幾分不當有的陰鷙。

李蓉站在他身後觀望他，蘇容卿本同其他官員一起拾階而下，卻隱約感知到李蓉的目光，於是他回過頭來，就看見李蓉站在大殿面前，目光冰涼地審視著他。

蘇容卿沒有說話，風輕輕吹來，吹得他的衣擺翻飛。他凝望著李蓉的目光，像是凝固了歲月，冷寂又綿長地踏過宮門，輕輕落在李蓉身上。

那一場對視短暫得好似無意識的走神，旁邊官員有些疑惑蘇容卿的止聲，不由得順著蘇容卿的目光看了過去，小心翼翼道：「蘇尚書？」

蘇容卿聽得呼喚，朝著李蓉遠遠行了個禮，便收回目光，轉頭領著身邊人一起下去，彷彿什麼事都沒發生過，繼續道：「此案之關鍵，在於……」

李蓉看著他遠走而去，許久後，嘲諷一笑，轉身離開。

裴文宣被太監領著進了御書房，李明正在練字。

裴文宣進來恭恭敬敬叩首行禮，一貫溫和的人，面上卻多了幾分冷峻。

李明不著痕跡抬頭看了他一眼，練著字道：「你這脖子上怎麼回事？哪裡抓來的？」

裴文宣冷著臉，克制著情緒道：「稟陛下，與公主打鬧玩笑，不慎抓傷。」

李明動作頓了頓，其實他昨晚上也聽到消息，說李蓉去遊船，還找了些長得好看的公子作陪。裴文宣提著劍去抓奸，還把李蓉給劫了。

這事畢竟都是暗處打聽來的事，他也不好直接就說，而看裴文宣的臉色，昨夜應當不是很愉快。

李明揣測著昨夜發生的一切，思索著李蓉和裴文宣這些舉動可能的意圖。

畢竟，他剛起了心思，這邊就吵起來，顯得有些太過刻意。可是昨夜畢竟也發生了這麼多事，小夫妻或許當真吵了架，也未可知。

他面上不動，假作什麼都不知道，緩慢道：「夫妻之間，要互相忍讓，平樂打小都是朕最寵的女兒，或許有些驕縱，你也不用放在心上。」

「是。」裴文宣跪在地上，直著身子，答得十分平穩。

「我找你過來，是同你商討吏部侍郎升遷一事。你這位置升得太快，升遷過去，怕是難以服眾，」李明一筆一劃落在紙上，似是漫不經心，「你可想好應對了？」

裴文宣聽到這話，面上表情終於緩了緩，他恭敬道：「謝陛下關心，微臣雖然資歷不夠深厚，但是吏部之中些個長輩，加上在御史臺中積累的人脈，陛下大可放心。」

李明觀察著裴文宣的表情，見他提到官職便是暗喜，他不動聲色，繼續道：「不過你為平樂駙馬，平樂如今在朝堂上得罪之人眾多，吏部中許多謝家的人，你遷過去，怕是有得苦果吃。要不這樣，」李明似是關心，「朕把你調到禮部去，免得受人責難，如何？」

裴文宣聽得這話，臉色便是一白。

吏部和禮部，就算同為侍郎，卻是截然不同的。一個清水文職，一個卻實實在在掌管著官員升遷。

裴文宣似是在努力克制自己情緒，李明從福來手邊接了茶，緩慢道：「你與平樂的感情深厚，她督查司也需要人幫忙。朕也想過了，不如你到禮部去，多些時間幫她，你看如何？」

裴文宣聽著李明的話，臉色極為難看，可他還是忍耐住，恭敬道：「微臣謝過陛下恩典。」

「行吧。」李明揮了揮手，「你下去吧。」

「微臣告退。」裴文宣說著，便起身來。

李明看著茶湯裡的茶葉，悠然用茶碗撥弄。

裴文宣僵著身子走出去，走了沒有幾步，裴文宣便頓住步子，似是猶豫了很久後，突然就轉過身來，「碰」一下跪在了地上，頗有些激動道：「陛下，微臣求陛下為微臣做主！」

李明手上一抖，茶湯灑了出來，他抬眼看向裴文宣，皺眉道：「你要做什麼主？」

「陛下……」裴文宣語調裡全是憤慨，看不讓人看到的地方，神情卻十分冷靜，他咬緊牙關，克制著情緒，「微臣欲與平樂殿下和離，還望陛下恩准！」

既然李明希望他退步，那他就退一大步。

李明不慌，他就逼著他慌。

第一百二十四章　反攻

裴文宣想得清楚，其實對於李明來說，他所做的一切，最終目的都是在試探。他在懷疑裴文宣的忠誠，而裴文宣如果是順著他的試探，李明要和離，他就和離，那無論如何，李明都是在懷疑著的。

且不如反客為主，反守為攻。

「你這是什麼意思？」李明皺起眉頭：「你要同平樂和離？朕的女兒哪裡不好，你竟要同她和離？」李明越說越怒，抬手拍到桌上，喝道：「裴文宣，你好大的膽子！」

裴文宣聽著李明的話，趕忙叩首：「陛下息怒，可文宣……文宣也是……」

裴文宣說著，他似乎是有些難堪，乾脆直起身子來，將官服一把拉扯開來，露出自己身上的痕跡。

肩頭幾乎是見骨的齒印、抓痕混雜在裴文宣身上，看得眾人倒吸了一口涼氣，李明不由得愣了愣：「這是？」

「陛下，」裴文宣面露悲憤，「這都是公主昨夜打的。」

李明聽到這話，一時有些尷尬了，他不由得順著裴文宣的話說了下去：「你們怎麼打起來了呢？還打得這樣嚴重。」說著，李明又想起來，「你沒打她吧？」

「殿下金枝玉葉，微臣不敢。」裴文宣聽著李明的話，臉色更冷。

李明知曉李蓉沒受委屈，放下心來：「怎麼回事，說說吧？」

「陛下，」裴文宣說著，先從自己袖中拿出了一張符紙，「此事還需得從這張符紙說起。昨夜殿下從宮中回來，微臣本去接她，結果到了宮門口後，殿下將符紙交給我，說我在外面怎能隨便書寫符咒，差點害她著了柔妃的道。」

聽到這話，李明皺起眉頭，但他沒有攔住裴文宣，只讓裴文宣繼續說下去：「微臣看過符紙之後，確信這並非微臣的手筆。」

「這不是你寫的？」

李明認真詢問了一遍，裴文宣搖頭，「陛下可以請大師過來鑒別，這不是微臣的筆跡。陛下應該知道，這符咒極為難求，微臣平日公務繁忙，哪裡來的時間做這種事？」

李明不說話，只讓人將符紙接了過來，低聲吩咐：「去驗。」說完之後，李明轉頭看向裴文宣：「符紙既然是假的，平樂為何說是真的？還說是你們一起去的寺廟？」

柔妃指控李蓉和裴文宣私下聯繫弘德法師，替李川撒謊，好讓他不要成婚，為此拿出了符紙作為證據，證明裴文宣聯絡過弘德法師。李蓉說明這張符紙雖然是真的，但是卻是在寺廟中所得，以此反駁弘德法師說謊。

可若這張符紙根本就是假的，李蓉為何不直接說是假的？還是說李蓉就是為了反駁而反駁，其實的確私下聯繫過弘德法師，為了李川推遲婚事？

李明心裡暗暗琢磨，裴文宣恭敬道：「陛下，您與其想，這符紙為何是假的，而公主承認了，何不猜想，弘德法師為何拿出一張我所寫的姻緣假符，來證明公主為了太子向弘德法師施壓？」

「姻緣符就算是我寫的，可它既證明不了公主和弘德法師見過，也證明不了公主向弘德法師求太子相關之事。這張符紙，公主認與不認，都證明不了什麼，而弘德為什麼要如此說？」

李明聽得這話，面上不動，心裡卻頓時反應過來。

姻緣假符根本證明不了什麼，弘德多此一舉，給出這張符做什麼？

「其實許多事，陛下心中早有定論，也不必多說。這一點，公主與微臣心裡都清楚。」

例如他懷疑李蓉和李川，其實早就是下意識確定李蓉會去幫李川在弘德法師面前說話，所以才會完全沒注意到這符咒出現得太過無理，而現下也根本沒有實質證據證明此事。

李蓉既然知道此事，那自然心慌，面對指控時下意識反駁所有證據，也是可能。

李明聽出裴文宣的意思，他雖然沒有直接解釋李蓉撒謊的原由，卻已讓李明猜出原因。

「從微臣被抬到吏部侍郎位置以來，微臣與公主便如履薄冰，處處小心，就怕什麼時候就做錯了什麼，被人抓到把柄。」

「世家不喜，太子憎怨，背後也不知道是誰，先用吏部侍郎這種位置將我與公主置於火烤，又以弘德法師陷害，現下再出假符咒一事，殿下與我雖然都不清楚弘德到底是何意，但他們必然是要做什麼。於是微臣心急之下，一時惱怒，便叱責了殿下冒昧，不知道的東西怎可胡說。」

「而殿下這些時日來，對微臣也早有不滿，因微臣出身寒門，又官途不暢，殿下在公主朝臣之中多受非議。微臣建議公主建督查司為陛下分憂，而今朝臣對殿下諸多不滿，太子與殿下也已離心，皇后更是厭惡於殿下。故而昨夜……殿下與微臣不免爭執。」

「殿下氣憤之下，驚言微臣卑賤，甚至不如那些南風館中伶人，於是帶了伶人花船夜遊，微臣情急之下劫持殿下，本欲好言相勸，卻別殿下痛毆打罵。陛下，」裴文宣直起身來，面帶悲憤，「微臣縱出身寒門，也是七尺男兒，就算殿下貴為公主，又怎可如此欺辱於微臣？微臣迎娶殿下，本也只是奉陛下之命，盡臣子之忠，殿下平日蠻橫驕縱、囂張無禮甚至心中暗許他人，這些事微臣都可一一忍耐。微臣自問，為夫為臣，未有半點逾越，可殿下還要花船夜遊，召數十……」裴文宣一時說不下去，他深吸一口氣，跪俯在地，恭敬道：「陛下，微臣自知有罪，辜負君恩浩澤，但還請陛下看在先父忠心侍奉半生、微臣一片忠心的份上，讓微臣與殿下和離吧……」

裴文宣聲音沙啞，近乎要哭出來：「微臣真的過不下去了……」

裴文宣一番陳詞，讓李明一時都說不出話來。

同為男子，裴文宣心中之屈辱，李明怎能不懂？

裴文宣就算是要做戲給他看，也犯不著讓李蓉去叫那麼多伶人……

李明心中細細思量著裴文宣的話，他心中不免有了另一番思量。

其實裴文宣的話倒是點醒了他，從吏部侍郎到如今的弘德法師，都是李蓉和裴文宣好似得了甜頭被他發現，所以他一直懷疑李蓉和裴文宣的忠誠。

可若換過來想呢？若吏部侍郎到弘德法師都是他人設計，那他們到底在設計什麼？如果之前不知道，如今這符文出來，還不知道嗎？一張根本證明不了李蓉和太子關係的符文，被他們拿出來騙了李蓉承認，最後再告知他是代表他們夫妻關係極好的姻緣符。吏部侍郎這事，目的在於讓他開始擔憂李蓉權勢；弘德法師的事，讓他擔憂李蓉和李川的關係，而符文之事，則是讓他擔心裴文宣和李蓉夫妻一心。

為何擔心夫妻一心？因為他內心深處已經在擔心李蓉權勢過大又與李川勾結，如今裴文宣和他夫妻一心，又怎麼了得？

這樣一想，那對方當真是步步攻心，且算計的不是李蓉和裴文宣，而是他！

李明內心波瀾四起，但他面上不變。

這畢竟是裴文宣一家之言，他不能盡信，於是他順著裴文宣的話道：「你這樣說，平樂的確太過驕縱。既然你有心和離，朕也不想強求。你先回去，朕這就擬旨，如何？」

聽到這話，裴文宣激動起來，恭敬道：「謝陛下！陛下聖明！」

李明看著裴文宣這暗暗高興的模樣，心中五味陳雜。李蓉畢竟還是他女兒，遭人這樣嫌棄，他心裡一時有些煩悶，他揮了揮手，淡道：「下去吧。」

裴文宣恭敬行禮之後，便退了下去。

等他走出御書房，小太監跟著他，送著他出去。

裴文宣冷著臉往外走，臨到出門，他低聲說了句：「讓陛下查弘德法師如何進宮。」

小太監沒說話，但明顯是聽到了。

送著裴文宣走出宮門之後，小太監趕緊折了回去。

裴文宣從御書房回官署時，蘇氏府中，青年公子一手握著書卷，一手執棋落子。他身旁跪著一個女子，對方跪拜的姿勢使用的是宮中的禮節，看似鎮定的模樣，眼中卻帶了幾分不安。

「娘娘說了，那張符咒是假的，被平樂殿下帶了出去，若他們拿去驗證怎麼辦？」那婢女有些慌張：「如今弘德也已經被提走，大人，若他亂說話，攀附的就是娘娘啊。」

「他沒有機會亂說話，讓娘娘放心。」青年公子落著棋，神色平靜。

婢女得了這話，便知道了對方的意思，她內心稍安，但還是道：「那符咒怎麼辦？」

「公主殿下既然已經認了，就算驗出是假的又如何呢？若他們告訴陛下公主說了謊，那公主為何說謊？陛下心中還是有疑，必然還是會去試探裴文宣與公主，而裴文宣不可能通過陛下的試探。」

「大人這麼肯定嗎？」那婢女皺起眉頭，「裴文宣答應和離並非不可能之事。」

「他不可能答應。」青年放下書卷，開始平穩收拾棋盤，聲音緩和：「他不敢、不會，也不想。」

「大人為何如此篤定？」

「人都有弱點。」青年將棋子一顆一顆撿進棋盒，「裴文宣這個人，你若想從政事上扳倒他並不容易，他慣來潔身自好，又善籠絡人心，才能手段都不缺，如今他又收復了裴家，得長輩愛護，如果直接動他，代價太大，也很難成功。」

「可他在意感情，也在意殿下。」青年垂下眼眸，遮住眼裡的情緒，「這就是他的軟肋，他不會為了權爭與殿下和離，只要他不和離，陛下的懷疑在，他就很難翻身。」

「若他就是答應和離了呢？」

侍女堅持發問，青年動作微微一頓，許久後，他皺起眉頭：「那他該死。」

「辜負殿下的人……」青年聲音很輕，輕得讓旁人根本無法聽見。他輕輕仰頭，看著初春蝴蝶落到庭院，他荒涼的眼裡帶了幾分嘲諷，「都該死。」

第一百一十五章　胡旋舞

裴文宣從宮裡剛出去，福來便將符文字跡對比的結果呈了上來。

「陛下，」福來恭敬道，「這符文上的字跡，的確是假的。」

李明將盤子上的符紙取過來，拿到手中觀望，福來在一旁靜靜等候著。

許久後，李明嘆了口氣：「福來，你知道做君王，最難的是什麼嗎？」

「陛下這話問得，」福來笑起來，「奴才哪裡懂這些？」

李明看著符紙，許久後，他將符紙往桌上一扔，站起身來：「那就是周邊所有人，都可能騙你。旁人想聽真話，便聽真話，朕想聽真話，得從一堆假話裡，去找真話。而最可怕的是，這件事所有人都知道。」

李明走出御書房，福來跟在他身後，兩人慢慢走在長廊上，李明緩慢出聲：「他們掌握你的弱點，控制你的情緒，你以為你能找到真話，其實那些所謂的真話，都是他們用真真假假所裹挾的假話。」

「你看這符紙，從強行把裴文宣升吏部侍郎，到弘德說平樂私交太子，這就是往朕心上扎，知道朕擔心什麼，他們就給朕看到什麼。這符紙這麼明顯的紕漏，朕都沒看出來，你說明明談太子和平樂的事，怎麼就和裴文宣扯上了關係？」

「陛下聖明，總能有所決斷。」

福來拍著馬屁，李明嗤笑了一聲，「聖明？我哪裡聖明？這符紙有問題，裴文宣難道又沒有問題？誰知道他說的，又是真是假呢？」

李明說著，他停下步子，看著庭院裡的花草。

三月了，天氣也開始回暖，庭院中的花草綻出勃勃生機。

他覺得有些疲憊，不由得道：「福來，你覺得，他們誰說的是真話呢？」

「陛下為難老奴了。」

「說吧。」李明漫不經心道，「就當閒聊，說錯也無妨。」

「奴才覺得……其實這世上，不管什麼事，都萬變不離其宗。」福來似乎是一個字一個字的思考，「人總不會平白無故，廢老大的功夫……您看，這樁樁件件的，要是柔妃娘娘說的是真話，裴大人主動去搶吏部侍郎、公主私下讓弘德法師推遲太子婚事，承認她與裴大人的姻緣符，這圖的是什麼呢？要是裴大人說的是真話，吏部侍郎是有人算計他和殿下，而後弘德法師誣陷他和殿下，又有人用符紙離間陛下和他們，那這背後的人，圖的又什麼呢？」

李明聽著福來的話，沒有出聲。

他反覆想著所有人的意圖，沒有一會兒，他覺得有些頭疼起來，不由自主抬起手，揉起了額頭：「罷了，也不想了。」

「外面風大，陛下還是回去休息吧。」福來走上前去，扶住李明。

李明由他攙扶著，一面往回走，一面也有些無奈開口：「朕老了，身子骨不行了。」

「陛下只是有些累了而已。」福來緩慢道：「休息休息，就會好的。奴才這就讓太醫過來調養一二，您不必擔心。」

「嗯。」李明由福來攙扶著，走進了屋中。

福來看了他一眼，緩慢道：「陛下，駙馬和平樂殿下和離之事，現在要擬旨嗎？」

李明聽著福來的話，頭疼得有些厲害。

「先放著。」他擺了擺手。

福來扶著李明躺到床上，低聲道：「那弘德法師進宮之事，需查嗎？」

李明沒說話，福來伸手去替李明揉著腦袋，放緩了語調：「柔妃娘娘性情溫和，慣來都是以陛下的吩咐為准，如今主動帶著弘德法師進宮，背後怕是有小人挑撥，奴才擔心……」

「你去查吧。」

李明不想聽這些，卻也知道這事耽擱不得，多耽擱一刻，事情就更難搞清一些。

他擺了擺手，轉過身去：「將太醫叫過來給我行針。」

福來應聲，朝著旁邊小太監使了個眼神，小太監便走了出去。

李明頭一疼，宮裡就人仰馬翻，這時候裴文宣也差不多回了公主府，問了李蓉的去處，才得知她在睡覺。

昨夜折騰了一宿，她大約也是累了，裴文宣想了想，讓人清了內院的人之後，便去了書房。

等進了內院，他便直接回了臥室，童業不由得有些好奇：「公子不是要去書房嗎？」

裴文宣用看傻子的眼神看他一眼：「外院人多口雜，我與殿下還在鬧矛盾，別讓人知道我去看殿下了。」

童業有些反應不過來，但裴文宣還是逐他：「去書房門口守著，誰來了都說我在書房。」

童業愣愣點頭，便看裴文宣自己進了臥室，關上大門。

他緩了片刻，才想起自己該幹什麼，轉頭去了書房門口守著。

李蓉昨夜累得太過，睏得不行，躺在床上睡著，裴文宣進來了也不知道。

裴文宣輕輕關上門，脫了官服，控制著水聲洗過手。

李蓉聽見水聲，終於睜開眼睛，隱約就見到一個青年的背影，她含糊著叫了一聲：「文宣？」

那一聲好似呢喃，裴文宣頓時便想起昨夜來。

他將手放在水裡，閉眼緩了片刻，同時應了一聲：「妳先睡，我回來了。」

李蓉還有些睏，但她記掛著宮裡的事，便乾脆趴在床上，一隻手垂在床邊，閉著眼含糊著問：「父皇同你怎麼說？」

裴文宣洗乾淨手，到她身邊來。

李蓉沒有睜眼，就感覺自己整個人都被他抱起來往裡挪了挪。

裴文宣掀了被窩進去，一進去李蓉的手就勾了過來，掛在他脖子上，貓兒一樣靠在他的胸口，嘟囔著道：「他是不是要咱們和離？」

「沒說。」裴文宣懷裡是溫香軟玉，讓他愛不釋手，又有些煎熬。他目光落在牆上，漫無目的順著李蓉的背，好似安撫一個孩子，緩慢道，「是我主動提的，我告妳一狀。」裴文宣笑起來，他低頭用鼻尖蹭了蹭李蓉的鼻子：「我有小貓抓我、咬我，我不要這貓了。」

李蓉聽他的話，被他逗得笑起來：「行行行，我給您道歉，不過你不也捆了我嗎？」

裴文宣笑而不語，李蓉在他懷裡待了片刻，才想起後續來：「然後呢？」

「然後我告了柔妃一狀，說她用符紙騙妳，提醒陛下，他可能被人利用。接著陛下說會下詔讓我們和離，我就回來了。」

「你反告了柔妃？」李蓉笑起來，「父皇一向偏袒她，怕是沒多大作用。」

「如果只說柔妃陷害妳，當然不會有多大作用，妳們本是政敵，陛下要做的不過是平衡，不讓妳們做得太過。」

裴文宣說著，有些按捺不住，乾脆翻身壓到李蓉身上，手如撫琴，音似擊玉，溫雅中帶了些許風流，緩慢道：「可若讓陛下覺得，是有人利用了柔妃，要打擊他的真正目的，那他就容不得了。」

「他的目的？」李蓉閉著眼，音調有些發顫。

裴文宣知道李蓉一時想不起來，便提醒了她：「陛下所做的一切，不過都是為了擴大自己的權力，他最大的對手，其實就是這些世家宗親。他立肅王，捧柔妃，是為了這個；而今立督查司，用我，也是為了這個。陛下在意我的升遷，妳與太子勾結，又或者是妳我的感情，其實都是害怕，我們實際上是世家棋子。可柔妃他就不怕了嗎？」

裴文宣的呼吸噴塗在李蓉肌膚上，李蓉聽著他平靜談論著政事，她不由得抓緊了床單，讓自己盡量冷靜。

這彷彿是一場兩人之間的抗衡，端看誰想輸，李蓉不想輸在這種地方。

於是一個遊走婉轉，似乎是在尋找一個機會時刻等著進攻。

而另一個嚴防死守、巍然不動，就看對方如何手段百出。

「所以你的意思是……」李蓉思索著，控制著語調，「是想讓陛下察覺，柔妃對我的敵意，被世家所利用。柔妃成了世家的傀儡？」

李蓉說著，緊閉上眼睛：「光靠你這一告，怕是告不了。」

「無妨。」裴文宣輕笑，「下棋的時候，棋子總是一顆一顆落的。」

說著，裴文宣將手穿過她的背，將她整個人稍稍懸空抱起，然後澈底的吻了下去。

這一吻和之前不同，像是熱身許久後終於進入正題。

驟然而來的失重感讓李蓉下意識緊張，而後與其他所有感覺混雜。

裴文宣輕輕啃咬她的唇，似是在教育她：「妳當真以為，他在暗處算計了我，還真當我算計不了他？」

他沒說出那個「他」具體指的是誰，可李蓉卻從這略帶強勢的動作裡察覺到他所指的那個人應當是誰。

李蓉不由得笑起來：「上輩子就輸了，你還不服氣？」

聽得這話，裴文宣將李蓉翻過身，壓著她趴在床上。

「還敢說？」他輕笑，「要不是顧著妳，他早死千百次了。」

「大話誰不會說呀？」李蓉笑咪咪激他，「裴大人，總得有點成績才是？」

裴文宣得了這話，嗤笑出聲，他知她是玩笑，卻還是認了真。

他捏了一把她的下巴：「等著瞧。」

李蓉見他孩子氣，忍不住笑出聲來，裴文宣聽她的笑聲有些惱了，但他面上不顯，只讓她笑不出來。

不過片刻，李蓉便真的笑不出來了。

過了許久後，李蓉有些克制不住，啞著聲道：「還不來嗎？」

「妳再休息兩日。」裴文宣低頭吻了吻她：「不然會疼的。」

李蓉沒說話，她忍耐了一會兒，終於有些熬不住了，她忍不住搥了一下床板，低喝出聲：「不行就滾下去！」

裴文宣動作僵了僵，片刻後，他深吸一口氣，起身把床簾放了下來。

「那我檢查一下，」床帳裡的人沙啞著聲道，「看看妳行不行。」

李蓉：「……」

她不想說話，面無表情看著衣衫鬆鬆垮垮，跪在床頭說要給她認真檢查的裴文宣。

「本宮就警告你一次。」她神色極冷：「要是你告訴我不行，我就把你踹下去踩著你的臉跳胡旋舞。」

裴文宣聽得這話，抬頭笑了笑。

仔細確認過後，他終於確定，李蓉好得差不多了。

昨夜本也照顧，並沒有什麼傷，起來後又上了藥，現在休養得極好。

「夫人想跳胡旋舞，早當同為夫說，我為妳準備衣服。」裴文宣沒有放下李蓉的裙子，他拉著裙子便俯身過去，「妳想在哪兒跳都行。」

「臉上也行，身上也行，心裡也行。」

第一百一十六章　布局

一場翻雲覆雨酣暢淋漓而去，兩人都躺在床上喘息著沒動，裴文宣想去抱她，李蓉有些嫌棄推了他道：「有汗。」

裴文宣笑了笑，便沒動作，李蓉反應過來，又覺得自己態度是不是太過強硬，於是側過身來，將頭輕輕抵靠在裴文宣肩頭。

裴文宣抬手枕在腦後，問了她一句：「疼麼？」

「沒。」李蓉閉眼休息，只是她身上黏膩，想睡又掛著，起身又覺得懶乏。

裴文宣見她睡不安穩，便知原由，披衣起身出去，讓人打了水回來，替她擦乾淨身子。李蓉懶洋洋受了他的侍奉，終於心滿意足睡了。

兩人睡了一個下午，等醒來之後，兩人沒等來和離的詔書，李蓉忍不住用手肘戳了戳裴文宣：「父皇現在還不下令，你不是騙我吧？」

「我拿這事騙妳做什麼？」裴文宣笑了一聲，他想了想：「他大約，是有其他考量了吧。」

「那我們需做些什麼？」

裴文宣沒說話，他靜默著想了片刻，緩慢道：「我先讓人去偽造一份弘德的口供，妳等一會兒去督查司，見一次弘德，去之後妳把人都譴開，只留下妳一個人和弘德在裡面，等出來時候就拿著口供出來，就說口供拿到了。口供拿回來後，妳回來就寫一封摺子，將口供和摺子放在一起，一道呈上去。」

「可偽造的口供始終是假的，」李蓉皺起眉頭，「就算呈上去了，一驗就知道了。」

「這妳不用擔心，」裴文宣笑起來，「我自有安排。妳只需要做一件事。」

「什麼？」

「就是絕對相信，這份口供，就是真的。」

李蓉想了想，遲疑片刻，點了點頭。

她雖然不知道裴文宣是如何打算，但是她願意相信他一次。

以她的經驗，他們兩人幹事，必須有一個人領頭，要是各自想著各自的法子，這事得砸。

裴文宣見李蓉這麼輕易就應下來，不由得有些高興：「殿下不多問幾句嗎？」

「你自有打算。」

李蓉擺了擺手，裴文宣聽李蓉說這話，低頭親了她一口：「真乖。」說著，裴文宣便起身去穿衣服，一面穿一面道：「事不宜遲，我這就去安排，殿下妳先休息一會兒，等拿到口供我便來找妳。」

「嗯。」李蓉點點頭。

裴文宣穿上衣服，見她趴在床上發呆，也不知是想什麼，忍不住又囑咐：「妳別光顧著在床上睡，趕緊起來吃飯。」

「知道了。」李蓉懶洋洋應聲，覺得這男人婆媽。

「還有，最近別喝寒涼的東西，更莫要接近孕婦不宜接近的東西，雖然機率不大，但也以防萬一。」

「你也太看得起你自己了。」李蓉嗤笑，「你還能一次就中？」

裴文宣被她嘲笑，倒也有幾分不好意思，抓了外套在手上，走到床邊，低頭親了親趴在床上的李蓉，溫和道：「我先走了。」

李蓉被他那久要走不走搞得有些煩躁，但還是按捺住性子：「嗯。」

裴文宣起身走出門去，到了門口，感覺到有幾分寒意，他忍不住又回了頭：「妳出門多加件衣裳，現下變……」

「滾！」李蓉終於克制不住，不耐出聲。

裴文宣聽她的聲音，也知道她約是煩了，想想也覺得自己多事，便也不再拖延，便轉身離開。

弘德給許多人畫符寫咒，他的字倒也不難拿到，找了一個專門仿字的師父仿了一份，雖然根本經不起檢驗，但一樣看上去也還差不多。

等到夜裡，裴文宣便拿了一份口供回來，他交給李蓉，李蓉將那口供掃了一眼，發現弘德整個供述，竟然是蘇容卿親自上護國寺以權勢逼他欺騙柔妃，做偽證陷害李蓉和裴文宣。這一份口供，倒是把柔妃摘了個乾乾淨淨，這樣一來，李明也更好下手。

李蓉靜靜看著口供，裴文宣見她不言，眼神便冷了幾分，但他面上笑容還是如春風一般和煦，看不出半點陰霾，只輕聲道：「若殿下覺得不妥，那微臣再重新換一份殿下覺得妥當的口供？」

李蓉動作頓了頓，片刻後，她輕輕搖頭：「不，並無不妥。」她將口供放到了袖間，再次詢問：「可還有其他需要叮囑的？」

「沒有了，一切都安排好了。」裴文宣輕笑，「早去早回就是。」

李蓉點點頭，便起身出門，她趕到督查司，將弘德提了出來。

幾日牢獄之災，弘德早已沒有了之前高僧模樣，看上去憔悴可憐。見到李蓉，他便趕緊跪了下來，磕著頭道：「殿下，我也是受人蠱惑啊！殿下，求求您放過草民吧。」

李蓉讓所有人退了下去，自己坐在椅子上，她神色平靜，輕輕搖著扇子道：「你說有人蠱惑你，那是誰蠱惑你呢？」

弘德聽到這話，不由得愣了愣，李蓉親自給他倒了茶，安撫道：「來，慢慢說。」

弘德沉默下來，許久後，他緩慢道：「草民……草民也不知道。」

「你說有人蠱惑你，你卻說你不知道？」李蓉笑起來，「你當我傻呢？」

「不是的，殿下，」弘德趕緊道，「是草民的確不知。草民只知道，那天晚上有一個公子來了護國寺，將草民召了回來，那公子是誰，草民根本不清楚，草民連他侍衛的臉都沒有見到。但他綁了草民的兒子，所以草民也沒有辦法啊。」

「你還有兒子？」李蓉有些詫異，隨後她就反應過來，以弘德這性子，在外漂泊了這麼多年，養了個女人、生個兒子，倒也不奇怪。

只是這事她都不知道，可對方卻知道。

不過想想也是，當年許多事，其實都是他經手，細節之上，他比她知道得多，也正常。只是這麼一想，便覺得有種難言的噁心和疼痛一起翻滾而上，李蓉垂下眼眸，撫摸著手上的小金扇，緩慢詢問：「然後呢？」

「他就把草民綁起來，放到馬車裡，告訴我說要將您想推辭太子大婚時間的事捅出去，草民……草民也算不上說假話吧？」

「你這就是假話。」李蓉冷眼看他：「我可從未幹過這種事。」

弘德呆了呆，趕緊道：「是是是，殿下從未讓人找過草民。不管如何，殿下，此事草民真的是沒有辦法，還望殿下大人大量，饒恕草民吧。」

「我大人大量，可以，」李蓉點頭，「如果你願意按我說的話去做。」

弘德抬眼看李蓉，李蓉笑了笑：「指認蘇容卿讓你幹的這些。」

「蘇容卿？」弘德反應過來，「蘇家的二公子？」

李蓉點頭，弘德笑起來：「殿下，您這和讓我去死有什麼區別呢？」

「那你是不願意囉？」

弘德不說話，李蓉也明白。弘德聽蘇容卿的，那是因為他兒子在他手裡。如今她沒有什麼可以脅迫他，只有他一條命，以他的身分，指認蘇容卿，蘇家是饒不了他的。既然都是死，他大約也不想惹事。畢竟，孩子到底在誰手裡，他也不知道。

李蓉看著弘德毫無畏懼，她輕輕一笑，乾脆坐著和弘德閒散聊起來。

弘德小心翼翼回著李蓉的話，他這些年伺候的達官貴人多，倒和李蓉說了一會兒。

李蓉對他知根知底，尤其是他做的那些髒事，弘德這個人，倒沒有真心想要害誰，他單純只是喜歡錢，為了騙錢，撒謊無數。

李蓉詢問著他如何騙人，一臉恭敬，弘德也自知自己或許命不久矣，李蓉也是知道他底細的，便炫耀起來。

李蓉細細聽完他的過往，不由得皺起眉頭：「你騙這麼多人，害了這麼多人，你不愧疚嗎？」

弘德喝茶的動作頓了頓，片刻後，他突然笑起來：「那殿下，您不愧疚嗎？」

「我愧疚什麼？」

李蓉皺起眉頭，弘德喝了口茶：「我後來當了僧人，有了錢，讀了許多書，便知道了一句話，衣食足而知榮辱。這世上我這樣的人可不少，尤其是賤民之中，我還算好的了。」

「您沒見過那些為了二兩殺人的，」弘德嘲諷一笑，「那才叫傷天害理。妳說我這樣的人，若就偶然有那麼一個、兩個，可以說是我們天生為惡，可若多……這世上就這麼多的壞人嗎？」

「你們總問我們為何作惡，怎麼不問問自己，為何為善呢？」

李蓉聽這些話，神色不動。若是放在年少，她大約會嗤之以鼻，覺得好人即便於淤泥也是好人，壞人始終是壞人。然而如今她卻不這麼想了，出淤泥而不染，那是聖人，但這世間有多少聖人？

她也沒有多說，看了看外面天色，見天色已晚，她便站起來，吩咐人給他留了茶水後，便走了出去。

出門回了公主府後，裴文宣不在屋裡，李蓉不由得有些奇怪，看著在床上鋪床的靜蘭，轉頭問向給她洗著腳的靜梅：「駙馬呢？」

「駙馬搬出內院。」靜梅抬起頭來，頗有些憂慮道：「他說原因您懂，奴婢也不敢多問，殿下，你們又鬧矛盾了？」

這公主府裡駙馬和公主的矛盾三天兩頭一次，他們下人都乏了。

李蓉想了想，便明白裴文宣的意思。裴文宣既然和李明請求和離，就算李明現在不下詔書，他也得裝裝樣子。公主府裡不知道有多少線人，內院都是他們親信還能保證，可若他們兩人一直好好的，傳了出去，難保又讓李明疑心。

於是李蓉點點頭，也不多說，晚上一字一句斟酌著寫了摺子，將摺子和口供一起放好，等到第二日清晨裴文宣和李蓉見了面，裴文宣冷著臉，李蓉揚著笑，等並肩走出去時，裴文宣低聲道：「摺子寫好了嗎？」

「好了。」李蓉應聲：「放心吧。」

李蓉當天便將摺子遞交給上去。

按照流程，除非特殊情況，一般摺子都是經由奏事廳，由奏事廳的官員批閱，根據輕重緩急類型不同，分開整理交給皇帝審批。

李蓉的摺子進了奏事廳，她沒有標「加急」的紅字，於是就要和普通摺子一起等著這些官員審批。

李蓉等待的時光裡，裴文宣就和李蓉分著住。

裴文宣住外院，李蓉住裡院，除了早晨一起去早朝偽裝一下還是夫妻，好似真的已經吵翻了臉一般。

這消息傳到了李明耳裡，李明聽著不說話，好久後，他嘆了一口氣，只道：「隨他們吧。」

福來聽著李明的口氣，小心翼翼詢問：「那陛下之前說的詔書？」

「再看吧。」李明思忖著，「好女不二嫁，能不拆一門婚，也不必……」說著，李明想了想：「再看看吧。」

李明知道消息，心裡的擔憂放心不少，但苦了李蓉和裴文宣。

兩人剛剛新婚燕爾，上輩子也就快樂不到一年，這輩子好不容易彌補回來，又生生卡在這裡，於是兩人夜裡都是輾轉難眠，唯獨馬車裡能有一點獨處時間，又怕點了火滅不了更麻煩，於是只能是一路一邊喝水一邊說著正事。

煎熬了兩天，李蓉終於稍稍習慣了些，她一個人吃了晚飯，百無聊賴回了房，只是剛推了房門，就被人一把按住嘴，壓在了門上。

李蓉聞見裴文宣慣用的香味，不需要抬頭，她就知道來人。

她不知道怎麼，心跳就快了幾分，忍不住咽了咽口水。

她猜想，裴文宣大概是忍不住來找她了。

她不知道這時候是該矜持一點比較好，還是激動一點比較配合，又或者該訓責他，不應該為了這種事冒風險。

她正猶豫著，就聽見裴文宣壓低了聲，急道：「妳在奏事廳的摺子讓人拿走了，妳趁著他們沒反應過來，趕快入宮。」

「開局了。」

第一百一十七章 燒廳

李蓉：「……」

她沒想到裴文宣是說這個，有點尷尬了。

但好在這所有尷尬都只在她腦海裡演戲，她面上沉穩不動，點頭道：「我這就過去。」

「還有，」裴文宣小聲道，「如果陛下開始追究，妳就讓弘德進宮和蘇容卿對峙。」

李蓉點點頭，應下聲來，便趕緊入宮去。

之前她或許還不清楚裴文宣在做什麼，但如今蘇容卿的人把摺子一拿，李蓉便知道裴文宣的意圖了。

口供的確是假的，不去驗，其他人就不知道，奏事廳這麼多人，以蘇容卿的手腕，安排幾個人在中間也實屬正常，看見她帶著證據指名道姓的參奏蘇容卿，自然會將口供拿走。

如果口供是真的，他們這樣做當然好，就說摺子不見了，頂多是看守的人丟個官，或者是遭一下訓斥，而蘇容卿就可安然無恙。

可問題就是，口供本身就是假的。他們這麼一拿，蘇容卿就永遠說不清楚了，這裡就永遠有一份丟了的弘德口供。哪怕蘇容卿的人把摺子悄無聲息還回來，她也可以咬死說口供被調走。

這個計畫裡唯一的缺陷，就是弘德本人可能不會承認這份口供，所以現下她要做的，就是立刻入宮，把摺子的事捅出來，然後宣弘德入宮作證——逼著蘇容卿殺了弘德。

李蓉抬眼，目光有些冷。

弘德一死，口供全消，可是在李明心裡，這就註定成了鐵案。裴文宣這一次，等於是用一份假口供，給蘇容卿實實在在套了一個真罪名。

扣押奏事廳的摺子，暗中唆使柔妃揣摩帝王心計給她和裴文宣下套，最重要的是做這一切卻不被皇帝所知，樁樁件件，都是直指李明最忌諱的事情，在李明手心上的權力裡奪食。

裴文宣這一招，不可謂不高。

李蓉思索著到了宮中，讓人通報了李明。此時尚是入夜不久，李明在還在御書房批著摺子，聽到李蓉來見，他不由得皺起眉頭：「這麼大半夜的，她來做什麼？」

李蓉自然是有準備的。

這麼大半夜來宮裡，如果直接是談正事，那必然顯得有些過於刻意。於是李蓉在門口醞釀了一會兒，等進去之後，李明就看著李蓉紅著眼，似乎是受了天大的委屈，李明動作頓了頓，不由得道：「妳這是怎麼了？」

「父皇……」李蓉抽泣著，「您幫兒臣管管駙馬吧，他、他太過分了！」

李明動作頓了頓，便知了李蓉的來意，他猶豫了片刻，緩慢道：「怎的了？」

「父皇，」李蓉放下袖子，頗為哀怨，「前些時日，駙馬與兒臣爭執，之後他就不理我了，他說要同我和離，還說父皇您下詔了，可我就不信了，哪兒逼著自己女兒和離的父親？

我同他和離了，我日後嫁誰去？要像姑姑一樣養這麼多面首供人恥笑嗎？」

「妳既然不想和離，」李明聽李蓉說話，不免有些心虛，面上故作鎮定怪罪她，「那妳叫南風館的人遊湖做什麼？」

聽到這話，李蓉似乎是沒想到李明知道這事，面上露出幾分尷尬：「我……我不是想氣氣他嗎？」

李明冷哼了一聲，懶得理她。

李蓉討好笑起來，撒嬌道：「父皇，兒臣知錯了，您去勸勸他吧，他老和我這麼僵著，還睡到外院去，這算怎麼回事？您現在就下令，讓他回來。」

「胡鬧。」李明將摺子扔在一邊，「朕讓妳當督查司主，妳一天天就想著這些男女情愛的事，正事不做，長腦子沒？」

「父皇你可冤枉我了。」李蓉一聽這話，趕緊直起身來，「兒臣和駙馬吵架，可沒耽誤正事。這事我還得說父皇呢，我摺子遞上去好幾天了，您都不給回覆，」李蓉說著，往前探了探身子，「父皇是什麼打算啊？」

「什麼摺子？」李明皺起眉頭。

李蓉眨了眨眼，頗有些奇怪道，「就是弘德招供的摺子呀，我送進去好幾天了，人證、物證我都給您送了，要不要辦蘇容卿，就是您一句話得主意。」

「蘇容卿？」李明詫異出聲，「弘德和蘇容卿什麼關係？」

「就……」李蓉正要開口，隨後想起什麼來，不耐擺手，「您把摺子一看就是了，還要我複述？不過這也不重要，今夜我是來說家事的，父皇，裴文宣一向聽你的話，你就……」

「妳先別扯這些。」李明嚴肅道，「事情涉及蘇容卿？」

李蓉彷彿聽不明白李明為何這麼嚴肅，茫然點頭：「是，弘德說是蘇容卿找他，讓他進宮同柔妃胡說八道那些話……」

「福來！」李明抬起頭來，立刻叫了旁邊人：「立刻去奏事廳，將公主的摺子拿過來！朕要立刻審閱。」

福來得了這話，便恭敬行禮，轉身走了出去。

與此同時，蘇府之中，蘇容卿拿著弘德的口供和李蓉的奏摺，聽著跪在地上的官員恭敬道：「大人，如果這一封摺子上去，公子怕是難逃罪責，如今正是尚書之位考核之際，卑職怕生事端，就偷偷將摺子先取了出來……」

「輸了。」蘇容卿突然開口，打斷那官員的話。

那官員愣了愣，抬眼看向坐在上方的蘇容卿。

蘇容卿神色平靜，夾起口供，只道：「這口供是假的。」

官員愣在原地，蘇容卿緩慢道：「殿下故意拿了這份假口供，就是等你偷出來。現下若我沒猜錯，殿下應當已經主動進宮了。陛下此刻一定已經在調摺子去看，你趕緊回去吧。」

「那我即刻將摺子帶回去。」

官員立刻起身，蘇容卿叫住他：「不必了。」

官員有些茫然，蘇容卿低頭喝著茶，平淡道：「帶回去，公主一定會咬死口供被換，等細查起來，就會查到你頭上，無濟於事，而且你的位置也丟了。」

「那……那怎麼辦？」官員慌亂起來。

蘇容卿又喝了口茶，緩慢道：「把東西留給我，你假裝什麼都不知道，現下是你當值嗎？」

「不……不是。」

官員不明白蘇容卿要做什麼，蘇容卿只道，「那回去睡吧，回去時候小心些，就當沒來過。」

官員吶吶點頭，雖然心中一片慌亂，但是蘇容卿鎮定如斯，他也不敢多問。

等官員走後，蘇容卿抬手將口供放到燭火上，火舌舔過紙頁，讓紙頁受熱捲起來。

蘇容卿盯著火舌舔燒的模樣，淡然吩咐：「讓一個雜役偷偷進去，把奏事廳燒了。火起來以後別讓他出來，就留在裡面吧。」

「公子。」辦事的人有些猶豫，「直接燒奏事廳，是不是太過膽大妄為了？」

「何止膽大妄為？」蘇容卿輕笑，「簡直是膽大包天。」

「那公子……」

「先做。」蘇容卿聲音平淡，「做就是了。做完了就等著，該來的，早晚會來。」

他說著，將燒了一半的口供扔進火盆，而後他回過頭，看著頁面上鋪陳的奏摺。

奏摺是李蓉寫的，龍飛鳳舞寫著他的罪狀，蘇容卿靜靜注視片刻，隨後低笑了一聲，抬手撫摸上李蓉寫的「蘇容卿」三個字，久久無聲。

李蓉和李明在御書房裡等了一會兒，李蓉同他閒聊著裴文宣，李明有一搭沒一搭的應著，明顯是敷衍著李蓉。

等了許久之後，福來急急走回來，他一入門，就跪在了地上，急道：「陛下，不好了，奏事廳被燒了。」

「燒了？」李明震驚的站了起來：「你再說一遍，哪裡燒了？」

「奏事廳。」福來重複了一遍，「現下還在救火，但奴才去的路上就已經燒起來了，聽說還有不少官員困在裡面，現下還在救人。」

「怎麼會燒起來？」李蓉極快發問，李明也是緊皺起眉頭。

福來搖頭，「起火原由不明，還得等追查結果。」

李明不說話，他似乎有些煩惱，李蓉猶豫了片刻，起身道：「父皇，要不兒臣過去看看吧，燒了屋子是小，屋子裡的人和摺子才是最重要的。」

「不必了。」李明緩聲道，「妳先回去吧，朕親自過去。」

說著，李明便站起身來，在李蓉恭送下離開。

李蓉送走李明，起身出了宮。

剛回屋中，還未點燈，就聽一個人的聲音在夜裡悠悠響起：「如何了？」

李蓉被這聲音嚇了一跳，隨後反應過來，是裴文宣還沒回去。她自己摸索著過去點了燈，就看見裴文宣躺在床上，一手撐著頭，一手放在曲著的膝蓋上，胸有成竹看著她：「陛下可找蘇容卿麻煩了？」

「找麻煩？」李蓉嗤笑出聲，她將外套脫下來，扔到屏風上，「蘇容卿一把火把奏事廳給燒了，你說他哪裡去找蘇容卿的麻煩？」

「燒奏事廳？」裴文宣挑眉，「膽子夠大啊。」

「正是因為夠大，我看你得早做準備。」李蓉坐到床邊，有些憂慮皺起眉來，「他是個聰明人，沒有計劃，不可能貿然做這種事。我剛去告狀，父皇提我的摺子，他就把奏事廳燒了，這太過明顯，他應當沒有這麼傻。」

「擔心我？」裴文宣笑著看李蓉，沒有半點慌張。

李蓉抬眼看他，「你實話同我說。」

裴文宣有些疑惑：「嗯？」

「你現在是不是故作鎮定，心裡很慌？」

裴文宣：「……」

「妳從哪兒看出來的？」裴文宣皺起眉頭。

李蓉盯著他，「你知道他要做什麼？」

「他要做什麼，倒也不難猜，不過也不重要。重要的是，」裴文宣笑著將目光看向她的臉，驟然伸手，將她一把就拉了進去，「微臣等了這麼久，我不做點什麼，也太可惜。」

「至於他麼……」裴文宣咬著衣帶拉扯開，含糊著道，「殿下別想，我來想就是。」

第一百一十八章　幸會

裴文宣和李蓉胡鬧到了半夜，他便又翻了窗戶，偷偷離開。

李蓉本想挽留他，他笑了笑，只道：「今夜我還有要事，妳的權杖給我一下，我得再去見一次弘德。」

「你要做什麼？」李蓉皺起眉頭。

裴文宣探出手去，「妳給我就是了。」

李蓉猶豫了片刻，最終還是將權杖交到了裴文宣手中。

既然兩個人已經在一起，便當心無芥蒂，互相信任。她不想在這份感情之處，就去破壞它的基石。

裴文宣拿了李蓉的權杖，親了親她，就風風火火離開。

李蓉躺在床上，閉眼應了一聲，等過了許久，她有些自厭抬手遮住了自己眼睛。

她對一個人的信任，到此終究是極致了。

奏事廳走水一事驚了整個朝廷，等第二日早朝時眾人議論紛紛，都在談論著這一次走水到底是怎麼回事。

等到早朝時，大家都在等著李明說一個結果，畢竟李明昨夜親臨火場督查，這麼大的事，應當會有一些消息。

然而李明從頭到尾都沒提這件事，等到早朝結束，他才輕描淡寫說了聲：「昨夜奏事廳失火，許多摺子不見了，你們自己上交了摺子的，去奏事廳官員那裡登記一下，若是被火燒了的，就重新補一份，沒燒到就算了。」說著，李明抬頭掃了一眼眾人，似是有些疲憊：「你們可還有其他事？」

朝堂上沒有一個人答話，李明擺了擺手：「那就退朝吧。」

李明說著，便站起身來，福來上前扶住他，他似乎是有些疲憊，走下樓梯時，都顯得有些勉強。

離開後不久，一個小太監便到了蘇容卿面前，恭敬道：「蘇大人，陛下請您過去。」

蘇容卿面色如常，甚至帶了幾分溫和：「大人可知陛下叫我過去是什麼事？」

小太監搖了搖頭，只道：「奴才不知，大人過去就是了。」

蘇容卿點了點頭，道了聲謝，便跟著太監一起去了御書房。

他剛出大殿的門，李蓉便下意識看向正和人說著話的裴文宣，裴文宣正巧也看了過來，他遙遙朝著李蓉點了點頭，示意她放心，而後裴文宣便同其他人說說笑笑，轉身走了出去。

大臣陸陸續續離開，李蓉也提步出門，她刻意走慢了些，還未到宮門，她就等來了李明派來的太監，對方來得及，看見李蓉的身影，他忙高喝道：「殿下留步！」

李蓉頓住步子，看向來人，太監喘著粗氣小跑到她身前，氣喘吁吁道：「殿下，還好您沒出宮。」

「大人這是……」李蓉面露疑惑，故作不解。

太監緩了口氣，行了禮道，「殿下，陛下讓您去御書房一趟，有要事找您。」

李蓉得了這話，點了點頭，隨後朝著太監笑起來：「勞累大人了。」

「本是當做的。」太監氣息差不多平穩下來，抬手恭敬道，「奴才給殿下領路。」

李蓉得了話，跟著太監一起到了御書房。

等到了御書房中，蘇容卿正跪在地上，李明坐在高處，兩人的氣氛有些僵持。

李蓉進來後，朝著李明行了禮，李明抬手讓她站起來，給她賜了坐。

李蓉打量著蘇容卿，又轉眼看向李明：「父皇讓我過來，這是……」

「妳不是參了蘇容卿嗎？」李明抬眼看她，徑直道，「如今妳的摺子在奏事廳燒了，朕便乾脆把妳叫來，當面對峙好了。蘇大人說他不認識弘德法師，平樂妳怎麼說？」

「這需要怎麼說？」李蓉笑起來，「認不認識，讓弘德法師來一見就是了，這需要我來說嗎？」說著，李蓉似笑非笑看向蘇容卿：「就看蘇大人敢不敢了。」

「臣問心無愧。」蘇容卿一臉冷淡，「殿下有此論斷，必定是有人挑撥了殿下，臣也想讓弘德過來問個清楚。」

「那就傳吧。」李蓉面上絲毫不懼，輕搖著小扇，看著蘇容卿道：「到底是裝神弄鬼還是當真清白，人來了，就知道了。」

蘇容卿不說話，他沒有看李蓉，也不知是不敢還是不想，只垂了眼眸，看著地面。

李明揮了揮手，讓人去傳弘德，而李蓉搖著扇子坐在原位上，心跳得有些快。

口供是假的，弘德一來，露餡的可能性極大。畢竟他兒子還生死未卜，他不可能在這時候幫她。

如果弘德進了宮，那一切就完了。

她心裡怕得要命，手心裡全是汗，她如今唯一能相信的，只有裴文宣不會害她。

她克制著搖扇子的動作，面上假作漫不經心。

三個人等了一會兒，李明轉過頭來，看向李蓉道：「人還沒到，妳先說說怎麼回事吧。妳說蘇愛卿慫恿弘德陷害妳，是怎麼回事？」

李明問，李蓉便起身來，繪聲繪色將裴文宣偽造的那一份口供和她知道的東西結合在一起複述了一遍。大約就是蘇容卿在護國寺找上弘德，以弘德在外私生子的性命要脅他誣陷她私下幫李川推遲婚事，而後暗中聯繫柔妃，將弘德送入宮中。

李明和蘇容卿靜靜聽著，李明抬眼看向蘇容卿：「蘇愛卿，你如何說？」

「殿下所言，處處是漏洞。」蘇容卿神色平靜如常。

李蓉笑起來：「哦？蘇大人不妨一說，哪裡是漏洞？」

「依照殿下所說，既然微臣要誣告殿下，為何讓弘德說殿下幫太子推遲婚事作為罪名？直接說殿下私下詢問謀逆之事不更好？」

「這得問你啊。」李蓉慢悠悠搖著扇子，「你為什麼不這麼說，我怎麼會知道？不過你說得也對，若不是你誣陷我，我想要誣陷你，怎麼會找這麼荒唐個理由呢？而且換一個角度，我又出於什麼理由要做這種事？太子現在年歲不小了，選妃也是迫在眉睫的事，我若真為他著想，該幫著他趕緊娶個名門望族的姑娘才是，為什麼還要推辭婚期？你總不至於說……」李蓉笑起來，「我這個當姐姐的，想害他不成？」

若她真想害李川，那李明也不用這麼憂慮了。

「這就該問殿下了。」蘇容卿把話頭推回來。

李蓉笑意盈盈看著他的眼，沒有答話，他們這麼互相踢皮球，也沒什麼意思。

三個人等著時，弘德從督查司起轎，由侍衛層層看守著往宮裡送。

裴文宣跪坐在房間裡，正執著棋子，同對面人下著棋。

坐在裴文宣對面的少年穿著一身黑袍，明顯是暗中過來。看著裴文宣悠閒的姿態，他皺著眉：「按你的說法，現下蘇容卿既然把奏事廳給燒了，那口供就等於沒有，他們如今勢必讓弘德入宮，弘德一入宮，那不就露餡了嗎？」

「若他入不了宮呢？」裴文宣輕笑，少年詫異看他。

裴文宣說著話，轉頭看向窗外，不免有些感慨：「起雲了，怕是要下雨。」

兩人說著話時，抬著弘德的轎子一路往前，誰也沒注意到，在起風之時，轎子裡底部，滴滴答答有血滲了一路。

轎子抬到宮門口，侍衛捲了簾子，沒好氣道：「下……」

話沒說完，侍衛就愣在原地。所有人被侍衛的驚愣吸引，跟著將目光落到了轎子裡，就看見僧人袈裟染血，一把匕首死死將他釘在了轎子上。

「死……死了！」

許久之後，侍衛終於反應過來，轉頭朝著身後人疾呼：「快去稟告陛下，弘德法師死了！」

傳話的人趕緊回頭，一路狂奔入宮，由侍從一個接著一個傳遞，以最快的速度傳到了御書房。

彼時李明正在喝茶，就看見太監疾步入內，往地上一跪，急道：「陛下，弘德法師在路上被行刺了！」

聽到這話，一直閉目養神的蘇容卿豁然睜眼。

李蓉猛地起身，驚詫中帶了幾分薄怒：「你說什麼？」

片刻後，李蓉立刻提步往外走去，急道：「快，帶我去看看。」

李蓉往外走，蘇容卿也立刻道：「陛下，請容微臣也去一觀。」

蘇容卿本是刑部官員，這種案子的確歸屬於他，然而李明卻叫住了他們：「誰都別走，讓仵作驗屍。」

兩人被逼回了自己位置，李明抬手讓蘇容卿坐下，蘇容卿恭敬行禮，坐了下來。

所有人不說話，李蓉面露憂色，心裡卻是放心下來。

蘇容卿還是動手了，弘德死了，就死無對證，但是李明心裡，蘇容卿就洗不乾淨了。

「弘德死了，口供和人證便都沒有了。」

另一邊，公主府內，裴文宣聲音很淡，少年搖頭，只道：「不行，沒有證據，父皇不會給蘇容卿定罪，他多疑，懷疑蘇容卿的同時，也會懷疑你和阿姐。」

「所以啊。」裴文宣笑起來，「就要到第三步，陛下就要開始查公主殿下話語裡的真偽了。如今可查的，不就是弘德那個兒子在哪裡嗎？」裴文宣的棋子落在棋盤上：「這一查，可就有意思了。」

風雨乍起，內宮之中，皇帝、李蓉、蘇容卿三人等著仵作得消息，各懷心思。

李明想了想，似乎是想起什麼，轉頭同李蓉道：「妳之前說，弘德有個兒子？」

「是。」

「在蘇愛卿手上？」

「對。」

「福來，」李明轉頭叫了福來，揮手道，「去查。」

福來恭敬應下，便退了下去。三個人坐在御書房裡，繼續等著結果。

「陛下不一定能查到這個孩子在哪裡的，但這個孩子怎麼被帶走的，還是能看到的。事情做多了，總有疏漏，比如說，」裴文宣抬眼，看向對面的李川，「偶然被某個街坊看到孩子被劫走，認出蘇府的標誌，這也是常事，不是嗎？」

雷聲轟隆而下，似有大雨傾盆，裴文宣端起茶杯，抿了一口茶，抬頭看向遠方。

他想了想，不由得道：「你說我該不該進宮接一下你阿姐？」

「你們……不是要偽裝一下感情不好嗎？」

「貌合神離，總還有個貌合在啊。」裴文宣說著，站起身來，便去尋了一把雨傘。

李川見裴文宣要走，急道：「那之後呢？父皇就算知道孩子是蘇府的人帶走的，又怎樣？」

「陛下既然已經知道，弘德是被一個人送出宮的，又知道了孩子是被蘇府的人帶走的，那你覺得，就算沒有證據，陛下信誰？」說著，裴文宣披起外套，往外走去：「到時候陛下嚴查，只要雞蛋開個縫，後續就好辦了。太子殿下，我要去接公主了，」裴文宣轉頭朝著李川笑了笑，「殿下請便。」

裴文宣說完，便提步走了出去。

這時候，仵作的報告也差不多出了，侍從拿著仵作的結果往內宮疾行而去。

宮外查著弘德小兒子的士兵也找到了一個老人，老人大概描述過後，士兵立刻讓一個人駕馬回宮，將消息送了回去。

同時有一個青年，披雨疾行入宮。

仵作報告是最先到的，李明將仵作報告看完之後，抬頭看向一直等著結果的兩個人，冷著臉道：「是自殺。」

李蓉不可思議重複了一遍：「自殺？」

李明應了一聲，隨後便有人進來，在李明耳邊耳語了一陣。

李明豁然抬頭，冷眼看向蘇容卿。

蘇容卿還是保持著什麼都不知道的模樣，假作不明李明的目光，李明盯著他看了片刻，

驟然怒喝出聲：「蘇容卿，還不把弘德的孩子交出來！」

蘇容卿得了這話，神色平靜，只咬死了道：「微臣不知陛下在說什麼。」

「若要人不知、除非己莫為，你讓人綁了人家孩子，就當真以為沒有人知道？」

「微臣冤枉！」蘇容卿立刻跪下，「陛下哪裡聽到的消息，可以讓人出來，微臣可以與人對峙。」

「對峙？對什麼峙？弘德指認你，口供到奏事廳，奏事廳就燒了，人進宮裡來作證，就死在半路，還自殺，如果不是有人拿孩子威脅他，他如何會自殺？如今再查孩子，又和你有關係，一件可以說是巧合，可這世上有這麼接二連三的巧合嗎！」

「陛下說的是。」蘇容卿冷著聲道，「微臣也以為不是巧合，此舉必為他人陷害。」

「你放屁！」李明氣得抓了杯子就砸過去，蘇容卿不躲，仍由杯子帶水砸在頭上，茶水濺了他一身，他額頭上浸出血來。

然而蘇容卿紋絲不動，跪在地上，只道：「還請陛下嚴查。」

「好，好得很。」李明抬手指著他，點著頭道，「查，這就查。來人，把蘇容卿拉下去關入大牢，徹查他與弘德……」

話沒說完，外面就傳來太監得通報聲：「陛下，蘇副司主求見。」

聽到這話，李蓉不安看向門外。

李明皺起眉頭，猶豫了片刻後，他不耐煩道：「宣。」

李明說完，便見蘇容華疾步進來，他恭敬跪下，少有正經道：「微臣蘇容華，參見陛下。」

李明正煩躁得厲害，他克制住情緒，抬手道：「起吧。」

「微臣不敢。」蘇容華跪在地上，平靜出聲。

李明抬眼看他，屋內久久不言，李蓉瞬間猜到了蘇容華的來意。

他是來抵罪的！

李蓉腦子飛速運轉，思索著這樣的變故，將會導致什麼結果。

如果蘇容華將所有罪名認下來，那那份指名蘇容卿的口供將會變得極為可疑。只是蘇容華如今來得太巧，李明怕是也不會信，但同時也會動搖之前所有證據的可信度。

這樣一來，就算沒有徹底為蘇容卿扳回贏面，至少也能讓他們的局面變得旗鼓相當。
這中間唯一犧牲的，只有蘇容華。
李蓉反應過來片刻，便想說點什麼，然而她才開口，就聽蘇容華恭敬道：「還請陛下摒退左右。」
李明盯著蘇容華，許久後，他揮了揮手：「都退下吧。」
眾人都不動，蘇容卿死死盯著蘇容華，蘇容華沒有理他。
李明見所有人不動，不由得怒了：「怎麼，朕都叫不動你們了嗎！」
聽到李明發火，李蓉深吸一口氣，站起身來，行禮走了出去。
李蓉和蘇容卿一前一後出門，走出門外後，兩人各站一邊，看著大雨潑灑天地，在天地中形成雨簾，似乎是在敲鑼打鼓，要上演一場大戲。
而雨簾遠處，宮門緩緩開啟，一個青年藍衫繡蘭，手執執傘，從宮門處踏雨而來。
李蓉和蘇容卿都遙望著來人，而御書房內傳來叱喝之聲。
李蓉聽著叱喝之聲，不免笑起來。
「聽聞蘇大人和長兄感情甚好，今日一見，果然如此。」說著，她轉過頭，有些好奇：「你不會愧疚嗎？」
蘇容卿不說話，他只遙遙看著遠方。
遠方青年走過宮廷廣場，在雨幕中成唯一的亮色。
「殿下，」蘇容卿一貫清朗的語調裡有幾分沙啞，「有時候，是容不得人愧疚的。走在絕路之上的人，只能往前走。」

「我以前也覺得，人是被逼著往前走，」李蓉笑起來，看著越來越近的人，「可如今我卻知道了，原來路都是人走出來的。你不往前走，你永遠不知道，前面到底是不是路。」

「也許前面是懸崖。」

蘇容卿聲音冷淡，李蓉轉頭看他，眉宇間帶了幾分光彩：「那就要看，你願不願粉身碎骨去往前了。」

聽著這話，蘇容卿終於將目光從雨裡移開，他看向李蓉：「殿下願為了這條所謂的路，粉身碎骨嗎？」

「或許吧。」李蓉想了想，「我也不過只是，走一步，看一步。」

「殿下不是這樣的人。」

「容卿。」

李蓉突然叫了前世的稱呼，蘇容卿愣了愣，隨後就聽李蓉開口，「人是會變的。」

說話間，裴文宣已經到了他們面前。

雨水順著傘骨如墜珠而下，青年在傘下揚起一張清雋俊雅的面容，他面上帶笑，目光明亮中帶著幾分獨屬於某個人的溫柔。

他抬頭時，眼裡便只落了李蓉，清朗的聲音恭敬中帶了幾分調笑：「殿下，微臣聞得大雨，特來接駕。」說著，他將目光挪向蘇容卿。

蘇容卿平靜看著他，他含笑看著蘇容卿。

兩人目光隔著雨簾交匯，一瞬訴盡數十年紛爭糾葛，愛恨情仇。

「當年在下尚為學子，便聽聞蘇大人才名，你我各為魁首三年，卻從未正面交鋒過一次。如今得見蘇大人，」裴文宣微微頷首，「幸會。」

蘇容卿冷冷看著他，他明白這一聲幸會指的是什麼。他不是在對少年蘇容卿說，而是在對一個與他暗中交手了幾十年、又重新回來的蘇容卿開口。

這一聲「幸會」，是他的問候，也是他的宣戰。

他清楚告知著蘇容卿，他知道他回來了。正是知道他回來了，才這麼快找準目標下手，這麼果斷實施計畫，且是裴文宣一貫步步為營、處處設陷的動手風格。

蘇容卿不免笑起來，他認真看著裴文宣，平靜又認真出聲：「幸會。」

裴文宣笑容更盛。

這一場遲了三十年的較量，隔了一世時光，終於開場。

第一百一十九章　前路

雨下得越發大了，李明隱約的喝罵聲不絕於耳，裴文宣將目光從蘇容卿身邊收回來，他轉頭看向守在門口的太監，上前去將袖子裡的摺子交給了那個太監，請他轉交給李明，而後便回過身來，同李蓉道：「殿下，走吧。」

李蓉有些猶豫看了御書房內一眼，終於還是點了點頭，轉頭同旁邊太監吩咐了一聲，說她提前告退，接著便同裴文宣一起走了出去。

她提步往下前，走了兩步後，她還是停了下來，她回過頭來，看向蘇容卿。

蘇容卿得了李蓉的目光，神色平靜，李蓉看了他許久，終究還是問出聲來：「是你對我動手的？」

蘇容卿聽到李蓉的話，他沒有出聲，他們都知道對方問的是什麼。

許久後，他沙啞開口：「抱歉。」

李蓉一時覺得有些荒唐，她笑了笑，眼裡帶了些嘲諷，想要說點什麼，最終又覺得什麼好說。

畢竟一生已經過了，如今立場也已經定了。無論是叱責還是嘲諷，都沒了意義。

於是千言萬語，都化作一聲輕嘆，李蓉轉過身去，同裴文宣疲憊出聲：「走吧。」

蘇容卿臉色微白，但他始終未曾做聲。

裴文宣和李蓉一起舉傘而下，行於風雨，等出宮之後，裴文宣便抬起手來，將手搭在李蓉肩上，用廣袖替她遮擋了飛進來的雨絲。

「你怎麼來了？」李蓉低低出聲：「這麼大大咧咧進宮來接我，也不怕父皇懷疑。」

「我遞了摺子給他，請求擔任科舉主考官一職，」裴文宣耐心解釋，「明日就要確認各項職位調動，我今晚過來表忠，也是正常。而且，」裴文宣回頭看了宮裡一眼，「他現下也沒有心情關注我們。」

「蘇容華進宮了。」

李蓉提醒他，裴文宣面色不動，只道，「我知道。」

「現下父皇眼裡，他所能查到的事情，無非就是有人把弘德送進宮來，弘德的孩子被蘇家人帶走，如今口供失蹤、奏事廳走水、弘德被殺，三件事本和前面兩件事互相印證，雖非鐵證，但在父皇心中便能定下蘇容卿的罪。現下蘇容華出來把前面兩件事認下來，就與後面三件事矛盾，這三件事顯得太過突兀……」李蓉皺起眉頭：「屆時父皇怕是覺得，是我們刻意誣陷他。」

「如何覺得呢？」

裴文宣平淡出聲，李蓉仔細思索著，「從父皇的角度，這三件事，你可以說是蘇容卿為了遮掩自己做過的事做的，但是也可能是我們為了陷害蘇容卿做的。父皇為何不會覺得是我們刻意誣陷蘇容卿？」

「其一，我們並沒有陷害蘇容卿的理由，要陷害，也當陷害身為肅王老師的蘇容華。」

「其二，蘇容華來得太巧、太刻意，不足為信。」

「其三，」裴文宣轉過頭去，輕聲道，「蘇容華把弘德的孩子帶入宮中了。」

聽到這話，李蓉愣了愣。

裴文宣將傘往李蓉的方向斜了斜，輕聲道：「他們最好的方案其實是殺了這孩子，只要這孩子沒從他們蘇府翻出來，他們咬死不認，陛下就沒有鐵證能辦他們。可蘇容華不僅沒殺，還把這個孩子帶入宮來交還人質認錯。」

「而弘德是自殺的，除非有把柄威脅，不然不可能自殺。如今蘇容華帶著孩子入宮，弘德的死和他們蘇家脫不了干係。所以弘德之死，陛下有八成把握，認定不是我們做的，而剩下兩成，也不過是他一貫多疑的性子使然罷了。」

李蓉在裴文宣的話中緩慢冷靜，裴文宣送著李蓉上了馬車，而後收傘。

他將傘留在了馬車外，步入馬車之中。

李蓉的外衣有些濕，他便幫李蓉脫了外衣，從馬車裡拿出備用的衣衫，讓李蓉換上。

李蓉坐在馬車上，看著半跪在自己身前忙活的人，聽著裴文宣繼續：「現在蘇容華既然抵罪，蘇容卿應當無事了。」

「那蘇容華呢？」李蓉輕聲開口。

裴文宣沉默片刻後，他緩慢道：「離開官場，對於他來說，未必不是好事。」

「那你繞了這麼大一圈，」李蓉苦笑起來，「豈不是白費了功夫？」

「誰說我白費功夫？」裴文宣抬頭笑了笑，「妳以為，我費了這麼大勁兒，就只是為了讓蘇容卿承擔個罪名嗎？」

這話倒的確出乎李蓉意料。

裴文宣做的事，雖然他沒說，但李蓉心裡也猜了個七、八分，她本以為裴文宣此次意在奪了蘇容卿刑部尚書的位置，沒想到竟然不是？

「所以你真正的目的是……」

「殿下。」裴文宣抬手取了李蓉頭上的簪子，青絲散落而下，他注視著面前美好的珍寶，輕聲道，「蘇容卿找我們麻煩，從來不是為了我們本身，而我找蘇容卿麻煩，也不是為了蘇容卿本身。」

「他的目的，」李蓉苦笑，「是川兒嗎？」

裴文宣沒說話，他沉默了一會兒，終於道：「當年太子被廢，蘇氏和上官氏連同百家協力出兵，替太子殿下奪回了皇位。但太子殿下登基之後，卻為了朝政頻頻打壓世家……就算蘇氏不滅，重來一次，沒有任何一個世家子弟，會在明知太子意欲打壓世家的情況下，讓這樣一個太子登基的。」

李蓉無言，裴文宣見她似是難過，他不由得有些胸悶。

他一時也不想說話了，給李蓉擦乾了頭髮，便起身坐到了一邊，自己拿了摺子出來，低頭看著。

過了片刻，他聽李蓉回過神來，回了正題，輕聲道：「所以，你的目的在於柔妃？」

「嗯。」裴文宣敷衍應聲。

李蓉繼續思索著分析：「如今最棘手的，其實是蘇容卿和柔妃聯手。我建督查司，其目的是為了藉由父皇的手掌控世家，按著咱們的計畫，這三年你我在朝堂安排好人手布局，等三年後，如果再出廢太子這種事，就不需要世家出手，我們直接扶持川兒繼位。」

「川兒本性仁德，我們在父皇在世時提前解決了世家矛盾，屆時他就可以直接推行自己的政令，前世的情況，或許就不會出現。可如今蘇容卿既然回來了，他和柔妃聯手，柔妃等於如虎添翼。朝堂中的實力，有蘇容卿幫他打理，而父皇那邊的信任，她本也比我們高，所以蘇容卿當沒當上尚書不是最重要的，他不能和柔妃聯手，才是最重要的。」

「柔妃這一次吃了虧，必然會懷疑他的能力，而且蘇容華想要把罪認下來，必須坐實他和柔妃的關係。柔妃因為蘇氏兩兄弟受到牽連，以她的性子，怕是對後續合作存疑，若我們趁機鑽點空子，離間他們，再逐個擊破，就容易得多了。」李蓉說著，高興起來，轉頭看向裴文宣：「那你想好這個空子怎麼鑽沒？」

裴文宣沒說話，低頭看著書。

李蓉笑容僵住，猶豫了片刻後，她遲疑著道：「你……怎麼又生氣了？」

「還能看出我生氣？」裴文宣嗤笑了一聲，「我是不是該誇誇妳長眼了？」

「這倒不必了。」李蓉笑了笑，擺手道，「明個兒我送你雙繡花鞋，別謝。」

「送我這個幹嘛？」裴文宣皺起眉頭。

「裴大小姐，」李蓉用扇子抬起裴文宣的下巴，「金蓮幾寸？」

裴文宣冷笑一聲，抬手想去打扇子，結果才抬手，便被李蓉一把抓住手，而後她便像泥鰍一般靈活滑到了他身上跨坐著，一隻手同他十指交扣，一隻手按著他腦袋就親了下去。

裴文宣本想掙扎一下以示骨氣，剛一動，就聽李蓉撒著嬌叫了聲「裴哥哥」。

他突然覺得，他不僅沒有骨氣，他還沒有骨頭。

等李蓉親完他，勾著他的脖子瞧著他在光下帶了幾分豔色的面容，笑著出聲：「你剛才生什麼氣來著？」

裴文宣不說話。

李蓉靠在他胸口，用臉蹭了蹭他：「你說嘛，說了我好改呀。」

裴文宣還是不說，李蓉便又鬧他：「你說呀，你不說話，是還在生我氣嗎？」

「忘了。」裴文宣沙啞開口，李蓉抬眼，就看見他紅透的耳根。

於是她確定了，裴文宣是當真忘了。

因為這種事把之前怎麼生氣忘了，對於裴文宣來說，的確有那麼點丟人。

太失骨氣。

兩人打打鬧鬧往著公主府一起回去時，蘇容華還跪在地面上，聽著李明的質問。

「既然是你，為何不早說？」

「微臣有罪。」

「你現在來說，」李明指著他，「到底是你做的還是蘇容卿！」

「是微臣做的。」蘇容華果斷道，「微臣本不敢承認此事，只是不忍弟弟為此無辜受冤枉，所以不得不前來認罪，還請陛下恕罪。」

「既然是你做的，為何弘德招供的是你弟弟？」

「當時去找弘德時，微臣並未露面，」蘇容華低頭複述，「弘德或許是根據什麼東西，猜出我是蘇家人，華京之中，弟弟名望比微臣響亮，弘德或許是認錯了人。」

「認錯人。」李明明顯不信他這套說辭，「既然是認錯人，那你放火燒奏事廳，又殺他，是圖什麼？」

「奏事廳走水一事，微臣並不清楚。至於弘德，也實屬誤會，微臣的確同弘德說過，若是出事，他需保我，但微臣也不明白，他怎麼就在路上就自殺了。」

這話半真半假，李明靜靜分辨著他說的話的真假，他盯著蘇容華，蘇容華一直悔過著：「陛下，微臣也是一時糊塗，微臣為肅王太子，自然一心為著肅王和柔妃娘娘。平樂殿下為督查司司主，位高權重，她與太子本就是姐弟，怎麼可能分開，柔妃娘娘顧慮於此，所以微臣才想了這樣的手段……」

「你混帳！」李明聽到這些，氣不大一出來，就算知道蘇容華是為了柔妃和肅王，也不免罵起來，「你和柔妃，簡直兩個蠢貨！朕啟用平樂為的是什麼？沒有平樂，上官家這種龐然大物，你蘇家願意鬥嗎！上官家可以為了太子動用舉族之力，你可以嗎！」

「如今平樂為了權勢在裴文宣挑撥之下和世家內鬥，不管他們是真是假，上官家如今在朝堂上空出了位置，世家人空出了位置讓朕的人能上去，這就是結果！她急什麼？她急也就罷了，你跟著急什麼？這就是你幫著她的方式？」

「微臣知錯，微臣目光短淺，不能體會陛下深意，還望陛下恕罪。」

蘇容華拚命叩頭，顯得極為慌張。

李明看著蘇容華，一時有些疲憊，他沉默了片刻，許久後，揮手道：「算了，下去吧。你也不適合在朝堂上待著了，走吧。」

「微臣謝主隆恩。」蘇容華得了李明的話，站起身來，轉身離開。

他出門後，就看見蘇容卿就等在御書房外。

御書房外的侍衛都離他很遠，他靜靜看著雨幕，似乎是在等他。

蘇容華走到蘇容卿邊上，兄弟並肩看雨，許久後，蘇容卿平靜道：「你今日不該來。」

「我不來，」蘇容華苦笑出聲，「你怎麼辦？」

「容卿，」蘇容華抬眼看著天，「我雖然不知道你在做什麼，可你別忘了，我是你哥哥，你不是一個人在走。」

「可是有些路，」蘇容卿神色平靜，「註定要一個人走。等走到頭了，如果我死在那裡，哥哥願意的話，來給我收個屍也好。」

「容卿！」蘇容華咬重聲音，皺起眉頭，「你胡說八道什麼！」

「以後不要管我。」蘇容卿扭過頭來，冷冷盯著他：「今日之事，日後不可有二。我的路我自己走，我的罪我自己扛。如果你想對我好，」蘇容卿看著面前錯愕的青年，他腦子裡反反覆覆都是上一世蘇容華用瓦片割斷了自己喉嚨的模樣，他忍不住顫抖起聲音，「就請你，做好你自己就是了。」

「回吧。」蘇容卿扭過頭去，往御書房內走去，沙啞道，「去找上官雅喝一杯酒，找個合適的時候，提親去吧。」

蘇容華愣愣站在原地，看著蘇容卿走進御書房。

他的背影淹沒在黑暗裡，蘇容華看了許久，旁人給了他傘，提醒了他，他這才反應過來該走了。

他下了臺階，踩在雨水之中走出皇宮，等宮門在他背後合上，發出吱呀之聲時，他忍不住回頭。

高聳的宮門像巨獸張著的大口，他呆呆站在門前，一時有些茫然。

他不知道自己該去哪裡，他不想回蘇府，卻也不知道當去什麼地方。

他看著權勢腐蝕了他身邊最愛的人，整個華京都似一盆架在火焰上的溫水，不知不覺，就將人煮得面目全非。

雖然他聽不明白蘇容卿的話，可他卻隱約知道一件事。

他的弟弟走在一條與他截然不同的路上，而他們這一生在前方，都不會有所交集。

蘇容華忍不住仰起頭來，企圖去看那漆黑的蒼天，便就是這一刻，就聽一個嬌俏的女聲響了起來：「喲，沒挨板子啊？」

蘇容華聽到這話，緩緩回頭。

就看見女子一身藍衣，頭頂蓊笠，手上多餘撐了把紙傘，腰間懸了個酒葫蘆。

「妳這是什麼打扮？」蘇容華不由得笑起來：「大半夜的，妳一個大家閨秀，這是要去雲遊江湖？」

「讓蘇大人猜中了。」上官雅抬眼看他，笑著道：「本來打算今夜去山上過夜，等明日日出，但聽聞蘇大人捨身救弟入了宮，便路過來看看。沒想到蘇大人好興致呀，這麼淋著雨，不怕受風寒？」

「那不是想著上官大人會來接我，」蘇容華笑著走到上官雅面前，抬手握住她撐著的雨傘，笑著垂眸看她，「想讓上官大人多心疼幾分嗎？」

「那你可想錯了，我可不是個會心疼人的。」

「無妨。」蘇容華側了側頭，「這事在下做得不錯。」

「我帶了酒，蘇大人可有時間，一同去等日出？」

上官雅抬手拍了拍酒葫蘆，蘇容華笑出聲來：「那是自然，上官大人一個人上山，沒有個護花使者，又怎能讓人放心？」

「那倒要謝謝蘇大人了。」上官雅轉過身，甩著腰上的玉墜子，揮了揮手，使喚小二哥一般，「走。」

蘇容華揚起笑容，他撐著傘，跟在上官雅身後。他突然就覺得，自己好像找到了一個引路人，他什麼都不用想，踩著姑娘的腳步，一步一步往前走就是。

而這時候，蘇容卿跪在李明面前：「微臣知道，陛下現在誰也不信，可既然不信，陛下何不一試呢？」

李明盯著蘇容卿：「試什麼？」

蘇容卿抬起頭來，目光裡滿是決絕：「試所有陛下心中疑惑的東西。」

裴文宣以為他贏了，可是哪裡有這樣容易的事情？

他從二十五年業火焚燒的煉獄中爬出來，不是為了讓一切重蹈覆轍。

他要把上一世毀了他所有信仰和榮耀、家族和希望的人，一起拖到地獄去。

此時此刻，李蓉和裴文宣也一同到了公主府。兩人肩並著肩一起入內，裴文宣心情好起來，終於想起之前馬車裡介意的事：「妳在馬車裡想什麼？我見妳出神很久，是心疼了？」

「心疼什麼？」李蓉笑起來，說完後，旋即就知道裴文宣的意思，她嘆了口氣：「我有什麼好心疼？我就只是想，你說明明如今大家都好好的人，怎麼就變成上一世的樣子呢？」

「蘇容華如今願意為了救弘德的孩子將自己置於險境，後來卻能為了上官雅毒殺秦真真。」

「阿雅如今明辨是非黑白，後來卻也在宮中不知操縱了多少事。」

「川兒生性仁善，最後卻也為了秦真真一人之死牽連蘇氏滿門。」

「而蘇容卿……清風朗月的貴公子，最後也變成了手持利刃的地獄修羅。」

李蓉苦笑：「你說，到底是誰錯了呢？是父皇？」

「殿下，」裴文宣聲音溫和，「出淤泥而不染，是聖人。而大多數人，如妳我，都是普通人。而我們如今在做的，便是把淤泥挖走。」裴文宣說著，抬手握住了李蓉的手，「上一世的人，是上一世。而這一世，其實才剛剛開始。」

「那你呢？」

李蓉突然發問，裴文宣看她：「什麼？」

「你說出淤泥而不染，是聖人。你上一世作過惡嗎？」

李蓉轉頭看他，有些好奇，裴文宣不說話。

兩人走在長廊上，李蓉有些奇怪：「裴文宣？」

「我本也是普通人。」裴文宣聲音很淡，聽不出悲喜：「只是上一世，每次想作惡的時候，就會想起妳。」

李蓉愣了愣，裴文宣苦笑：「不知道為什麼，哪怕最恨妳的時候，也不想讓妳看不起我。」

第一百二十章 分府

李蓉得了這話，也沒說什麼，裴文宣見她似在想什麼，不由得道：「殿下？」

李蓉想了想，突然道：「其實弘德是你殺的，對吧？」

裴文宣動作一頓，正想解釋，李蓉就用扇子壓住他的肩。

「其實你也不必多說，我本也不在意，如今你既然告知我你的底線，」李蓉抬頭笑了笑，「我更不會在意，只是下次告訴我一聲就好。」

裴文宣有些僵硬站在原地，許久才應了一聲：「殿下說的是。」

李蓉沒說話，她靜靜看著他。

她突然發現，其實在感情面前，她和裴文宣似乎都回到了二十歲。

那時候的她是個小姑娘，會撒嬌，會任性。

而那時候的裴文宣，他還背負著從年少時的指責裡帶來的那份不安與忐忑。

他怕在她面前不是最好的自己，也怕她看到自己骯髒齷齪的那一面。

李蓉忍不住笑起來，她轉過身，雙手負在身後：「裴文宣，我眼裡容得下黑白。但你想滿足我像做夢一樣的期許，」李蓉想了想，「我也覺得挺高興的。」

說完之後，李蓉擺了擺手：「回了。」

裴文宣看著她的背影，姑娘走在長廊上，雙手握扇背在身後，扇子上紅色的穗子隨著她動作起伏輕輕搖擺，她三步做兩步輕快跳上臺階，靈動又鮮活。

李蓉很少在別人面前有這種樣子。她千人千面，面對李明是驕縱中帶著小聰明的長女，對著其他人是高高在上、殺伐果斷的平樂殿下，也就是在他面前，才像是融化了冰層的一朵花，悄然綻開。

他瞧著她高興，也不由得笑了起來。目送著李蓉走遠了去，他才回過頭，自己回了臥室。

第二天醒來後，朝堂之上便是到了正式確定官員調任的時間。一般來說，考核期定下的官員，很少會有更改，所以所謂最後的確認，也不過就是李明將名單確認一遍，如果有需要更換的官員，單獨提出來就是。

李明草草將確認好的名單看了一眼，隨後抬眼看向所有人：「諸位對今年人事調動的名單可有異議？」

李明剛問完，蘇容卿似是早有準備，便直接走了出來。

「蘇愛卿？」李明皺起眉頭，「你有何想法？」

「陛下。」蘇容卿跪下來，恭敬道，「微臣才疏學淺，資歷淺薄，近日代任尚書以來，倍感吃力，只覺才不配位，刑部尚書一位，請陛下另擇他選！」

聽得這話，李蓉抬眼看了蘇容卿一眼。

主動把刑部尚書送出來，這必然不是他自己願意的，只是畢竟經過了這麼大的事，李明抓了把柄讓蘇容卿主動退出刑部尚書的爭奪，也是正常。

只是蘇容卿不當刑部尚書，那誰來？

李蓉目光在朝堂上巡視片刻，就聽李明淡道：「既然蘇愛卿自己請辭，朕也不為難。這樣吧……」李明思忖著，好久後，他緩慢出聲：「刑部尚書位置先空著，刑部事宜日常由左右侍郎協商，拿不定主意的，便直接呈報給朕，蘇侍郎以為如何？」

直接呈報給他，那就等於李明越過尚書省直接管轄刑部，蘇閔之皺起眉頭，正要說話，就聽蘇容卿恭敬道：「陛下聖明。」

「好。」李明點點頭，繼續道，「諸位可還有其他意見？」

朝堂上的人不說話，李明便知這事是敲定了，他合上名單，淡道：「那就這樣吧。今日之後，所有人就按照名單各自到各自調任的地方報到，各官署做好接待的準備。除此之外，還有重建奏事廳一事，禮部也抓緊時間準備。奏事廳重建之前，為了不耽擱政事，朕擬建一個小內閣，負責承擔之前奏事廳的職責，替朕審閱分類奏摺，為朕分憂。」

李明說著，根本不等其他人說話，徑直就道：「裴納言、蘇相、上官丞相、寧國侯，日後就勞煩四位，每日抽些時間，幫朕分審摺子。若是各位愛卿事務繁忙，那提前同朕說一聲，朕另做安排也行。」

奏事廳本就是世家為了遏制李明所設，如今奏事廳被燒了，李明單獨再建一個名為「內閣」的奏事廳，此時再忙，也沒有人會說不。

四個被點名的大臣上前行禮，這四個人幾乎囊括了如今整個朝堂所有不同派系的人，也算得上公正，於是大家也都沒有說什麼。

李明見所有人不說話，便接著道：「不過各位大臣平日也極為忙碌，除了幾位大人，或許還有一些人會填補進去，不過這就日後再說了。」

李蓉聽得這話，便知了李明的打算。

如今這個所謂的「內閣」，最重要的人員根本不是如今點出來的四位大臣，而是後來填補進來的人。畢竟這四個人都位高權重，平日事務繁忙，奏事廳的事，其實就是一些苦力，將摺子分成輕重緩急和不同類型，用來減輕李明審批摺子的壓力。

如果沒有奏事廳，李明扛不住。如今將奏事廳的雜活兒交給這些重臣，他們又能扛得住？

只是奏事廳雖然是苦力，可掌握摺子第一道進宮的程序，又的確重要，所以誰都不願意放權，等到了後面，實際上審批摺子的，最後必然就會落到「填補」進來的這批人手裡。

所以填補的人是誰，便至關重要了。

李蓉想著，便將目光落到蘇容卿身上。走到這一步，她便有些猜出來蘇容卿放火燒奏事廳的最終目的了。

一個能被裴文宣監測的奏事廳，不如一個能為肅王鋪路的內閣。

李蓉思索著，聽著李明和大臣說著這個小內閣的建制。等下朝之後，李蓉走宮外，上了馬車，就見裴文宣在等她。她不由得笑起來：「一起下的朝，你怎麼走的這麼快？」

「微臣腿長。」裴文宣給李蓉倒了茶，笑道，「既然不能並肩走，就想先進來等著殿下。」

「狗東西可真會說話。」李蓉似嗔似笑埋汰了他一句，轉身坐了下來，端了裴文宣的茶，接著道：「今個兒沒提科舉的事。」

「今日的事太多了。」裴文宣喝了口茶，緩聲道，「您等著，馬上就有聖旨下來了。」

李蓉聽裴文宣的意思，想了想：「你說這聖旨，是先給誰呢？」

「這樣吧，」裴文宣抬眼看她，「我同殿下賭兩局。」

「賭什麼？」李蓉挑眉。

裴文宣想了想，「首先賭第一道聖旨，給的是誰，其次賭給咱們那道聖旨，給的是什麼。」

「好啊。」李蓉果斷應下，「賭注呢？」

「殿下想要什麼？」

李蓉聽到這問話，一時倒有些不知道要什麼了。裴文宣慣來縱著她，好似也沒什麼是得這麼賭的。

裴文宣見李蓉想不出來，便道：「那我就欠殿下一件事，殿下什麼時候想好要什麼，便來找我兌換就行。」

「那你不很吃虧？」

「妳也得先贏我才是。」

「行。」李蓉點頭，「那你呢？你想要什麼？」

裴文宣輕咳了一聲，扭過頭去，將手放在膝蓋上，似乎有些不好意思地道：「咳，那個……」

「嗯？」

「好多年沒見殿下出去遊玩了。」

「你想同我一起出去玩？」李蓉笑起來：「好說呀。」

「那個，我記得當年和殿下一起出遊，殿下見得波斯舞姬起舞，興致大起，那日天氣炎熱，城中商客往來者眾……」

「說重點。」李蓉直接打斷了他。

裴文宣也編不下去了，扭頭直接道，「衣服我買了一套，按妳尺寸量的，我知道殿下會跳舞。」

李蓉：「……」

裴文宣話說出來了，雙手揣入袖中，耳根都紅透了，卻還是一本正經道：「殿下賭不賭？」

李蓉沒說話，她饒有趣味打量著裴文宣，目光從上往下，又從下往上，一雙眼睛彷彿就帶了實質，似在探測些什麼。

裴文宣僵直身子，任由她打量，好似老僧入定，一派坦然。

「殿下？」裴文宣見李蓉久久不言，不由得催促了一聲。

李蓉嗤笑出聲，翹起二郎腿來，斜斜一靠在小桌上，鳳眼彷彿是會勾人一般斜斜一瞟，笑得意味深長：「行呀。」

裴文宣從旁端了杯茶，冷靜分析：「昨夜事後，陛下必然會慎重思量，以陛下的角度，可以確認的事情便是弘德一事，的確是柔妃和蘇家勾結安排。所以必有一道聖旨，要給柔妃。」

「而剩下有三件事，陛下不能確認，第一是弘德指認的到底是不是蘇容卿，第二是奏事廳的火到底是誰放的，第三是殿下到底有沒有和太子私下勾結，所以陛下如今，大機率是各打五十大板。他撤了蘇容卿尚書的位置，而我們還沒有被處理，可這個處理必然會來，所以有一道聖旨，是給我或者殿下。」裴文宣抬眼：「微臣賭，聖旨會先到咱們這裡。」

「為何呢？」李蓉撐頭瞧他。

「直覺吧，殿下呢？」

「那我就賭先給柔妃囉。」李蓉翹著的腳輕輕搖晃著，一會兒一會兒從裙子裡探出來，繡著白梨花的紅色錦緞繡鞋在裴文宣面前忽隱忽現，裴文宣目光不由得看了過去，李蓉察覺，抬眼看過去：「你瞧什麼？」

裴文宣被抓了個正著，便收了目光，輕笑：「沒什麼。」

兩人一起回了公主府後，裴文宣便板著臉往自己院子走，李蓉追著進去，彷彿是吵著架一般，拉扯著裴文宣進了內院。

等進了內院，確定都是自己人的地方，兩個人才終於恢復常態，李蓉旋身坐到小桌邊上，裴文宣去換了官服，等出來之後，兩人便擺了棋桌，一邊說話，一邊等著聖旨。

按著他們的預計，聖旨早晚上要來的，只是來的是誰的區別。

兩人一局棋還沒下完，靜蘭便提步走了進來，她恭敬行禮，隨後道：「殿下，宮裡傳來消息。」

「嗯？」

「說柔妃昨夜頂撞陛下，如今被奪了貴妃的位置，降為柔嬪了。」

李蓉得了這話，笑著抬眼，看向裴文宣：「倒是我贏了。」

「不還有一局嗎？」裴文宣低著頭：「我未必輸呢？」

「總歸是贏不了了。」李蓉朝著靜蘭揮了揮手，靜蘭便退了下去，李蓉抬眼，「接下來賭什麼？」

「陛下罰了柔妃，妳說他會罰我們什麼呢？」

裴文宣夾著棋子敲著棋桌邊緣，棋子擊打在棋桌上，發出清脆的聲響，李蓉被聲音吸引，不由得看向聲源處。

青年手指修長乾淨，骨節分明，指甲被修整得規整清爽，兩指夾著棋子的模樣，倒是漂亮得很。

「他做事，講究的就是『制衡』，他已經削了蘇容卿的尚書位置，如今沒動你的侍郎位置，那我督查司的位置，就不一定保得住了。」李蓉笑了笑：「我猜他是要動督查司。」

「此時動督查司還太早，妳一走，世家的人就能把督查司給拆了，他應該不會動。」

「所以呢？」李蓉下著棋道：「你覺得他會動什麼？」

「昨夜宮裡傳來的消息說，柔妃昨晚和陛下在房裡好像又哭又鬧的，」裴文宣聲音很輕，「我猜禍從後宮而來，所以或許是殿下妳……」裴文宣抬頭，似笑非笑，「要削錢了。」

一聽這話，李蓉臉色變了變，忙道：「那還不如他們把督查司給拆了。」

自從幹大事，錢就緊得慌，要是李明還削錢，她當真就不想幹了。

裴文宣被她突變的臉色逗笑，抿唇壓著笑意落子：「結果還沒出，妳也別先慌了，萬一不碰妳的錢呢？」

「不碰錢就要碰權，終究不好。如今我也就希望，柔妃能夠早點和蘇容卿鬧翻，」李蓉嘆息著看向裴文宣，「也不辜負你這一番苦心，我演得也很辛苦啊。」

裴文宣笑著不應，只提醒道：「該妳落子了。」

兩人又對局下了許久，眼見著要入夜了，宮裡的人終於趕了過來，宣裴文宣和李蓉接旨。

兩個人對視一眼，李蓉輕聲道：「來了。」

說著，兩個人便起身來，各自穿戴好官服，領著眾人來到門口接旨。

兩人見到傳旨太監，先寒暄了一陣，隨後才跪了下來，太監打開聖旨，開始宣布今日的結果。

李蓉和裴文宣都在等著，看看李明是打算要他們的錢，還是他們的權。

他們提心吊膽等著，就聽見李明開篇先把裴文宣誇了一通。

兩個人都有點懵，忍不住看了對方一眼。

而後李明又將李蓉誇了一通。

他們心裡更慌了，有點摸不透李明這是什麼路數，難道打算一個都不放過？

等到最後，他們終於聽見了關鍵句子：「然，縱使男郎才女貌，卻也天妒姻緣，二人性格相悖，婚事難以為繼，特允裴氏文宣所求，允二人和離……」

和離。

李蓉聽到這個詞，懵了片刻，她忍不住看向裴文宣。

和離？

裴文宣也有些懵，但他用眼神示意李蓉鎮定。

兩人你看我一樣，我看你一眼，猶豫許久，終於接了旨。

等拿著聖旨回到房間時，李蓉忍不住詢問了一句：「這就完了？」

裴文宣低笑出聲，知道她的意思，便站在她身後，笑著道：「是，殿下，您錢也沒丟，權也沒丟，就是把人丟了。」

「駙馬這可就胡說八道了。」李蓉怕裴文宣多想，趕緊轉過頭去，伸手抱在他的腰上，「人在這兒，只要自己不想跑，下旨也丟不了。」

裴文宣笑而不語，李蓉想了想，踮起腳尖，小聲道：「而且，裴大人不覺得，夜會前妻，很刺激嗎？」

裴文宣聽著這話，笑著將目光轉向她：「刺不刺激，微臣不知道。但殿下看上去很興奮，這一點，微臣倒是知道了。」

李蓉被他說得有些不好意思，輕咳了一聲：「也沒有那麼興奮……」

裴文宣笑而不語，片刻後，他輕聲提醒：「在府內高興也就算了，在外面還是要裝一裝的。」

「我明白。」李蓉狡黠笑起來，「我有數呢。」

聖旨下來當天晚上，裴文宣就收拾行李離開了公主府，看上去好像一刻都不想待了。

李蓉追著裴文宣出了公主府，在門口站了一刻鐘。

等第二日，李蓉和裴文宣和離，裴文宣搬回裴家，李蓉追著裴文宣馬車跑了一條街，痛哭流涕求著他回來的消息就傳遍了整個朝廷。

眾人本來不太相信，但看到第二日李蓉好似哭腫的眼，大多還是信了幾分。

天知道李蓉為了弄腫這雙眼睛做出了多大的努力。

她大半夜在屋裡悄悄吃了一大碗蜀地廚子做的麵，一邊吃一邊哭，辣得通體舒暢，滿是快感。

整個朝堂一時突然就有點同情起李蓉來。

只是這份同情，李蓉渾然不覺，她只想著大家當她和離，對於一個和離的女人有些同情，於是她「故作堅強」上完朝後，便趕去了督查司，將督查司的事物盤查完畢，她正準備離開，就看見蘇容華站在門口。

蘇容華拿了一張摺子，李蓉知曉他的來意，她抬了手，直接道：「辭呈給我吧。」

蘇容華笑了笑，沒有多說，上前來將摺子交到了李蓉手中：「殿下料到了。」

昨夜他既然入了宮把一切擔下來，皇帝就算是看在蘇家和柔妃的面子上，多少也是要懲罰他的。只是蘇容華如今只遞交辭呈，也就證明，皇帝內心深處，並沒有把火燒奏事廳算在他頭上，如果真算在蘇容華頭上，這不是辭官就能了結的事情。

「我又不傻。」李蓉笑了笑，「你昨夜既然進了宮，今日辭呈也就該到了。不過這對你也好，」李蓉打開了他的辭呈，平淡出聲，「你在官場繼續走下去，未來也不知會是什麼樣子。」

就像上一世的蘇容華。

蘇容華沒有出聲，李蓉收了辭呈，只道：「我就不送你了，改日有空再聚。」

蘇容華行禮答謝，在李蓉起身離開之際，他忍不住道：「殿下。」

李蓉抬眼看他，蘇容華遲疑著，緩慢出聲：「容卿，雖然行事偏頗了些，但從未想過對殿下不利，還望殿下不要怨懟於他。」

李蓉頓住動作，許久之後，她搖了搖頭：「朝堂之爭，我無怨懟。」

說完，李蓉便提步離開，蘇容華在房間裡待了一會兒，走出門去，就看上官雅靠在柱子上。

她看上去有些睏，打著哈欠，蘇容華見到上官雅就笑了：「上官大人在這裡做什麼？」

「你今日要走，」上官雅慢悠悠道，「我送你一程。」說著，上官雅同蘇容華並肩一起走出去，她壓低了聲：「順便賭一局。」

蘇容華挑眉，上官雅拍了拍他的肩：「一賭解千愁嘛。」

李蓉從督查司回來，感覺自己眼睛腫得不像話，她便躺到院子裡，讓靜蘭拿個雞蛋給她滾眼睛。

滾了沒一會兒，就聽下人來報，說是李川來了。

李蓉皺了皺眉頭，只道：「他來做什麼？」

但人來了，她也不能轟出去，於是她就既來之、則安之，躺著繼續滾眼睛。

李川進了院子，行了禮後，便搬了個小凳子坐在她邊上。

李蓉閉著眼，懶洋洋道：「有事說事，無事快滾。」

李川得了這話，憋了半天，終於才開口：「姐，妳也別太難過了。」李川嘆了口氣，安慰著道，「裴大哥他一定是有自己的打算，以後你們再成婚就是。」

李蓉算是知道李川是來做什麼的，她不理他，繼續滾雞蛋。

李川見李蓉都不想說話，猜想李蓉是委屈得厲害，繼續道：「我知道妳喜歡他，不然妳的性子，也做不出追著馬車跑一條街的事來，不過說起來，姐妳體力挺好……」

「慢著。」李蓉抬手，止住李川的話，她將雞蛋拿下來，頂著哭腫了眼看向李川，「誰追著馬車跑了一條街？」

「妳啊。」李川說得煞有其事，「所有人都知道了。」

李蓉有些茫然，李川繼續安慰：「和離總比兩個人都出事要好，妳別難過……」

「我不難過。」李蓉皺起眉頭，「啪」的一巴掌抽在李川想要拍她肩膀的手上，翻了個身去，閉眼準備休息，「我高興得很。」

沒削她錢也沒削她官，她不得高興嗎？

另一邊，華樂正繪聲繪色和柔妃說著李蓉追著馬車哭的場景，高興道：「您不知道，我聽著都不信，不過後來滿朝的人都看見平樂眼睛都哭腫了，我這才信了。母親，還是您高。」華樂豎起拇指：「攻人攻心，裴文宣如今既然為了權勢提出和離，按照李蓉的脾氣，怕是心裡就容不下他了。單獨一個李蓉，哪裡是母親的對手？」

柔妃聽著華樂的話，面上帶笑，雖未贊同，卻也不否認。

一連被李蓉壓著打了這麼久，從被奪了協管六宮的權力到如今降成柔嬪，她總算是出了一口氣。

她就知道李蓉捨不得裴文宣，所以李明要罰李蓉的錢，她便攔著勸了李明，還是要防著裴文宣和李蓉別有異心又強強聯手。

如今見得李蓉哭成這樣，她終於覺得舒服了許多。

果然，李蓉心裡，男人還是比權錢重要。

這就是她們最大的區別，也是她會勝利的根本。

她蕭柔不在乎男人。

她狠得下心。

——長公主（四）完

高寶書版集團
gobooks.com.tw

YE 008
長公主（四）
作　　者　墨書白
責任編輯　高如玫
校　　對　林子鈺
封面設計　張新御
內頁排版　賴姵均
企　　劃　鍾惠鈞

發 行 人　朱凱蕾
出　　版　英屬維京群島商高寶國際有限公司台灣分公司
Global Group Holdings, Ltd.
地　　址　台北市內湖區洲子街88號3樓
網　　址　gobooks.com.tw
電　　話　(02) 27992788
電　　郵　readers@gobooks.com.tw（讀者服務部）
傳　　真　出版部　(02) 27990909　行銷部 (02) 27993088
郵政劃撥　19394552
戶　　名　英屬維京群島商高寶國際有限公司台灣分公司
發　　行　英屬維京群島商高寶國際有限公司台灣分公司
初版日期　2022年4月

本著作物《長公主》，作者：墨書白
由北京晉江原創網絡科技有限公司授權出版。

晉江文學城
WWW.JJWXC.NET

國家圖書館出版品預行編目(CIP)資料

長公主（四）/墨書白著. -- 初版. -- 臺北市：英屬維京群島商高寶國際有限公司臺灣分公司,
2022.04
冊；　公分. --

ISBN 978-986-506-362-7（第3冊：平裝）
ISBN 978-986-506-363-4（第4冊：平裝）

857.7　　111000191

GOBOOKS
& SITAK
GROUP ©